ÇAVDAR

J. D. Salinger'in
YKY'deki kitapları:

Franny ve Zooey *(1993, 1995)*
Dokuz Öykü *(1993, 1999)*
Çavdar Tarlasında Çocuklar *(1997)*
Yükseltin Tavan Kirişini Ustalar ve
Seymour - *Bir Giriş (1999)*

J. D. SALINGER

Çavdar Tarlasında Çocuklar

Çeviren
Coşkun Yerli

Roman

YAPI KREDİ YAYINLARI

Yapı Kredi Yayınları - 914
Edebiyat - 226

Çavdar Tarlasında Çocuklar / J. D. Salinger
Özgün adı: The Catcher in the Rye
Çeviren: Coşkun Yerli

Kitap editörü: Birhan Keskin
Düzelti: Alev Özgüner

Kapak tasarımı: Nahide Dikel

Baskı: Promat Basım Yayım San. ve Tic. A.Ş.
Orhangazi Mahallesi, 1673. Sokak, No: 34 Esenyurt / İstanbul
Sertifika No: 12039

Çeviriye temel alınan baskı: Penguin Books Ltd, Harmondsworth, 1979
1. baskı: İstanbul, Ekim 1997
66. baskı: İstanbul, Ocak 2021
ISBN 978-975-363-636-9

Yapı Kredi Kültür Sanat Yayıncılık Ticaret ve Sanayi A.Ş.
İstiklal Caddesi No: 161 Beyoğlu 34433 İstanbul
Telefon: (0 212) 252 47 00 Faks: (0 212) 293 07 23
http://www.ykykultur.com.tr
e-posta: ykykultur@ykykultur.com.tr
facebook.com/yapikrediyayinlari
twitter.com/YKYHaber
instagram.com/yapikrediyayinlari

Yapı Kredi Kültür Sanat Yayıncılık
PEN International Publishers Circle üyesidir.

Anneme

Bölüm 1

Anlatacaklarımı gerçekten dinleyecekseniz, herhalde önce nerede doğduğumu, rezil çocukluğumun nasıl geçtiğini, ben doğmadan önce annemle babamın nasıl tanıştıklarını, tüm o David Copperfield zırvalıklarını filan da bilmek istersiniz, ama ben pek anlatmak istemiyorum. Her şeyden önce, ben bu zımbırtılardan sıkılıyorum. Sonra, onlarla ilgili en ufak bir söz etsem, bizimkilere inmeler iner. Böyle konularda ikisi de çok alıngandır, özellikle de babam. Bizimkiler iyiliğine iyidirler –ben onu demiyorum– ama felaket alıngandırlar yani. Ayrıca, size o lanet özgeçmişimi olduğu gibi anlatacak filan da değilim. Ben size yalnızca, iyice yamulup buraya getirilmeden önce, geçen Noel'de başıma gelen manyaklıkları anlatacağım. Yani, D.B.'ye anlattığım şeyleri. D.B. ağabeyim olur. Kendisi Hollywood'da. Hollywood denen yer şimdi kaldığım bu çöplüğe pek uzak değil. D.B. her hafta sonu beni görmeye geliyor. Önümüzdeki ay taburcu olabilirsem, beni eve arabasıyla o götürecek. Daha geçenlerde bir Jaguar çekti altına. Hani şu, saatte iki yüz mil yapan İngiliz işi şeylerden. Yaklaşık dört bin kâğıda patladı ona. Bizimki bugünlerde iyi para kırıyor. Eskiden *pek* para kazanamazdı. Bizimle otururken kendi halinde bir yazardı. *Kırmızı Balığın Esrarı* diye müthiş bir öykü kitabı var ya, onu bizimki yazdı, belki yazarını bilmiyorsunuzdur diye söylüyorum. Kitaptaki öykülerden en iyisi de Kırmızı Balığın Esrarı'dır. Küçük bir oğlanın teki, kendi parasıyla satın aldığı için balığını kimselere göstermiyor. Bitmiştim buna. D.B. Hollywood'da oturuyor şimdi, piyasaya düştü anlayacağınız. Hayatta nefret ettiğim bir şey varsa, o da filmlerdir. Sakın bana filmlerden söz etmeyin.

Anlatmaya, Pencey Hazırlık'tan ayrıldığım günden başlamak istiyorum. Pencey Hazırlık, hani şu Agerstown, Pennsylvania'daki okul. Adını belki siz de duymuşsunuzdur. Hatta, ilanlarını bile görmüş olabilirsiniz. Yaklaşık bin küsur değişik dergide, atını çitten aşıran kasıntı bir herifin resmini gösteren reklamı çıkıyor sürekli. Sanki, Pencey'de işiniz gücünüz durmadan polo oynamakmış gibi! Ben o okulun *yakınında bile* at filan görmedim. O atlı herifin resminin altında da şu yazılıdır hep: "1888'den beri nice çocuğu fevkalade aydın adamlar haline getirdik." Peh, külahıma anlatın siz onu. Öteki okullarda milleti *ne haline* getiriyorlarsa, Pencey'de de bundan fazla bir halt edildiği yok. Ben Pencey'de öyle fevkalade aydın birilerine filan da hiç rastlamadım. Belki bir iki kişi. Eh, ancak o kadar. Ama herhalde onlar da Pencey'ye *geldiklerinde* zaten öyleydiler.

Her neyse, o gün Saxon Hill ile futbol karşılaşmasının yapılacağı Cumartesiydi. Bu Saxon Hill maçı Pencey'de acayip önemseniyordu. Yılın son maçıydı ve eğer Pencey kazanamayacak olursa, canınıza kıymanız filan gerekiyordu. Hatırlıyorum, o gün öğleden sonra saat üç sularında o lanet Thomsen Tepesi'nin ta doruğuna çıkmış, İç Savaş'tan kalma o manyak topun yanı başında duruyordum. Oradan futbol alanını ve iki takımın birbirlerine yüklenmelerini olduğu gibi görebiliyordunuz. Tribünler pek seçilmiyordu, ama haykırmaları duyabiliyordunuz; benden başka tüm okul orada olduğu için Pencey tarafından derinden korkunç sesler, Saxon Hill tarafından da, yanlarına pek fazla adam getiremediklerinden herhalde, tek tük ama yırtınan sesler geliyordu.

Futbol karşılaşmalarına pek fazla kız gelmezdi. Maçlara yalnızca son sınıftakiler kız getirebilirlerdi. Neresinden bakarsanız bakın, bu Pencey felaket bir okuldu. Bendeniz, çevrede en azından birkaç kız görebileceğim bir yerlerde takılmayı severim; kollarını kaşısınlar, sümkürsünler, hatta yalnızca kikirdeyip dursunlar, fark etmez. Bizim Selma Thurmer –kendisi müdürün kızıydı– maçlarda sık sık boy gösterirdi, ama pek öyle aklınızı başınızdan alacak türden bir kız değildi. Ama, iyi bir kızcağızdı. Bir kez, Agerstown'dan dönerken otobüste yan yana düştük, biraz konuştuk. Sevdim kızı. Kocaman burnu vardı, tırnaklarının hepsi kemirilmiş, kanlı görünüyorlardı, bir de, uçları ortalığa fırlayan içi takviyeli o lanet sutyenlerden giymişti, ama yine de kızcağız için üzülmeden edemiyordunuz. En beğendiğim yanı ise, babasını övüp tüy dikmelere pek kalkışmamasıydı. Babasının sahtekâr salağın teki olduğunu belki o da biliyordu.

Aşağıda maç seyredecek yerde, gelip Thomsen Tepesi'nde dikilip durmamın nedenine gelince; eskrim takımıyla birlikte New York'tan daha yeni dönmüştüm ve eskrim takımının lanet menajeri bendim. Büyük iş yani. O sabah McBurney Okulu ile eskrim karşılaşması yapmak üzere New York'a gitmiştik. Yalnız, karşılaşamadık. Kılıçlarla birlikte tüm takım taklavatı lanet metroda unutmuştum. Ama bu yalnızca benim hatam değildi. Durmadan kalkıp o kahrolası haritaya bakmak zorundaydım, nerede ineceğimizi anlamak için. Sonuçta, Pencey'ye akşam yemeği saatinde dönecekken, iki otuzda dönmüş olduk. Dönerken takımdakiler trende beni aforoz ettiler. Çok gülünç bir durumdu, bir bakıma.

Maçta olmamamın bir başka nedeni de; bizim tarih öğretmeni Spencer'a veda etmeye gidiyor olmamdı. Grip filan olmuş, onu Noel tatili başlayana dek bir daha göremeyeceğimi düşündüm. Bir not yazıp bana göndermiş, eve gitmeden önce beni görmek istediğini bildirmişti. Benim artık Pencey'ye dönmeyeceğimden haberi vardı.

Sahi, size söylemeyi unuttum; okuldan atılmıştım. Dört dersten çaktığım ve kendimi derslere filan vermediğim için, Noel tatilinden sonra artık okula dönemeyecektim. Çalışayım diye beni sık sık uyarmışlardı –özellikle de, ara sınavlar sırasında, annemle babam bizim Thurmer'la görüşmeye geldiklerinde– ama ben yine de boş verdim. Pencey'de sık sık böyle adam atarlar. Pencey'nin akademik düzeyi bayağı yüksektir. Gerçekten de yüksektir yani.

Her neyse işte, Aralık ayı filandı, o rezil tepede hava, cadı karı memesi gibi soğuktu. Üstümde çift taraflı giyilebilen paltom vardı, eldiven filan da yoktu tabii. Bir hafta önce birileri odamdan devetüyü paltomu, cebindeki içi kürklü eldivenlerimle birlikte yürütmüştü. Pencey'de ortalık hırsızdan geçilmezdi. Milletin çoğu acayip zengin ailelerden geliyordu, ama okul yine de böyle arakçılarla doluydu. Bir okul ne kadar pahalıysa, orada o kadar çok hırsız olur – şaka etmiyorum. Her neyse, o manyak topun yanında kıçım dona dona dikiliyor ve maça bakıyordum. Yalnız, maçı pek izlemiyordum. Orada öyle takılmamın nedeni; kendimce bir çeşit veda duygusu yaşamaya çalışmamdı. Birçok okuldan, birçok yerden ayrıldım, ayrıldığımı anlayamadım. Bundan nefret ediyorum. Ayrılışlarım acıklı, hatta kötü olabilir, ama bir yerden artık ayrılıyorsam bunu *anlamak* istiyorum. Bunu anlamadığınız zaman kendinizi daha kötü hissediyorsunuz.

Şansım varmış. Birden aklıma bir şey geldi, bunun, oradan defolup gittiğimi iyice anlamama epey faydası oldu. Birdenbire o günü hatırladım; ben, Robert Tichener ve Paul Campbell, hep birlikte idare binasının önünde top koşturuyorduk. İyi çocuklardı, özellikle Tichener. Akşam yemeğine az kalmış ve dışarda hava iyice kararmıştı. Ortalık daha da karardı, artık topu bile *zor görebiliyorduk*, ama kimse oyunu bırakmak istemiyordu. Sonunda bırakmak zorunda kaldık. Bay Zambesi, şu biyoloji öğretmeni, idare binasının o penceresinden kafasını çıkarmış ve bize yatakhaneye gidip yemek için hazırlanmamızı söylemişti. Ama yine de, böyle saçmalıkları hatırlayarak, her ihtiyacım olduğunda veda duygusunu yaşayabilirdim – en azından çoğu zaman. Ne yaşayacaksam yaşadıktan sonra, tepenin öte yanından aşağıya, bizim Spencer'ın evine doğru koşmaya başladım. Kampüste oturmuyordu. Evi Antony Wayne Caddesi'ndeydi.

Ana kapıya kadar tüm yolu koşarak geçtim, sonra soluklanmak için bir saniye durdum. Şişip kalırım böyle, doğrusunu isterseniz: her şeyden önce, çok sigara içiyorum; yani içiyordum. İçirtmiyorlar artık. Dahası, geçen yıl tam on altı buçuk santim birden boy attım. Tüberküloz filan kapmamın ve tüm bu lanet çekap zımbırtıları için buraya gelmemin nedeni de o zaten. Aslında oldukça sağlıklıyımdır.

Her neyse, soluklanır soluklanmaz koşup 204. Sokak'a geçtim. Her yer rezalet buz tutmuştu, az kalsın yere kapaklanıyordum. Neden koştuğumu şimdi bile bilmiyorum; sanırım canım öylesine koşmak istemişti. Karşıya geçerken kendimi yok oluyormuşum gibi hissettim. Felaket soğuk, güneşsiz, yoldan karşıya her geçişinizde kendinizi yok oluyormuşsunuz gibi hissettiğiniz o çılgın akşamüstlerinden biriydi.

Vay canına, bizim Spencer'ın evine vardığım an nasıl zile saldırdım! Soğuktan donmuştum. Kulaklarım sancıyor, parmaklarımı filan zor oynatabiliyordum. "Hadi, hadi," diye söylendim, bağırmamaya çalışarak. "Açın şu *kapıyı*." Sonunda bizim Bayan Spencer kapıyı açtı. Hizmetçileri filan yoktu, kapılarını kendileri açarlardı. Fazla paraları yoktu.

"Holden!" dedi Bayan Spencer. "Seni görmek ne güzel! İçeri girsene yavrum! Neredeyse donacakmışsın." Sanırım, beni gördüğüne memnun olmuştu. Beni severdi. Yani, ben öyle sanıyorum.

Vay canına, apar topar nasıl da içeri daldım! "Nasılsınız Bayan Spencer?" dedim. "Bay Spencer nasıl?"

"Paltonu alayım yavrum," dedi. Ona Bay Spencer'ı sorduğumu duymamıştı. Kulağı biraz ağır duyardı.

Paltomu holdeki dolaba astı. Elimle saçımı geriye doğru sıvazladım. Saçımı sık sık alabros kestiririm, böylece pek taramak zorunda kalmıyorum. "Nasılsınız Bayan Spencer?" dedim yine, yalnız bu kez duyurmak için biraz bağırdım.

"Ben mi?" dedi. "Ben iyiyim, Holden." Dolabın kapağını örttü. "*Sen* nasılsın, bakalım?" Soruşundan, bizim Spencer'ın ona okuldan atıldığımı söylediğini hemen anladım.

"İyiyim," dedim. "Bay Spencer nasıl? Rahatsızlığı geçti mi bari?"

"Holden, geçti, ama artık iyice şey gibi olmaya başladı. *Ne gibi* desem, bilemiyorum... İçerde odasında, girebilirsin."

Bölüm 2

Her birinin ayrı odaları filan vardı. İkisi de yetmiş yaşlarındaydılar, belki de daha fazla. Acayip şeylerden keyif alırlardı; kuşkusuz, kıçı kırık şeylerden. Biliyorum, böyle söylemem kabalık, ama ben o anlamda söylemiyorum. Yani, bu bizim Spencer hakkında epey düşünmüşümdür; onun hakkında *biraz fazlaca* düşünseniz, hâlâ ne halt etmeye yaşadığına siz de şaşardınız. Kamburu çıkmış, çökmüş bir haldeydi. Sınıfta, yere her tebeşir düşürüşünde, ön sıradan birinin kalkıp yerden tebeşiri alması ve eline tutuşturması gerekirdi. Felaket bir şeydi bu, bence. Ama Spencer hakkında pek *derin* değil de, şöyle bir düşündüğünüz zaman, adamın kendi çapında hiç de fena olmadığını anlardınız. Örneğin, bir Pazar günü birkaç arkadaşla onlara kakao içmeye gitmiştik. Bayan Spencer'la birlikte Yellowstone Park'tan satın aldıkları o eski püskü Navajo battaniyesini göstermişti bize. Battaniyeyi satın almakla duyduğu müthiş keyfi anlamamanız elde değildi. İşte, anlatmak istediğim şey bu benim. Bu bizim Spencer gibi felaket yaşlı herifler, bir battaniye satın aldık diye işte böyle keyiften dört köşe oluyorlar.

Kapısı açıktı, ama ben yine de tıklattım, nazik olmak için filan. Kapı aralığından onu zaten görebiliyordunuz. Geniş bir deri koltuğa oturmuş, o sözünü ettiğim battaniyeye sıkı sıkıya sarınmıştı. Kapıyı tıklattığımda bana doğru baktı. "Kim o?" diye haykırdı. "Caulfield? Gel oğlum." Sınıfın dışında hep böyle haykırırdı. Bazen adamı sinir ederdi yani.

Odaya girdiğim an, buraya geldiğime geleceğime pişman olmuştum. *Atlantic Monthly* dergisini okuyordu. Ortalık haplardan, ilaçlardan geçilmiyor ve her yer Vicks Burun Damlası kokuyordu. Ben hasta insanlardan pek hoşlanmam. İşin daha da moral bozucu yanı; bizim Spencer sırtına o hazin, o sefil eski sabahlığını giymişti. Bu sabahlığı herhalde doğduğundan beri giyiyordu. Ben ihtiyar herifleri böyle pijamalı, sabahlıklı görmeyi de pek sevmem. O pörsümüş, zavallı bağırları, bacakları filan hep ortalıktadır. İhtiyar heriflerin bacakları, yani plajlarda filan, bembeyaz, tüysüz görünür hep. "Merhaba efendim," dedim. "Notunuzu aldım. Sağ olun." Bana o notu, bir daha okula dönmeyeceğimi düşünerek, kendisine uğramamı ve vedalaşmayı istediğini bildirmek için yollamıştı. "Not için zahmet etmeseydiniz. Ben zaten vedalaşmak için uğrayacaktım."

"Otur şuraya, oğlum," dedi bizim Spencer. Yatağı gösteriyordu.

Oturdum. "Gribiniz nasıl oldu efendim?"

"Evladım, azıcık halim olsaydı, doktor çağırtacaktım." Bunu söylemek onu perişan etmişti. Deliler gibi hışırdayarak öksürmeye başladı. Sonunda kendisini topladı ve, "Sen niye maça gitmedin? Bugün o büyük maç var sanıyordum," dedi.

"Maç var, oradaydım. Yalnız, eskrim takımıyla New York'tan daha yeni döndüm." Vay canına, yatak taş gibiydi!

Suratı acayip ciddileşmeye başladı. Böyle yapacağını biliyordum zaten. "Demek bizden ayrılıyorsunuz, ha?"

"Evet, efendim. Sanırım öyle."

Bu kez de, o kafa sallama illeti tuttu. Bu bizim Spencer kadar kafa sallayan birini hayatta görmemişsinizdir. Kafasını böyle, bir şey düşündüğü için mi, yoksa başından kıçından habersiz kıyak bir ihtiyar olduğundan mı sallıyor, hiç anlayamazdınız.

"Dr. Thurmer sana ne dedi, oğlum? Sanırım, görüştünüz."

"Evet. Görüştük. Sanırım, iki saat kadar görüştük odasında."

"E... şey... hayatın bir oyun filan olduğu gibi şeyler. Yani, küplere filan binmedi. Durmadan, hayatın bir oyun olduğunu söyledi. Biliyorsunuz."

"Hayat, *tabii ki* bir oyundur, evladım. Hayat, kurallara göre oynanması gereken bir oyundur."

"Evet, efendim. Öyledir, biliyorum."

Oyunmuş, kıçımın kenarı. Oyun, öyle mi? Tüm asların bulunduğu takımdaysan, oyun o zaman, tamam; kabul ederim. Ya *öteki* takımdaysan, as oyuncu filan yoksa, oyunla ilgisi kalır mı bunun? Hiç yani. Yok oyun moyun.

"Dr. Thurmer ailene yazdı mı?" diye sordu bizim Spencer.

"Pazartesi günü yazacakmış."

"Peki, sen ailene haber verdin mi?"

"Hayır, efendim. Henüz haber vermedim, çünkü Çarşamba gecesi eve gittiğimde onları zaten göreceğim."

"Peki, duyunca ne yapacaklar dersin?"

"Şey... Epey rahatsız olacaklar, tabii," dedim. "Gerçekten rahatsız olacaklar. Bu, herhalde gittiğim dördüncü okul olacak." Kafamı salladım. Ben kafamı epey sık sallarım. "Vay canına!" dedim. Ben sık sık böyle, "vay canına!" da derim. Bu, biraz ağzımın bozuk oluşundan, biraz da, bazen yaşımdan küçük biri gibi davrandığımdan. O zaman on altı yaşındaydım, şimdi on yedi oldum, ama bazen on üç yaşındaymışım gibi davrandığım da oluyor. Çok gülünç bu, aslında. Çünkü boyum bir seksen dokuz ve saçımda aklar var. Gerçekten var. Başımın bir yanında –sağ yanında– milyonlarca ak saç var. Çocukluğumdan beri böyle. Ama yine de ben hâlâ on iki yaşındaymışım gibi davranmaktan hoşlanıyorum. Herkes söylüyor bunu, özellikle de babam. Bu biraz doğru sayılır, ama *tümüyle de* doğru değil. İnsanlar bazen, bir şeyin *tümüyle* doğru olduğunu sanırlar. Ben böyle şeyleri pek sallamam, ama birileri bana yaşıma uygun davranmam gerektiğini söylediğinde canım sıkılır. Bazen yaşıma göre daha olgun davrandığım da olur –ciddi söylüyorum– ama buna kimse dikkat etmez. İnsanlar hiçbir şeye dikkat etmiyorlar zaten.

Bizim Spencer yine kafayı sallamaya girişti. Bir yandan da burnunu kurcalıyordu. Bunu sanki yalnızca burnunun ucunu sıkıyormuş gibi yapıyordu, ama aslında o koskoca başparmağı olduğu gibi içerdeydi. Sanırım, bunu odada benden başka kimse olmadığından yapıyordu. *Boş verdim,* ama birinin karşınızda burun karıştırmasını seyretmek çok iğrençti.

Daha sonra, "Birkaç hafta önce, Dr. Thurmer'la o görüşmeyi

14

yaparlarken, ailenle tanışma onuruna eriştim. Harika insanlar," dedi.

Harikaymış. Bu sözcükten gerçekten nefret ediyorum. Her duyduğumda kusacağım geliyor.

Sonra birden, bana söyleyecek iyi bir şey bulmuş gibi oldu, şöyle çuvaldız cinsinden. Koltuğunda doğruldu ve hafifçe yana döndü. Ama yanlış alarm vermişti. Tüm yaptığı *Atlantic Monthly*'yi kucağından alıp yatağa, benim yanıma doğru fırlatmak oldu, ama tutturamamıştı. Beş santim farkla yere düşmüştü. Ayağa kalkıp dergiyi yerden aldım ve yatağın üstüne bıraktım. Sonra birden o rezil odadan defolup gitmek istedim. Felaket bir söylev çekmeye hazırlanıyordu. Ne diyeceğine pek aldırdığım yoktu, ama aynı anda hem söylev dinlemeyi, hem Vicks Burun Damlası koklamayı ve hem de pijaması ve sabahlığıyla Spencer'ı seyretmeyi canım hiç istemiyordu.

Söyleve başladı bile, iyi mi! "Oğlum, neyin var senin?" dedi bizim Spencer. Kendi çapında bayağı sertti hani. "Bu dönem kaç dersten sorumluydun?"

"Beş dersten, efendim."

"Beş dersten. Kaç dersten kaldın, peki?"

"Dört." Yatağın üstünde kıçımı biraz oynattım. Ömrümde gördüğüm en sert yataktı. "İngilizce'den geçtim ama," dedim. "Çünkü, tüm o Beowulf ve Lord Randal Oğlum Benim konularını Whooton Okulu'ndayken almıştım. Yani, İngilizce için pek sıkı çalışmam filan gerekmedi, arada bir iki kompozisyon yazmak dışında."

Beni dinlemiyordu. Siz konuşurken pek dinlemezdi zaten.

"Seni Tarih'ten bıraktım, çünkü kısacası, kesinlikle hiçbir şey bilmiyordun."

"Doğru, efendim. Ah, çok doğru. Sizin elinizden hiçbir şey gelmezdi."

"Ama kesinlikle hiçbir şey," dedi yine. Bakın, buna çok kızarım. Yani, artık *kabul etmişsiniz*, ne diye böyle hâlâ üsteleyip dururlar? Ardından, üçüncü kez söyledi: "Ama kesinlikle hiçbir şey. Acaba Tarih kitabını bütün dönem boyunca bir kez bile açtın mı, diye merak ediyorum. Açtın mı? Bana doğruyu söyle, oğlum."

"Şey, yani bir iki kez göz attım tabii," dedim ona. Onu incitmek istemiyordum. Tarih diye deli olurdu.

"Göz attın, ha?" dedi; bayağı iğneleyiciydi. "Sınav kâğıdın şurdaki şifonyerin üstünde duruyor. Kâğıtların en üstündeki. Onu lütfen buraya getirir misin?"

Ama bu büyük adilikti. Yine de gittim, alıp getirdim; zaten başka seçeneğim de yoktu. Betondan yatağa oturdum yine. Yani, bu adamla vedalaşmaya geldiğime nasıl pişman olduğumu size anlatamam.

Sınav kâğıdımı dışkı filanmış gibi tutuyordu. "4 Kasımdan 2 Aralığa kadar Mısırlılar konusunu işlemişiz," dedi. "Sınavda serbest konulu makale sorusu için bu konuyu *sen* seçmişsin. Ne yazmışsın, dinlemek ister misin?"

"Hayır efendim, pek istemiyorum," dedim.

Ama yine de okudu bizimki. Bir öğretmen kafasını bir şeye taktıysa, onu durduramazsınız. İlle de *yapar* yapacağını.

"Mısırlılar, Afrika'nın kuzey bölgelerinde yaşamış olan beyaz ırktan bir kavimdir. Afrika, bilindiği gibi, Doğu yarımküresindeki en geniş anakaradır."

Oturduğum yerde bu zırvaları *dinlemek* zorundaydım. Gerçekten çok adilikti bu yaptığı.

"Mısırlılar, bugün çeşitli nedenlerden dolayı bizim için olağanüstü ilginçtirler. Çağdaş bilim adamları, Mısırlıların, ölülerin yüzlerini çürümesin diye bezle sararlarken ne gibi maddeler kullandıklarını hâlâ bulamamaktadırlar. Bu ilginç soru, çağdaş yirminci yüzyıl bilimini sürekli meşgul etmektedir."

Okumayı kesti ve kâğıdı önüne koydu. Ondan nefret etmeye başlamıştım. "Yazdığın *makale*, hadi öyle diyelim artık, burada bitiyor," dedi o felaket iğneleyici ses tonuyla. Böyle ihtiyar bir herifin bu kadar iğneleyici olabileceğini filan hiç ummazdınız yani. "Ayrıca, sayfanın dibine bana hitaben bir de not düşmüşsün," dedi.

"Evet, efendim," dedim. Bunu hızlı hızlı söyledim, çünkü *o notu* yüksek sesle bana okumaya başlamadan onu durdurmak istiyordum. Ne gezer, onu durduramazdınız. Barut gibiydi mübarek.

"Sevgili Bay Spencer," diye yüksek sesle okudu. "Mısırlılar

hakkında bildiklerim bundan ibaret. Dersiniz çok ilginç, ama Mısırlılarla çok ilgilenmiş gibi görünmek elimde değil. Zaten İngilizce dışında bütün derslerden kaldığım için, sizin de bırakmanız bir şey değiştirmeyecek. Saygılarımla, Holden Caulfield." Kâğıdı bıraktı ve sanki beni pingpongda filan acayip tepelemiş gibisine bana baktı. Bu zırvalıkları bana böyle okuduğu için onu bağışlayabileceğimi hiç sanmıyorum. *O kendisi* bana bunları yazmış olsaydı, ben *ona* okumazdım – gerçekten okumazdım. Bir kere, ben o lanet notu ona yalnızca, beni çaktırdığı için üzülmesin *diye yazmıştım.*

"Seni bıraktığım için beni ayıplamıyorsun, değil mi, evladım?"

"Hayır, efendim. Kesinlikle hayır," dedim. Bana böyle durmadan "evladım" deyip durmasa ne iyi olacaktı.

Sınav kâğıdımı yatağın üstüne fırlatmayı denedi. Yalnız, yine tutturamadı tabii. Yine ayağa kalkmak, kâğıdı yerden almak ve *Atlantic Monthly*'nin üstüne koymak zorundaydım. İki dakikada bir aynı şeyi yapmak *çok sıkıyordu* insanı.

"Sen benim yerimde olsan ne yapardın?" dedi. "Doğru söyle bana, evladım."

Beni çaktırdığı için çok fena dertlendiğini anlıyordunuz. O zaman, ben de biraz dalga geçeyim dedim. Ona gerçek bir geri zekâlı olduğumu, işte bunun gibi zırvalar söyledim. Onun yerinde olsaydım, aynısını benim de yapacağımı, öğretmenliğin ne kadar zor bir şey olduğunu kimsenin bir türlü anlamadığını söyledim. Bu gibi zırvalar işte. Hep bildiğiniz palavralar yani.

İşin gülünç yanı; bir yandan böyle palavra sıkarken, bir yandan da başka bir şey düşünüyordum. Ben New York'luyumdur. Central Park'taki gölü düşünüyordum, şu Güney Central Park'taki yapay gölü. Göl donup buz tuttuğunda, ördeklerin nereye gittiğini merak ediyordum. Acaba, biri kamyonla gelip onları hayvanat bahçesi gibi bir yerlere filan mı götürüyordu, yoksa kendileri mi uçup gidiyorlardı?

Ne şanslı bir adamdım. Yani, aynı anda hem bizim Spencer'a palavra sıkıyor, hem de parktaki ördekleri düşünebiliyordum. Ama bu çok gülünçtü. Bir öğretmenle çene çalarken kendinizi fazla zorlamanıza gerek yoktur. Ama, ben palavra sıkarken birden sözümü kesti. Zaten hep insanın sözünü keserdi.

"Tüm bunlar hakkında neler *hissediyorsun*, oğlum? Çok isterdim bilmeyi. Çok isterdim."

"Pencey'den atılmam hakkında filan mı, diyorsunuz?" dedim. İçimden o pörsümüş bağrını örtmek geçti. Manzarası pek güzel değildi.

"Yanlış hatırlamıyorsam; Whooton'da ve Elkton Hills'te de biraz zorluk çekmişsin." Artık iğneleyici olmaktan çıkmış, terbiyesizleşmeye başlamıştı.

"Elkton Hills'te fazla bir güçlük çekmiş değilim," dedim ona. "Oradan pek atılmış filan da sayılmam. Ben kendim ayrıldım; öyle diyelim."

"Neden ayrıldın, sorabilir miyim?"

"Neden mi? Şey, anlatması çok sürer şimdi." Her şeyi olduğu gibi ona anlatmak istemedim. Zaten anlamazdı da. Kafası almazdı böyle şeyleri. Elkton Hills'ten ayrılmamın en büyük nedenlerinden biri, ortalıkta bir sürü sahtekârın olmasıydı. Hepsi de kapıdan kovsanız bacadan giren yüzsüz heriflerdi. Sözgelimi, şu müdürleri Bay Haas vardı. Hayatımda gördüğüm en sahtekâr herifti. Bu bizim Thurmer'dan belki on kat daha rezildi. Pazar günleri, örneğin, herkesin ailesi okula ziyarete geldiğinde el sıkmaya çıkardı. Acayip sevimli havalara filan girerdi. Ama sakın, bir çocuğun biraz gülünç görünümlü anne babası gelmiş olmasın. Oda arkadaşımın ailesine yaptıklarını bir görmeliydiniz. Yani, çocuğun annesi biraz şişman ya da kılıksız filansa, veya babasının sırtındaki ceketin omuzları çok bol, sarkıyorsa, ya da ayağında o rüküş siyah beyaz ayakkabılardan varsa, bizim Haas gelip yalnızca ellerini sıkar ve anında bir başkasının ailesine geçer, onlarla belki *yarım saat* konuşmaya dalardı. Ben böyle saçmalıklara hiç dayanamıyorum. Fena bozuluyorum. Bu gibi şeyler beni öyle bunaltıyor ki, deli gibi oluyorum. O lanet Elkton Hills'ten nasıl da nefret etmiştim.

Bizim Spencer bana bir şey sordu ardından, ama ne dediğini anlayamadım. Haas'ı düşünüyordum. "Ne, efendim?" dedim.

"Pencey'den ayrıldığın için *üzgün müsün*?"

"Eh, biraz üzülüyorum elbette. Tabii... Ama çok değil. Yani, daha henüz kafama dank etmedi galiba. Böyle şeylerin kafama dank etmesi biraz zaman alıyor. Şimdilik yalnızca Çarşamba günü eve gitmeyi düşünüyorum. Kafasızın tekiyim ben."

"Oğlum, geleceğin hakkında hiç mi düşüncen yok?"

"Şey, elbette bazı düşüncelerim var. Tabii var." Biraz düşündüm. "Ama pek fazla yok, sanırım. Pek yok, sanırım."

"*Olacak,*" dedi bizim Spencer. "Olacak, evladım. İlerde öyle çok düşüncen olacak ki, ama iş işten geçmiş olacak."

Böyle konuşması hiç hoşuma gitmedi. Sanki ölmüşüm filan gibi. Çok moral bozucuydu bu sözleri. "Olur herhalde," dedim.

"O kafana bir şeyler sokmaya çalışıyorum, evladım. Sana yardım etmeye çalışıyorum. Sana elimden geldiğince *yardım etmeye* çalışıyorum."

Gerçekten de çalışıyordu. Bunu açıkça görebiliyordunuz. Ama, ikimiz çok zıt kutuplardaydık, hepsi o kadar. "Sizi çok iyi anlıyorum, efendim," dedim. "Sağ olun. Şaka demiyorum. İyiliğinizi gerçekten takdir ediyorum." Sonra, yataktan kalktım. Yani, öleceğimi bilsem, o yatakta on dakika daha oturamazdım. "Gitmek zorundayım. Spor salonunda eve götürmem gereken bir sürü öteberim var. Gerçekten." Başını doğrultup bana baktı ve yine kafasını sallamaya başladı, yüzünde yine o çok ciddi ifade vardı. Birden, ona felaket acıdım. Ama böyle zıt kutuplarda filan, bir şey fırlattığında yatağı tutturamadığını ve o sefil bağrını göre göre, Vicks Burun Damlası'nın o gripli kokusunu koklaya koklaya burada daha fazla kalamazdım. "Bakın, efendim. Siz benim için üzülmeyin," dedim. "Sahi söylüyorum. Düzelirim. Yalnızca, bir dönemden geçiyorum. Herkes böyle dönemlerden geçer, değil mi?"

"Bilmiyorum, evladım. Bilmiyorum."

Biri bana böyle karşılık verdi mi, kızarım ama. "Tabii, tabii. Herkes geçer," dedim. "Sahi söylüyorum, efendim. Lütfen benim için üzülmeyin." Elimle omzuna dokundum. "Tamam mı?" dedim.

"Gitmeden önce bir fincan kakao almaz mıydın? Bayan Spencer..."

"Gerçekten isterdim. Ama gitmeliyim. Hemen spor salonuna gitmem gerek. Çok sağ olun, efendim."

Sonra el sıkıştık. Ve daha bir sürü zırvalık. Kendimi felaket kötü hissediyordum.

"Size yazarım, efendim. Kendinize iyi bakın."

"Güle güle, evladım."

Kapıyı kapatıp salona doğru yürürken arkamdan bağırarak bir şey söylediğini işittim, ama ne dediğini anlayamadım. Eminim, bana, "İyi şanslar!" filan demiştir. Ama, umarım dememiştir. Umarım o lanet sözü söylememiştir. Ben kimsenin ardından, "iyi şanslar!" diye bağırmam. O ne korkunç bir sözdür, bir düşünürseniz.

Bölüm 3

Hayatta karşılaşabileceğiniz en felaket yalancı benimdir herhalde. Rezalet bir şey. Yani, bir dergi almak için gazeteciye gidiyorken bile, biri bana rastlayıp nereye gittiğimi sorsa, gözümü kırpmadan operaya gittiğimi söylerim. Felaket bir şey. Bizim Spencer'a spor salonundan öteberimi almaya gideceğimi söylerken de palavra atıyordum. Ben o spor salonunda günahımı bile bırakmazdım.

Pencey'de, yeni yatakhaneler bölümündeki Ossenburger Bağışı adı verilen kanatta kalıyordum. Bu kanatta üçler ve dörtler kalırdı. Ben üçteydim. Oda arkadaşım dördüncü sınıftaydı. Buraya, Pencey'de okumuş, Ossenburger denen bir herifin adı verilmişti. Adam, Pencey'yi bitirdikten sonra giriştiği ölü kaldırma işinden yığınla para kapmıştı. Her yere bir sürü cenaze dükkânı açmış; ailenizden biri öldüğünde, beş kâğıt verdiniz mi, onu gömdürebiliyormuşsunuz. Ama, bizim Ossenburger'ı bir görmeliydiniz. Milleti gömüyorum diye, herhalde çuvala tıkıp denize filan atıyordur. Neyse işte, Ossenburger Pencey'ye bir yığın para saymış, onlar da bu kanada onun adını vermişler. Yılın ilk futbol maçında, herif o koskoca lanet Cadillac'ıyla kapıya dayanmıştı, biz de ona tribünlerden şimendifer çekmiştik – sevgi gösterisi yapmıştık yani. Ertesi sabah o da bize kilisede bir söylev çekmişti ki, on saat filan sürmüştü. Sırf nasıl da kendi halinde biri olduğunu anlayalım diye, önce elli tane bayat fıkra sıraladı. Çok önemli konu yani. Sonra kalktı, bize, başı derde girince filan nasıl hiç utanmadan diz çöküp Tanrı'ya dua

21

ettiğini anlatmaya başladı. Bize daima Tanrı'ya dua etmemizi söyledi –O'nunla konuşacakmışız–, nerede olursak olalım. İsa'yı ahbabımız gibi filan düşünmeliymişiz. Bize *kendisinin* İsa'yla nasıl konuştuğunu anlattı. Araba kullanırken bile konuşurmuş. İşte buna bitmiştim. Bu sahtekâr herifin, arabasını birinci vitese alırken İsa'dan daha bol ceset dilemesini gözümün önüne getiriyorum. Ama bu söylevin tam ortasında harika bir şey oldu. Ossenburger tam bize ne kıyak, ne bitirim bir herif olduğunu filan anlatırken, önümdeki sırada oturan Edgar Marsalla adlı çocuk cart diye yellenmez mi! Böyle, kilisenin ortalık yerinde filan, bu çok ayıp bir şeydi, ama felaket gülünçtü. Ah, Marsalla, ah! Herif neredeyse çatıyı havaya uçuracaktı. Kimse pek öyle sesli filan gülmedi. Bizim Ossenburger de hiç duymamış gibi yaptı. Ama Thurmer, bizim müdür, kürsüde Ossenburger'ın yanında oturuyordu ve *onun* duyduğu belli oluyordu. Vay canına, bizim müdür fitil olmuştu! Orada hiçbir şey demedi, ama ertesi gece hepimizi idare binasındaki zorunlu etüt salonuna topladı ve bize orada sıkı bir söylev çekti. Kilisede böyle terbiyesizlikler yapan bir çocuğun Pencey'de okumaya layık olmadığını söyledi. Thurmer konuşurken, bizim Marsalla'yı bir tane daha koyversin diye gaza getirmeye çalıştık, ama havasında değildi çocuk. Ya, işte böyle. Pencey'de kaldığım yer, diyordum: Bizim Ossenburger Bağışı Kanadı, yeni yatakhaneler bölümünde.

Yaşlı Spencer'ın yanından ayrıldıktan sonra odama dönmek güzeldi; herkes maçtaydı ve her nasılsa, oda sıcacıktı. Pek keyiflendim. Üstümü soyundum, boyunbağımı çıkardım, gömleğimin yakasını açtım, sonra kafama New York'tan satın aldığım şapkayı geçirdim. O kırmızı şapkalardandı, hani şu siperi çok çok uzun olanlardan. O lanet kılıçları kaybettiğimin farkına vardıktan hemen sonra, çocuklarla metrodan çıktığımızda bir spor mağazasının vitrininde görmüştüm. Yalnızca bir papele kapmıştım şapkayı. Siperini ters çevirip öyle giydim. Doğrusu, çok bayat bir numaraydı, ama böyle giymek çok hoşuma gidiyordu. Yani, yakışıyordu. Sonra, okuduğum o kitabı alıp koltuğuma oturdum. Odada iki koltuk vardı. Biri benimdi, öbürü de oda arkadaşım Ward Stradlater'ın. Koltukların kolları, gelen giden üstüne oturduğundan berbat durumdaydı, ama rahat koltuklardı.

Yanlışlıkla kütüphaneden aldığım şu kitabı okuyordum. Bana yanlış kitap vermişlerdi, ben de odama gelinceye kadar fark etmemiştim. Bana, Isak Dinesen'ın *Afrika'nın Dışında* adlı kitabını vermişlerdi. Önce, ortalığı kokutacak filan sandım, ama hiç de öyle çıkmadı. Çok iyi bir kitaptı. Oldukça cahilimdir, ama epey okurum. En sevdiğim yazar ağabeyim D. B.'dir, ondan sonra en çok Ring Lardner'ı severim. Ağabeyim, ben Pencey'de okula başlamadan önce, doğum günümde bana Ring Lardner'ın bir kitabını armağan etmişti. Kitapta şu çok gülünç, çılgın oyunlardan vardı, bir de sürekli olarak aşırı hız yapan o şirin kıza âşık olan bir trafik polisinin öyküsü. Yalnız, evliydi polis. Bu yüzden kızla evlenemiyordu. Sonunda, kız sürekli hız yaptığından ölüyordu. Buna bitmiştim. Bir kitapta en hoşuma giden şey, en azından, arada bir gülünç şeyler olmasıdır. Bir sürü klasik okudum, *Yuvaya Dönüş* filan gibisinden, severim o kitapları. Savaş üzerine şeyler, polisiye romanlar filan, ama bunlar beni pek açmıyor. Bir kitabı okuyup bitirdiğiniz zaman, bunu yazan keşke çok yakın bir arkadaşım olsaydı da, canım her istediğinde onu telefonla arayıp konuşabilseydim diyorsanız, o kitap bence gerçekten iyidir. Ama öylesi pek bulunmuyor. Isak Dinesen'a telefon etmekten çekinmezdim. Ring Lardner'a da, ama D. B. bana onun ölmüş olduğunu söyledi. Somerset Maugham'ın *Hayat Hüzünleri* kitabını ele alalım. Onu geçen yaz okudum. Oldukça iyi bir kitap, ama Somerset Maugham'a telefon etmek filan istemem. Telefon etmek isteyebileceğim biri değil o, hepsi bu yani. Bizim Thomas Hardy'ye telefon etmeyi yeğ tutarım. Onun o Eustacia Vye'ını çok severim.

Her neyse, yeni şapkam kafamda, oturmuş, *Afrika'nın Dışında*'yı okumaya başlamıştım. Aslında kitabı daha yeni bitirmiştim, ama bazı yerlerini bir kez daha okumak istiyordum. Henüz üç sayfa okumuştum ki, duş perdelerinin oradan birinin geldiğini işittim. Dönüp bakmadan bile, kim olduğunu anladım. Gelen Robert Ackley'ydi, şu bize bitişik odada kalan herif. Bizim kanatta her iki odaya bir duş düşüyordu, bizim Ackley de günde seksen beş kez gelip paldır küldür odaya dalardı. Tüm yatakhanede benden başka maça gitmeyen herhalde bir tek o vardı. *Bir yere* gittiği de hiç görülmemişti zaten. Çok acayip bir herifti. Son sınıftaydı, dört yılın hepsini Pencey'de geçirmişti. Hiç kimse onu, "Ackley" dışında bir adla çağırmazdı. Kendi oda arkadaşı Herb Gale bile ona, "Bob" veya "Ack" bile demezdi. Bu herif evlenecek olsa, kendi karısı bile ona, "Ackley", derdi herhalde. Çok uzun boylu –bir doksan üç–, düşük omuzlu, berbat dişleri olan bir herifti. Bitişik odalarda kaldığımız tüm süre boyunca onu bir kez bile diş fırçalarken görmedim. Ağzı yosun tutmuş gibi berbat görünürdü, yemekhanede ağzına patates, bezelye filan tıkıştırdığında görseniz kusacak gibi olurdunuz. Bundan başka, bir de sivilceleri vardı. Çoğu çocuklarda olduğu gibi yalnızca alnında veya çenesinde olsa yine iyi, suratı olduğu gibi sivilcelerle kaplıydı. Bununla da kalmıyordu, felaket bir kişiliği vardı. Biraz terbiyesiz bir herifti. Doğrusu bu ya, ondan pek hoşlanmıyordum.

Hemen koltuğumun ardında olduğunu, duş eşiğinin üstünde durup, Stradlater içerde mi diye bakındığını hissedebiliyordum. Stradlater'dan müthiş nefret ederdi, eğer odada o varsa içeriye adımını bile atmazdı. Neredeyse herkesten nefret ederdi yani.

Duş eşiğinden aşağıya inip odaya girdi. "Selam," dedi. Sanki felaket sıkılmış, felaket yorulmuş gibi söylerdi bu sözü. Sizi görmeye geldiğini filan düşünmenizi istemezdi. Sanki yanlışlıkla geldiğini sanmanızı isterdi, Tanrı aşkına.

Ben de, "Selam," dedim, ama başımı kitaptan kaldırmadan. Ackley gibi bir herif geldiğinde başınızı kitabınızdan bir kaldırdınız mı, işiniz bitik demektir. Aslında yine de işiniz bitiktir ya, başınızı hemen kaldırmamışsanız iflahınızı kesmesini belki biraz geciktirebilirsiniz.

Odada dolaşmaya başladı, öyle ağır ağır, her zamanki gibi; masanızın, dolabınızın üstündeki öteberinizi alıp bakacak, gelip böyle öteberinizi kurcalardı hep. Yani, bazen sinir ederdi adamı. "Eskrim işi ne oldu?" dedi. Kitabı elimden bıraktırmaya, keyfimi kaçırmaya çalışıyordu. "Biz mi kazandık, onlar mı?" dedi.

"Hiç kimse kazanmadı," dedim. Başımı kaldırmadan, tabii.

"Ne?" dedi. Sözünüzü yineletmeden yapamazdı.

"Hiç kimse kazanmadı," dedim. Başucu dolabımın üstünde ne kurcalıyor diye gizliden bir bakış fırlattım. O zamanlar New York'ta çıktığım, Sally Hayes denen şu kızın resmine bakıyordu. Resmi oraya koyduğumdan beri en az beş bin kez alıp bakmıştı herhalde. İşi bittiğinde de resmi başka bir yere bırakmasa olmazdı. İnadına yapıyordu. Anlıyordunuz.

"*Hiç* kimse kazanmadı mı?" dedi. "Nasıl yani?"

"O lanet kılıçlarla öteberiyi metroda bırakmışım." Suratına bakmıyordum.

"Metroda ha, aman Tanrım! Yani onları *kaybettin*, öyle mi?"

"Yanlış metroya binmişiz. Durmadan kalkıp, duvardaki o lanet haritaya bakmak zorundaydım."

Yanıma gelip ışığımı kesti. "Hey," dedim. "Geldiğinden beri, aynı cümleyi belki yirmi kezdir okuyup duruyorum."

Bu lanet söz herkese dokunurdu da, bizim Ackley'e hiç dokunmazdı. Ona bir şey söylenmemişti sanki. "Ödetirler mi dersin, ha?" dedi.

"Bilmiyorum. Umurumda da değil. Ackley, oğlum, otursan filan, ha? Işığımı kesiyorsun." Ona, "Ackley, oğlum," demenizden hiç hoşlanmazdı. Ben on altı yaşındayım, kendisi de on sekiz yaşında diye, bana hep, "oğlum," derdi. Ama ben ona, "Ackley, oğlum," dedim mi, fena bozulurdu.

Orada dikilmeyi sürdürdü. Işığınızdan çekilmesini istediğiniz halde çekilmemekte ısrar eden türden heriflerdendi. Sonunda çekilecekti, ama bunu siz istediniz mi biraz zaman alırdı. "O okuduğun lanet şey ne?" dedi.

"Lanet kitap işte."

Eliyle kitabı itip kapağına baktı. "İyi mi bari?" dedi.

"Bu okuduğum cümle mükemmel." Havamda olursam, epey iğneleyici olabilirim yani. Ama ne gezer, anlamamıştı bile. Odada yine dolanmaya, bana ve Stradlater'a ait öteberileri kurcalamaya başladı. Sonunda kitabı yere bıraktım. Ortalıkta Ackley gibi bir herif dolaşmaya başlamışsa kitap mitap okuyamazdınız artık. Olanak yoktu buna.

Koltuğa iyice gömüldüm ve bizim Ackley'nin odada nasıl keyif çattığını seyrettim. Bu New York gidiş gelişlerinden biraz yorulmuştum, esnemeye başladım. Sonra, biraz gırgır geçeyim dedim. Bazen epey gırgır şeyler yaparım can sıkıntısından. Kafamdaki şapkanın siperini öne getirdim, ardından siperliği burnuma kadar indirdim. Bu durumda hiçbir şey göremiyordum. "Galiba kör oluyorum," dedim boğuk bir sesle. "Canım anneciğim, her yer nasıl da *kararıyor* burada."

"Sen üşütüksün, yemin ederim," dedi Ackley.

"Canım anneciğim, uzat elini bana. Niye uzatmıyorsun bana elini?"

"Tanrı aşkına, büyüsene artık."

Oturduğum yerde kör bir herif gibi elimi öne uzatıp çevreyi yoklar gibi yaptım. Durmadan, "Canım anneciğim, niye uzatmıyorsun bana elini," diyordum. Yalnızca kafa buluyordum, tabii. Bazen böyle zırvalıklar yapmak çok hoşuma gider. Ayrıca, Ackley'nin bundan dehşetli rahatsız olduğunu da biliyordum. Ona karşı içimden sadistlik etmek gelirdi. Sık sık sadistlik ederdim böyle ona. Ama sonunda kestim gırgırı. Şapkamın siperini yine geriye çevirdim, arkama yaslandım.

"Bu kimin?" dedi Ackley. Elinde oda arkadaşımın dizliğini tutmuş, bana gösteriyordu. Bu Ackley denen herif her şeye el atardı. Donunuza bile el atardı yani. Stradlater'ın olduğunu söyleyince, dizliği Stradlater'ın yatağına fırlattı. Stradlater'ın başucu dolabının üstünden aldığı şeyi, kalkmış, yatağın üstüne atıyordu.

Bu kez de yanıma geldi ve Stradlater'ın koltuğunun koluna ilişti. Gelip bir koltuğa adam gibi oturmazdı. Hep böyle koluna tünerdi.

"Hangi cehennemden aldın bunu?" dedi.

"New York'tan."

"Kaça?"

"Bir papele."

"Kazıklamışlar seni." Bir kibrit çöpüyle tırnak içlerini temizlemeye koyuldu. Hep böyle tırnaklarını temizlerdi. Bir bakıma, çok gülünçtü bu. Herifin dişleri yosun tutmuş gibiydi, kulakları rezalet kirli olurdu hep, ama o durmadan tırnaklarını temizlerdi. Herhalde, tırnak temizlemekle temiz bir herif filan olduğunu sanıyordu. Temizliğini yaparken kafamdaki şapkaya bir daha baktı. "Bizim oralarda bu şapkaları geyik avlarken giyeriz, Tanrı aşkına," dedi. "Geyik avlama şapkası bu."

"Öyledir, lanet olsun." Şapkayı çıkarıp baktım. Bir gözümü kısıp şapkaya nişan alır gibi yaptım. "Bu, adam avlama şapkası," dedim. "Bununla adam avlıyorum ben."

"Atıldığından evdekilerin haberi var mı?"

"Yok."

"Stradlater hangi cehennemde?"

"Maçta. Bir kızla." Esnedim. Durmadan esniyordum. Her şey bir yana, oda çok sıcaktı. Adamı uyutuyordu. Zaten bu Pencey'de insanı ya soğuktan, ya da sıcaktan öldürürlerdi.

"Muhteşem Stradlater," dedi Ackley. "Hey, makasını bir saniye versene, ha? Burada mı?"

"Hayır, bavulda. Ta dolabın üstüne kaldırdım."

"Bir saniye indiriver, ha?" dedi Ackley. "Bir şeytantırnağı çıkmış, onu keseceğim."

Bir şeyi bavulla birlikte ta dolabın üstüne kaldırmış olmanız umurunda filan değildi. Kalktım, yine de çıkardım makası. Ama neredeyse geberiyordum. Dolabın kapağını açtığım an, Stradlater'ın tenis raketi –kalıbıyla birlikte– küt diye tepeme inmez mi! Felaket canım yandı. Ackley az kalsın ölüyordu ama. Başladı kih kih gülmeye. Bavulu indirip, makası çıkarana kadar durmadan güldü. Böyle şeyler –birinin kafasına bir taş yemesi filan– acayip içini gıcıklardı Ackley'nin. "Felaket bir mizah duygusu var sende, Ackley oğlum," dedim ona. "Haberin var mı bundan?" Makası eline tutuşturdum. "Gel, senin menajerin olayım. Seni şu radyoculuk işine sokayım." Gidip koltuğuma oturdum, o da başladı hödük tırnaklarını kesmeye. "Şunu masada filan yapsan, olmuyor mu?" dedim. "Masanın üstünde kessene. Gece çıplak ayakla o pis tırnaklarına mı basalım yani?" Ama yine de, tırnaklarını yere düşüre düşüre kesmeyi sürdürdü. Ne terbiyesizlikti ama. Bu kadar olur yani.

"Kim bu Stradlater'ın çıktığı kız?" dedi. Böyle, Stradlater kiminle çıkıyor diye sürekli izlerdi, hem de Stradlater'dan müthiş nefret ettiği halde.

"Bilmiyorum. Niye soruyorsun?"

"Hiç, işte. Vay canına, o orospu çocuğuna dayanamıyorum. Dayanamıyorum o orospu çocuğuna."

"Ama o seni çok seviyor. Stradlater senin çok kıyak bir herif olduğunu düşünüyor," dedim. Gırgır geçerken, böyle, millete kıyaksın filan derim. Can sıkıntısından kurtuluyorum böylece.

"Herif hiç durmadan üstünlük havası basıyor," dedi Ackley. "O orospu çocuğuna dayanamıyorum. Sanki kendisini..."

"Hey, tırnaklarını *masanın* üstünde kessen olmaz mı?" dedim. "Elli kez söyledik sana, değil..."

"Herif durmadan üstünlük havası basıyor," dedi Ackley. "O orospu çocuğunun akıllı bile olduğunu hiç sanmıyorum. O kendisini öyle *sanıyor.* Kendisini dünyanın en..."

"Ackley! Tanrı aşkına! *Lütfen* şu pis tırnaklarını masanın üstünde kessene yahu. Elli kez söyledik sana."

Neyse, tırnaklarını masada kesmeye başladı, iş olsun diye. Ona ancak bağıra çağıra bir şey yaptırabilirdiniz.

Bir süre onu seyrettim. Sonra ona, "Stradlater'a fitil olmanın nedenini biliyorum," dedim. "Sana arada bir dişlerini fırçalamanı söyledi diye kızıyorsun ona. Niyeti seni aşağılamak değildi ki, böyle sızlanıp duruyorsun. Belki adam gibi söylemedi ama niyeti seni aşağılamak değildi. Arada bir dişini fırçalasan daha düzgün görünürsün, kendini daha *iyi hissedersin*, demek istemişti."

"Dişimi fırçalıyorum ben. Bırak şimdi bunları."

"Hayır, fırçalamıyorsun. Görüyoruz işte, fırçalamıyorsun." Bu son sözleri efendice söylemiştim. Ona acımıştım bir bakıma. Tabii, birinin böyle kalkıp size dişinizi fırçalamanızı söylemesi pek hoş bir şey değildi. "Stradlater iyidir. Fena çocuk değildir," dedim. "Onu tanımıyorsun, tek sorun da bu."

"Ben yine de, o bir orospu çocuğudur, diyorum. Kendini beğenmiş bir orospu çocuğu o."

"Kendini beğenmiştir, ama bazı konularda çok cömerttir. Gerçekten," dedim. "Bana bak, diyelim ki Stradlater'ın boyunbağı hoşuna gitti. Diyelim ki, boynundaki boyunbağı acayip hoşuna gitti; örnek olsun diye söylüyorum sana. Ne yapar sence? Herhalde çıkarıp hemen sana verir. Gerçekten verir. Veya ne yapar, biliyor musun? Getirir yatağının üstüne filan bırakır. Ama o lanet boyunbağını kesinlikle *verir* sana. Bence hiç kimse..."

"Ne yani?" dedi Ackley. "O kadar param olsa, ben de veririm tabii."

"Hayır. Vermezsin." Kafamı salladım. "Hayır, Ackley oğlum, sen vermezsin. O kadar paran olsa, sen dünyanın en..."

"Bana, 'Ackley, oğlum,' demeyi kes, lanet olsun. Ben senin rezil baban olacak yaştayım."

"Hayır, değilsin." Yahu, bu herif bazen adamı çileden çıkarırdı. Kendisinin on sekiz, sizin de on altı yaşınızda olduğunuzu hatırlatma fırsatını hiç kaçırmazdı. "Her şeyden önce, seni o lanet aileme kabul bile etmezdim," dedim.

"O zaman bana öyle..."

Birden kapı açıldı, bizim Stradlater hışımla içeri daldı. Çok acelesi vardı. Zaten her zaman acelesi olurdu. Yanıma geldi ve iki yanağıma şakacıktan birer tokat attı. İnsanı böyle çok rahatsız edici şeyler de yapardı yani. "Dinle," dedi. "Bu akşam bir yere çıkıyor musun, özel bir şey var mı?"

"Ne bileyim? Olabilir. Dışarda neler oluyor; kar mı yağıyor, yoksa?" Paltosu kar içindeydi.

"Evet. Dinle. Bu akşam özel bir şey yoksa, bana şu köpek dişi desenli ceketini verir misin?"

"Maçı kim aldı?" dedim.

"Daha ancak yarı oldu. Biz çıkıyoruz," dedi Stradlater. "Hadi, gırgır geçme de, bu gece köpek dişi ceketini giyecek misin, giymeyecek misin, sen onu söyle. Benim gri flanelin üstüne bir şeyler döküldü."

"Giymeyeceğim, ama o lanet omuzlarınla filan genişletmeni istemiyorum," dedim. Aslında aynı boydaydık, ama kilosu yaklaşık benim iki katım gelirdi. Çok geniş omuzları vardı.

"Genişletmem, söz." Telaşla dolaba gitti. "N'aber, oğlum, Ackley?" dedi Ackley'ye. En azından cana yakın bir herif sayılırdı bu Stradlater. Biraz sahtekârca bir cana yakınlıktı belki, ama en azından Ackley'ye merhaba filan derdi.

Stradlater Ackley'ye, "N'aber oğlum?" deyince, o da ona bir şeyler mırıldandı. Elinden gelse, karşılık vermezdi ya, en azından bir şeyler mırıldanmayacak kadar bile cesareti yoktu. Ackley bana döndü, "Ben gideyim artık. Sonra görüşürüz," dedi.

"Tamam," dedim. Ackley odanızdan gidiyor diye pek de üzülmezdiniz yani.

Bizim Stradlater üstünü başını soyunmaya, boyunbağını filan çıkarmaya başladı. "Sanırım, çabucak bir tıraş olmam gerek," dedi. Oldukça gürdü Stradlater'ın sakalı. Gerçekten gürdü.

"Nerede senin kız?" dedim.

"Ek binada beni bekliyor." Tıraş takımı ve havlusu koltuğunun altında odadan çıktı. Gömleksiz filan. Ortalıkta böyle hep üstü çıplak dolaşırdı. Kendisini acayip yakışıklı buluyordu. Ama gerçekten de öyleydi. Kabul etmek gerek.

Bölüm 4

Yapacak bir işim yoktu, ben de kenefe indim. Stradlater tıraş olurken, onunla çene çaldık. Herkes hâlâ maçta olduğundan kenefte ikimizden başka kimse yoktu. İçerisi cehennem gibi sıcaktı, bütün camlar buğulanmıştı. Hepsi duvar boyunca dizili on kadar lavabo vardı. Stradlater ortalardaki lavabolardan birindeydi. Onun yanındaki bir lavaboya da ben oturdum ve soğuk su musluğunu açıp kapamaya başladım; asabi bir alışkanlık işte. Stradlater tıraş olurken ıslıkla Song of India'yı çalıp duruyordu. İyi ıslıkçıların bile zor çıkaracağı Song of India ya da Slaughter on the Tenth Avenue gibi parçaları böyle kulak tırmalaya tırmalaya, bozukdüzen öttürmeye çalışırdı. Şarkının gerçekten de içine ederdi yani.

Ackley'nin nasıl pasaklı bir herif olduğunu anlatmıştım, hatırladınız mı? Bizim bu Stradlater da pasaklıydı, ama onunki başka türlüydü. Stradlater, daha çok, gizli türden bir pasaklıydı. Hep yakışıklı *görünürdü* bu Stradlater, ama sözgelimi, tıraş olduğu o makineyi bir görmeliydiniz. Makine pas içindeydi, sabun artıkları, kıllar ve kalıntılarla doluydu. Hiç temizlemezdi makineyi. Hazırlanması bittiğinde hep pırıl pırıl, bakımlı görünürdü, ama yine de, ne gizli bir pasaklı olduğunu anlardınız onun nasıl hazırlandığını seyredince. Kendisine deliler gibi âşık olduğundan böyle bakımlı görünmelere önem veriyordu. Batı yarımküresinin en yakışıklı erkeği sanıyordu kendisini. Oldukça yakışıklıydı da; kabul etmek gerek yani. Ailenizdekilerin, okul yıllığında resmini görüp de hemen, "Kim *bu* çocuk?" diye soracak-

31

ları cinsten bir yakışıklılıktı onunkisi. Stradlater, daha çok, okul yıllığı yakışıklısı türünden bir herifti. Pencey'de Stradlater'dan daha yakışıklı olduğunu düşündüğüm bir sürü herif tanıyordum, ama okul yıllığındaki resimlerine bir baksanız, pek de yakışıklı görünmezlerdi. Koca burunlu ve kepçe kulaklı çıkardı resimleri. Çok rastlamışımdır bu duruma.

Her neyse, Stradlater'ın bitişiğindeki lavaboya oturmuş, suyu açıp kapatıyordum. Kafamda hâlâ kırmızı avcı şapkam duruyordu, siperi arkaya çevrili. O şapkadan acayip hoşlanmıştım.

"Hey," dedi Stradlater. "Bana büyük bir iyilik yapar mısın?"

"Ne?" dedim, pek isteksiz. Sizden hep büyük bir iyilik yapmanızı isterdi. Bu, çok yakışıklı veya kendisini gerçekten bir şey sanan herifler, kalkıp durmadan onlara böyle büyük bir iyilik yapmanızı isterler. Tabii, kendilerine felaket âşık olduklarından, sizin de onlar için deli olduğunuzu ya da onlara bir iyilik yapabilmek için can attığınızı filan sanırlar. Gülünç bir şey yani.

"Bu akşam dışarı çıkıyor musun?" dedi.

"Belki çıkarım, belki çıkmam. Bilmiyorum. Neden sordun?"

"Pazartesiye Tarih dersi için yüz sayfa kadar okumam gerek," dedi. "İngilizce dersi için bana bir kompozisyon yazar mısın? Pazartesiye o lanet şeyi yetiştiremezsem, başım belaya girecek. Onun için sormuştum. Ne dersin?"

Çok ironik bir durumdu. Hem de çok.

"*Ben* bu lanet okuldan atılmış gidiyorum, *sen* kalkmış benden lanet bir kompozisyon yazmamı istiyorsun," dedim.

"Evet, biliyorum. Ama, yazmazsan başım belaya girecek. Arkadaşlık nerede kaldı, ha? Nerede kaldı ahbaplık? Tamam mı?"

Ona hemen karşılık vermedim. Stradlater gibi namussuzları böyle boşlukta bırakmak iyidir.

"Ne üzerine?" dedim.

"Ne olursa. Bir şeyleri tanımlayacaksın işte. Bir oda. Ya da bir ev. Veya eskiden yaşadığın bir şey; bilirsin işte. Bir şeyi anlat da, istersen cehennemin dibi olsun." Bunu bana söylerken de acayip acayip esnedi ki, beni felaket hasta eder böyle esnemeler. Yani, hem birinden sizin için lanet bir iyilik yapmasını istiyorsunuz, hem de herifin suratına karşı esniyorsunuz. "Ama çok da iyi olmasın, ha," dedi. "Şu Hartzell denen orospu çocuğu senin hem İngilizcede acayip iyi olduğunu, hem de benimle aynı odada kaldığını biliyor. Yani, pek öyle noktaları, virgülleri yerli yerine oturtturacağım diye uğraşma."

Buyrun işte; bu da beni acayip hasta eder yani. Siz kompozisyon yazmada iyisinizdir, birileri de kalkar, böyle noktalardan, virgüllerden söz eder. Stradlater bunu hep yapardı zaten. *Kendisinin* yalnızca noktaları, virgülleri yanlış yerlere koyduğundan kompozisyonda iyi olmadığını sanmanızı isterdi. Bu bakımdan Ackley gibiydi biraz. Bir kez Ackley'yle bir basketbol maçında yan yana oturmuştuk. Bizim takımda Howie Coyle denen o felaket oyuncu vardı, oyun alanının tam ortasından, potaya bile değdirmeden sayı yapardı çocuk. Ackley bütün maç boyunca Coyle'un basketbol için mükemmel bir *fiziğe* sahip olduğunu söylemiş durmuştu. Tanrım, bu zevzekliklerden nasıl da nefret ederim.

Bir süre sonra lavabonun üstünde oturmaktan sıkıldım, aşağıya atlayıp bir iki adım ötede step dansı yapmaya başladım, gırgır olsun diye. Aslında step dansı filan bilmem, ama kenefin zemini taştandı, yani step dansı için çok uygundu. Filmlerdeki o heriflerden birini taklit etmeye başladım. Şu müzikallerden birinde çıkmıştı hani. Filmlerden günahım gibi nefret ederim, ama onları taklit etmek hoşuma gider. Bizim Stradlater tıraş oluyor, bir yandan da beni seyrediyordu. Tek eksiğim seyircidir. Bendeniz acayip gösterişçiyimdir. "Ben lanet Vali'nin oğluyum," dedim. Kendimi perişan ediyor, sözde step dansı döktürüyordum. "Babam benim step dansçısı olmamı istemiyor. Oxford'a gitmemi istiyor. Ama, step dansı benim lanet kanıma işlemiş." Stradlater güldü. Mizah duygusu fena sayılmazdı. "Zigfried Follies'in açılış gecesindeyiz." Soluğum giderek daralıyordu. Şişerim böyle işte. "Baş oyuncu devam edemiyor. Ayyaş herif. Onun yerine kimi çıkaracaklar şimdi? Kimi olacak, beni tabii. Vali'nin şu küçük lanet oğlunu."

"Nereden buldun o şapkayı?" dedi Stradlater. Kafamdaki avcı şapkasından söz ediyordu. Daha yeni görüyordu.

Soluksuz kalmıştım, ben de şamatayı kestim. Şapkamı çıkardım, belki doksanıncı kez baktım ona. "Bu sabah New York'tan aldım. Bir papele. Beğendin mi?"

Stradlater kafasını salladı. "Kıyak," dedi. Aslında bana yağ çekiyordu, çünkü hemen ardından, "Baksana. Şu kompozisyonu yazacak mısın? Bilmek istiyorum," dedi.

"Vaktim olursa yazarım, olmazsa yazmam," dedim. Gittim, yanındaki lavaboya oturdum. "Senin kız kim?" diye sordum. "Fitzgerald mı?"

"Değil. Sana demiştim, o domuz karıyla işim bitti diye."

"Öyle mi? Oğlum, bana devretsene onu. Gırgır geçmiyorum. O kız benim tipim."

"Al senin olsun... Senin için çok büyük ama."

Birden –belirli bir nedeni yoktu, ama herhalde canım gırgır istiyordu– lavabodan yere atlayıp Stradlater'a bir yarım-kafakol çekeyim dedim. Belki bilmiyorsunuzdur, bir güreş oyunu bu, rakibinizin bir koluyla boynunu birlikte kapar, öldüresiye yüklenirsiniz. Nitekim yaptım da.

"Kes şunu Holden, Tanrı aşkına!" dedi Stradlater. Canı gırgır istemiyordu. Tıraş oluyordu herif. "Ne istiyorsun şimdi yani – suratımı mı keseyim?"

Yine de bırakmadım. Nefis bir kafakol çekmiştim ona. "Kurtar bakalım kendini kurtarabilirsen bu demir mengeneden," dedim.

"Of Tanrım," dedi. Tıraş makinesini bıraktı, birden kollarını savurup elimden kurtuldu. Çok güçlü bir herifti. Bense pek çelimsiz bir herifimdir. "Yeter artık, kes şu zırvalığı," dedi. Yeniden tıraş olmaya başladı. İki kez alırdı sakalını, parlak görünmek için. Hem de o berbat, eski püskü makineyle.

"Fitzgerald değilse, kiminle çıkıyorsun şimdi sen?" diye sordum. Gittim yine lavaboya oturdum. "Şu Phyllis Smith denen yavru mu?"

"Hayır. Öyle olacaktı, ama bütün hesaplar yattı. Bud Thaw'un kızının arkadaşını kaptım şimdi... Hey! Neredeyse unutuyordum. Kız seni tanıyor."

34

"Hangi kız beni tanıyor?"

"Çıktığım kız."

"Öyle mi?" dedim. "Adı ne?" İyiden iyiye meraklanmıştım.

"Dur, bir düşüneyim... A... Jean Gallagher."

Aman Tanrım, bunu duyunca az kalsın yere yıkılıyordum.

"*Jane* Gallagher onun adı," dedim. Bunu söylerken de lavabodan aşağıya atlamıştım. Az kalsın düşüp bayılıyordum. "Lanet olsun, tabii tanıyorum. Önceki yaz bitişiğimizde oturuyorlardı. Kocaman lanet bir Dobermann Pincher köpeği vardı. Onunla öyle tanışmıştık, köpeği sürekli gelip bizim çimenlere..."

"Işığımı kesiyorsun Holden, Tanrı aşkına," dedi Stradlater. "Orda durmak zorunda mısın yani?"

Tanrım, felaket heyecanlanmıştım. Gerçekten heyecanlanmıştım.

"Nerede şimdi?" diye sordum. "İnip ona bir merhaba filan diyeyim. Nerede? Ek binada mı?"

"Evet."

"Ne diye sordu beni? Acaba B. M.'de mi okuyor şimdi? Belki oraya giderim demişti. Shipley'ye de gidebilirim demişti. Beni neden sordu?" Bayağı heyecanlıydım. Gerçekten heyecanlıydım.

"*Ben* ne bileyim, Tanrı aşkına? Kalkar mısın? Havlum altında kaldı," dedi Stradlater. Salak havlusunun üstüne oturmuştum.

"Jane Gallagher," dedim. Kendimi toparlayamıyordum bir türlü. "Of Tanrım."

Bizim Stradlater saçına Vitalis sürüyordu, benim Vitalis'imi.

"Dansçıdır o," dedim. "Bale filan yapardı yani. Her gün yaklaşık iki saat çalışırdı, yazın ortasında, o sıcaklarda. Bacakları bozulacak –kalınlaşacak filan– diye ödü kopardı. Onunla hep dama oynardık."

"Onunla hep *ne* oynardınız?"

"Dama."

"*Dama mı*, Tanrı aşkına?"

"Evet. Damaya çıkan taşlarını hiç oynatmazdı. Hepsini arka sırada toplardı. Onları sıraya dizmek isterdi. Bir daha kullanmak istemezdi damaları. Arka sırada dizili olmalarından hoşlanırdı."

Stradlater hiçbir şey demedi. Böyle şeyler çoğu insanı pek ilgilendirmiyor nedense.

"Annesi bizim kulübe üyeydi," dedim. "Ara sıra, biraz para kazanmak için kulüpte milletin golf sopalarını taşırdım. Birkaç kez onun annesinin sopalarını da taşıdım. Kadın dokuz delikte yüz yetmiş sayı yapmıştı."

Stradlater beni pek dinlemiyordu. O muhteşem perçemini taramakla meşguldü.

"İnip kıza bir merhaba diyeyim bari," dedim.

"Niye gitmiyorsun öyleyse?"

"Gideceğiz yaa, bir dakika."

Saçını yeniden ayırmaya girişti. Saçını taraması bir saat filan sürerdi.

"Annesi babası boşanmışlar. Annesi sonra gitmiş bir ayyaş köpekle evlenmiş," dedim. "Kıllı bacaklı, sıska bir herif. Onu hatırlıyorum. Şort giyerdi hep. Jane bana onun oyun yazarı gibi lanet bir şey olduğunu filan söylemişti, onu her gördüğümde hep kafa çekip radyodan lanet bir polisiye piyes dinlemekte olurdu. Ve herif evde çırılçıplak dolaşırdı. Jane evdeyken filan."

"Öyle mi?" dedi Stradlater. O ayyaş köpeğin Jane'in yanında çırılçıplak koşturması onu pek ilgilendirmişti. Bu Stradlater seks düşkünü bir herifti.

"Çocukluğu rezalet geçmiş kızın. Dalga geçmiyorum."

Böyle şeyler onu fazla ilgilendirmezdi. Seks konusu oldu mu ilgilenirdi yalnızca.

"Jane Gallagher. Tanrım." Onu aklımdan atamıyordum. "İnip kıza bir merhaba diyeyim bari."

"Durmadan bunu söyleyeceğine niye gitmiyorsun?" dedi Stradlater.

Pencereye gittim, ama dışarıyı göremiyordum, sıcaktan camlar buğulanmıştı. Havamda değilim şu an," dedim. Değildim de. Böyle şeyler için havanızda olmanız gerek. "Shipley'ye gittiğini sanıyordum. Shipley'ye gittiğine yemin edebilirdim." Kenefte bir süre dolandım. Ne yapacağımı bilemiyordum. "Maç hoşuna gitti mi Jane'in?" dedim.

"Evet. Öyle sanırım. Bilmiyorum."

"Hep dama oynadığımızı filan anlattı mı sana?"

"Bilmiyorum, Tanrı aşkına. Kızla daha yeni *tanıştım*," dedi Stradlater. O muhteşem lanet saçını taraması sonunda bitti. Pis tıraş takımlarını toplamaya girişti.

"Baksana. Ona selam söyle benden, tamam mı?"

"Tamam," dedi Stradlater, ama adım gibi biliyordum, söylemezdi. Bu Stradlater gibi herifler kimseye selamınızı filan iletmezler.

Stradlater odaya çıktı. Ben kenefte biraz daha oyalandım, bizim Jane'i düşündüm. Sonra ben de odaya gittim.

Odaya döndüğümde Stradlater aynanın karşısında boyunbağını bağlıyordu. Ömrünün yarısını aynanın karşısında geçirirdi. Koltuğa oturdum, biraz onu seyrettim.

"Hey," dedim. "Ona atıldığımı filan söyleme tamam mı?"

"Tamam."

Stradlater'ın iyi bir yanı da buydu. Böyle ufak tefek lanet şeyleri ona açıklamak zorunda kalmazdınız, ama Ackley'den kurtulamazdınız. Sanırım, Stradlater böyle şeylerle pek ilgilenmiyordu. Asıl neden bu olmalı. Ackley farklıydı. O her şeye burnunu sokmadan edemezdi.

Stradlater benim köpek dişi desenli ceketimi giymişti.

"Tanrım, bari genişletmemeye çalış," dedim. O ceketi daha iki kez giymiştim.

"Genişletmem. Sigaram nerede benim?"

"Masanın üstünde." Neyi nereye koyduğundan hiç haberi olmazdı. "Atkının altında." Sigarasını aldı, ceketinin –benim ceketimin– cebine koydu.

İş olsun diye, birden şapkamın siperini öne çevirdim. Birdenbire sinirlenmeye başlamıştım. Epey sinirli bir herifimdir. "Baksana, onunla nereye gidiyorsunuz?" diye sordum. "Kararlaştırdınız mı?"

"Bilmiyorum. New York'a gideriz, vakit olursa. Dokuz otuza kadar izin almış, Tanrı aşkına."

Konuşma tarzından hiç hoşlanmamıştım, dedim ki: "Herhalde senin ne yakışıklı, ne dayanılmaz bir piç olduğunu bilmediğinden böyle erken bir saate kadar izin almıştır. Seni *bir tanısaydı* belki de sabah *on otuza* kadar izin alırdı."

"Bak, bu accayip doğru," dedi. Onu kızdırmak kolay değildi. Çok kendini beğenmişti. "Dalga geçme benimle. O kompozisyonu yazacaksın, değil mi?" Artık giyinmiş kuşanmış, çıkmaya hazırdı. "Kendini zorlayayım filan deme, acayip betimsel olsun yeter. Tamam mı?"

Ona karşılık vermedim. Canım istemiyordu. Yalnızca, "Ona sor," dedim. "Dámalarını hâlâ en arka sıraya mı diziyormuş?"

"Tamam," dedi Stradlater, ama kıza söylemeyeceğini biliyordum. "Hadi, kendine iyi bak." Sonra, defolup gitti.

O gittikten sonra, yarım saat kadar orada oturdum. Yani, öylece oturdum, hiçbir şey yapmadan. Sürekli Jane'i düşündüm durdum, onunla Stradlater'ın buluşmalarını filan. Bu beni öyle sinirlendirdi ki, az kalsın delirecektim. Bu Stradlater denen herifin seks düşkünü bir namussuz olduğunu size demin söylemiştim.

Birdenbire, içeriye yine Ackley daldı, her zamanki gibi o lanet duş perdelerinin oradan. Ömrümde ilk kez onu gördüğüme sevinmiştim. Başka saçmalıkları unutup sıkıntımı dağıtmama yaramıştı.

Ackley akşam yemeği saatine kadar odada takıldı, Pencey'deki nefret ettiği heriflerden bahsetti, çenesindeki o koca sivilceyi sıktı; mendilini bile kullanmadan. Doğrusunu isterseniz, o piçin mendili olduğunu bile sanmıyorum. Zaten kullanırken de görmüş değilim.

Bölüm 5

Pencey'de Cumartesi akşamları hep aynı yemek çıkardı. Çok önemli bir şeymiş gibi. Neymiş, biftek çıkarıyorlarmış size. Bin kâğıdına bahse girerim ki, bunu yapmalarının nedeni, çoğu ailelerin Pazar günleri okula çocuklarını ziyarete gelmesi ve bizim Thurmer'ın hesabına göre sevgili oğulcuklarına akşam ne yediniz diye soracak olmasıydı, o da "Biftek," diyecekti. İyi tezgâh, değil mi? Biftekleri de bir görmeliydiniz. Şu küçücük, sert, kupkuru et parçalarındandı, kesemezdiniz bile. Biftek çıktığı akşam, tabağınıza bir kepçe dolusu patates püresi atarlardı, tatlı olarak da Brown Betty verirlerdi, ki kimse ağzını sürmezdi, daha iyisinden hiç haberi olmayan orta kısımdaki küçük çocuklar dışında tabii; ama Ackley gibi herifler, önlerine ne koysanız siler süpürürler.

Yemekhaneden çıktığımızda hava güzeldi. Yerde beş on santim kar vardı ve hâlâ çılgınlar gibi yağıp duruyordu. Felaket güzel bir şeydi, başladık birbirimize kartopu atıp şakalaşmaya. Çocukça şeylerdi tüm bunlar, ama herkesin keyfi yerindeydi.

Buluşacağım bir kız filan yoktu, güreş takımından Mal Brossard adlı arkadaşımla otobüsle Agerstown'a inmeye, birer hamburger yemeye ve bulursak eğer, rezil bir film seyretmeye karar verdik. Bütün gece kıçımızın üstünde oturup durmak istemiyorduk. Mal'a Ackley'nin bizimle gelmesinde bir sakınca olup olmadığını sordum. Soruşumun nedeni; Ackley Cumartesi geceleri hiçbir şey yapmaz, odasında oturup sivilcelerini filan sıkardı. Mal *sakıncası olmadığını* söyledi, ama pek hoşuna gitmemişti. Ackley'yi pek sevmezdi. Neyse, hazırlanmak üzere odalarımıza çıktık. Galoşlarımı filan giyerken bizim Ackley'ye bağırıp, bizimle sinemaya gelir mi diye sordum. Duş perdelerinin ardından beni rahatça duyabildiği halde, hemen karşılık vermedi. Size hemen yanıt vermekten nefret eden bir herifti. Sonunda perdelerin arasından çıktı, duş eşiğinin üstünde dikilip, sinemaya benimle birlikte başka kim gidiyor diye sordu. Başka kim gidiyor diye hep böyle sorardı. Yemin ederim, bu herifin gemisi batsa, lanet bir sandalla onu kurtarmaya gitseniz, sandala binmeden önce mutlaka kürekte kim var diye sorardı. "Mal Brossard," dedim. "O piç mi?.. Peki. Bekle bir saniye." Haline bakınca size büyük bir iyilik yapacak sanırdınız.

Hazırlanması beş saat kadar sürdü. O hazırlanırken, ben de pencereye gittim, camı açtım, çıplak elle bir kartopu yaptım. Karla harika kartopu yapılıyordu. Ama kartopunu atmadım. Sonra, atmaya niyetlendim. Sokakta duran bir arabaya. Ama vazgeçtim. Araba orada, bembeyaz, çok güzel görünüyordu. Sonra, bir yangın musluğuna nişan aldım, ama o da bembeyaz ve çok güzeldi. Sonunda hiçbir şeye atmamaya karar verdim. Camı kapattım ve odanın içinde, elimde kartopunu sıka sıka dolaşmaya başladım. Bir süre sonra, Brossard ve Ackley'yle birlikte otobüse binerken kartopu hâlâ elimdeydi. Otobüsün şoförü kapıyı açtı ve kartopunu dışarı attırdı bana. Ona kartopunu kimseye fırlatmayacağımı *söyledim*, ama bana inanmadı. İnsanlar size hiç inanmıyorlar zaten.

Hem Brossard, hem de Ackley filmi görmüşlerdi, biz de gittik bir iki hamburger yedik, biraz tilt makineleriyle oynadık, sonra otobüse binip Pencey'ye döndük. Filmi ille göreceğim diye can attığım da yoktu zaten. Cary Grant'li bir komedi filandı herhalde. Ayrıca, Brossard ve Ackley'yle daha önce de sinemaya gitmiştim. Gülünç bile olmayan zırvalıklara sırtlanlar gibi gülerdi bu ikisi. Sinemada yanlarında oturmaktan pek hoşlanmazdım.

Yatakhaneye döndüğümüzde saat daha dokuza çeyrek vardı. Brossard briç hastasıydı, bir oyun çevirmek için yatakhanede adam bakmaya çıktı. Ackley de iş olsun diye bizim odaya park etti. Yalnız, Stradlater'ın koltuğuna tünemedi bu kez, boylu boyunca benim yatağa uzandı, yüzü filan da yastığımda. O tekdüze sesiyle başladı anlatmaya, sivilcelerini kurcalaya kurcalaya. Bin türlü numara çektim, ama onu başımdan atamadım. O felaket tekdüze sesiyle, geçen yaz sözde becerdiği bir yavruyu anlattı durdu. Bana bunu belki yüz kez anlatmıştı. Ama her anlatışında başka başka şeyler oluyordu. Bir dakika önce kıza kuzeninin Buick'inde sahip oluyordu, bir dakika sonra bakıyordunuz bir iskelenin üstüne uzanmış yatıyorlardı. Tümüyle palavraydı, tabii. Hayatta tanıdığım tek bakir herif oydu herhalde. Birinin ona karşı bir şey hissedebileceğini bile düşünemiyorum. Neyse, artık sonunda ona açık açık, Stradlater için bir kompozisyon yazmak zorunda olduğumu, kafamı toparlamam için defolup gitmesini söyledim. Gitmesine gitti, ama yine her zamanki gibi ağırdan aldı. O gittikten sonra, pijamamı ve sabahlığımı giydim, kafama da o şapkayı geçirdim ve kompozisyonu yazmaya giriştim.

İyi güzel de, aklıma Stradlater'ın dediği gibi, tarif edilecek bir oda, bir ev veya herhangi bir şey gelmiyordu. Ben öyle, odaları, evleri anlatmaya pek meraklı değilimdir. Ne yapayım, ben de oturdum, kardeşim Allie'nin beyzbol eldivenini yazdım. Felaket betimsel bir konuydu. Gerçekten. Kardeşim Allie'nin eldiveni solaklar için olan türdendi. Solaktı kardeşim. Eldivenin betimsel özelliği, bütün parmaklarına ve el üstü cebine kardeşimin şiirler yazmış olmasıydı. Yeşil mürekkeple. Bunları beyzbol alanında, tepesinde eli sopalı bir vurucu olmadığı zamanlarda okumak için yazmıştı. Kardeşim öldü. 18 Temmuz 1946'da, lösemiden. O sıralarda Maine'de oturuyorduk. Tanısaydınız onu çok severdiniz. Benden iki yaş küçüktü, ama benden elli kat daha akıllıydı. Korkunç zekiydi. Öğretmenleri, durmadan anneme mektup yazar, Allie gibi bir çocuğun öğretmeni olmaktan gurur duyduklarını bildirirlerdi. Ve palavra sıkmak için yazmazlardı, gerçeği söylerlerdi. O yalnızca ailenin en akıllı üyesi değildi, en efendisiydi de. Hiç kimseye kızmazdı. Kızıl saçlı insanlar çok çabuk kızar derler, ama Allie hiç kızmazdı ve kızıl saçlıydı. Size onun nasıl bir kızıl saçlı biri olduğunu anlatayım. Ben golf oynamaya on yaşındayken başladım. Hatırlıyorum, on iki yaşındaydım o yaz, bir gün atış yapmak için topu kuma dikerken, içimden birden, başımı bir çevirsem Allie'yi göreceekmişim gibi bir duygu geçti. Döndüm baktım, inanın, çitin ardında

–golf alanı çepeçevre o çitle sarılıydı– yüz, yüz elli metre kadar uzakta bisikletine oturmuş, beni seyretmiyor mu? Ya, işte böyle türden bir kızıl saçlıydı o. Tanrım, öyle iyi çocuktu ki. Yemek masasında otururken aklına gelen şeylere o kadar çok gülerdi ki, neredeyse sandalyeden düşecek gibi olurdu. Daha yeni on üç yaşına girmiştim, beni psikiyatriste filan götürmüşlerdi, garajın camlarını kırdığım için. Ayıplamıyorum onları. Gerçekten ayıplamıyorum. Allie'nin öldüğü gece garajda yattım, tüm lanet camları da yumruğumla kırdım, hıncımı almak için. O yaz aldığımız steyşın arabanın da camlarını kırmaya çalıştım, ama zaten elim çoktan kırılmıştı, bir şey yapamadım. Böyle şeyler yapmak çok aptalca, kabul ediyorum, ama siz Allie'yi tanımadınız. Elim arada bir, yağmur yağdığında filan, sancıyor ve artık yumruğumu sıkamıyorum, şöyle sımsıkı bir yumruk yani; ama, bunun dışında pek önemli bir şeyim kalmadı. Lanet bir cerrah ya da kemancı filan olmayacağıma göre.

Her neyse, Stradlater'ın kompozisyonu için yazdıklarım bunlardı işte. Bizim Allie'nin beyzbol eldiveni. Artık hep bende duruyor, bavulumda. Eldiveni çıkardım ve üstündeki şiirleri kompozisyona ekledim. Tek yapacağım, Allie'nin adını değiştirmekti. Böylece hiç kimse, onun Stradlater'ın kardeşi değil de benim kardeşim olduğunu anlayamayacaktı. Bu kompozisyonu yazmaya pek hevesli değildim, ama bundan başka tasvir edilecek hiçbir şey gelmemişti aklıma. Ayrıca, bunları yazmak hoşuma da gitmişti. Bir saat kadar vaktimi aldı, çünkü Stradlater'ın rezil daktilosunu kullanmak zorunda kalmıştım, o daktilo da canımı fena halde sıkmıştı. Ben daktilomu koridorun ucundaki bir herife ödünç vermiştim.

Yazmayı bitirdiğimde saat on buçuk filandı. Pek uykum yoktu, kalktım bir süre pencereden dışarıya baktım. Artık kar yağmıyordu, ama arada sırada, çalışmayan arabaların sesleri geliyordu. Bizim Ackley'nin horlamasını da duyabiliyordunuz. Lanet duş perdelerinin arasından. Sinüslerinden rahatsızdı, uyurken pek düzgün soluk alamıyordu. O herifin her şeyi bir tuhaftı zaten. Sinüs rahatsızlığı, sivilceler, berbat dişler, ağız kokusu, pis tırnaklar. Yani, bu manyak orospu çocuğuna acımadan edemiyordunuz.

Bölüm 6

İnsan bazı şeyleri tam hatırlayamıyor. Stradlater'ın Jane'le buluşmasından dönüşünü hatırlamaya çalışıyorum şimdi. Koridordan Stradlater'ın o salak, o lanet ayak sesleri geldiği sırada ne yaptığımı hatırlayamıyorum yani. Herhalde hâlâ pencereden filan bakıyordum, ama yemin ederim, tam olarak hatırlamıyorum. Hatırlayamayışımın nedeni; felaket üzgündüm. Bir şeylere üzülüyorsam, tuvalete gitmem gerekse bile gitmem. Üzülmekten gidemem. Üzülmeyi bırakıp gidemem. Stradlater'ı tanısaydınız, siz de benim gibi üzülürdünüz. O herifle birlikte kaç kez kızlarla buluşmaya gittim, ne dediğimi biliyorum yani. Edepsiz herifin tekiydi. Gerçekten edepsizdi.

Her neyse, koridor muşambayla filan kaplıydı, onun o lanet ayak seslerinin koridordan odaya doğru yaklaştığını duyabiliyordunuz. Odaya girdiği sırada nerede oturduğumu bile hatırlamıyorum; pencerede mi, benim koltuğumda mı, yoksa onunkinde mi? Yemin ederim, hatırlamıyorum.

Soğuktan sızlana sızlana girdi odaya. Sonra, "Herkes ne cehenneme gitti böyle? Ortalık morga dönmüş," dedi. Ona yanıt verme zahmetine bile girmedim. Cumartesi geceleri herkesin ya dışarda, ya uykuda, ya da hafta sonu için evine gitmiş olduğunu bilmeyecek kadar salaksa, bunu ona söylemek için kendimi perişan edecek değildim yani. Soyunmaya başladı. Jane'le ilgili tek bir lanet söz etmedi. Ben de konuşmadım. Onu seyrettim yalnızca. Yalnız, köpek dişi ceketim için teşekkür etti bana. Ceketi bir askıya asıp dolaba kaldırdı.

43

Daha sonra, boyunbağını çıkarırken, bana o lanet kompozisyonunu sordu. Lanet yatağının üstünde olduğunu söyledim ona. Gitti, bir yandan gömleğinin düğmelerini çözerken, bir yandan da kâğıdı okudu. Suratında o salak ifadeyle, göğsünü, karnını ovuştura ovuştura orada öyle durup okudu. Hep böyle göğsünü, karnını ovuştururdu. Herif âşıktı kendine.

Birdenbire, "Tanrı aşkına, Holden. Burada lanet bir beyzbol eldivenini anlatmışsın."

"Ne olmuş?" dedim, felaket soğuk bir tavırla.

"Ne demek, ne olmuş? Sana, lanet bir oda veya ev gibi bir şey anlatılacak demedim mi?"

"Betimsel olsun dedin. Beyzbol eldiveni anlatsak, ne fark eder?"

"Lanet olsun!" dedi. Acayip kızmıştı. Fitil gibiydi. "Sen her şeyi böyle kıç tarafından yaparsın zaten." Bana baktı. "Seni buradan attıklarına hiç şaşmamak gerek," dedi. "Tek bir lanet şeyi bile doğru dürüst yapamıyorsun. Tek bir lanet şeyi bile."

"İyi, tamam, ver onu bana o zaman," dedim. Gittim, o lanet kâğıdı elinden çekip aldım. Sonra da yırttım.

"Bunu niye yaptın şimdi?" dedi.

Ona karşılık bile vermedim. Kâğıt parçalarını çöp sepetine attım. Sonra, yatağıma uzandım. Uzun süre ikimiz de bir şey söylemedik. Stradlater soyundu, üstünde bir tek donla kaldı. Ben yattığım yerde bir sigara yaktım. Yatakhanede sigara içemmiz yasaktı, ama yine de gece geç saatte, herkes uyurken veya dışardayken kimse kokusunu alamayacağından, içebiliyordunuz. Dahası, bunu Stradlater'ı rahatsız etmek için yapıyordum. O, yatakhanede sigara içmezdi. Bir tek ben içerdim.

Stradlater, Jane hakkında tek bir söz etmiyordu. Sonunda, "Saat dokuz otuza kadar izin aldıysa, bu saate kadar nasıl kaldınız? Daha geç bir saate kadar mı izin aldırttın kıza yoksa?" dedim.

Ben bunu ona sorduğum sırada, o yatağının kenarına oturmuş, lanet ayak tırnaklarını kesiyordu. "Bir dakika," dedi. "Hangi manyak, Cumartesi gecesi için dokuz otuza kadar izin alır, ha?" Tanrım, o an nasıl nefret ettim ondan.

"New York'a gittiniz mi?" dedim.

"Deli misin? Dokuz otuza kadar izin almışsa, New York'a nasıl gideriz?"

"Zor tabii."

Bana baktı. "Dinle" dedi. "Sigara içeceksen, niye bunu gidip kenefte yapmıyorsun? *Sen* buradan defolup gidiyorsun, ama ben mezun olana kadar burada kalmak zorundayım."

Umursamadım. Hiç umursamadım. Manyaklar gibi sigara içmeye devam ettim. Döndüm, yan yatarak, onun ayak tırnaklarını kesmesini seyrettim. Ne okuldu ama! Hiç durmadan birilerinin ayak tırnaklarını kesmesini veya sivilcelerini sıkmasını seyrediyordunuz.

"Selamımı söyledin mi ona?" diye sordum.

"Söyledim."

Söylemişmiş, pis herif.

"O ne dedi?" dedim. "Ona sordun mu, hâlâ damalarını en arka sıraya diziyor muymuş?"

"*Hayır*, sormadım. Ne sanıyorsun, bütün gece ne yapacaktık yani; dama mı oynayacaktık, Tanrı aşkına?"

Bir süre sonra ona, "New York'a gitmedinizse, nereye gittiniz peki?" diye sordum. Sesimin titremesini güçlükle denetleyebiliyordum. Tanrım, giderek iyice sinirleniyordum. İçimden, az sonra matrak bir şeyler olacak diye bir *duygu* gelip geçti.

Lanet ayak tırnaklarını kesmesi bitti. Yatağından kalktı, üstünde bir tek donla filan, benimle şakalaşmaya girişti. Omzuma şakadan yumruk atmaya başladı. "Kes şunu," dedim. "New York'a gitmedinizse, nereye gittiniz peki?"

"Hiçbir yere gitmedik. Lanet arabada oturduk." Omzuma yine o salak yumruklardan bir tane salladı.

"Kessene *şunu*," dedim. "Kimin arabasında?"

"Ed Banky'nin."

Ed Banky, Pencey'de basketbol koçluğu yapıyordu. Bizim Stradlater da onun yavrucuklarından biriydi, takımda ortada oynuyordu çünkü. Ed Banky de, her istediğinde ona arabasını verirdi. Aslında, öğrencilerin öğretmenlerden araba alması yasaktı, ama bu sporcu herifler birbirlerini tutarlardı. Gittiğim her okulda gördüm bunu, bu sporcu herifler birbirlerini acayip tutuyorlar.

45

Stradlater omzuma yalandan yumruk atmaya devam ediyordu. Elinde diş fırçasını tutuyordu, sonra ağzına, dişlerinin arasına aldı fırçayı. "Ne yaptın kıza?" dedim. "Onu Ed Banky'nin arabasında becerdin mi yoksa?" Sesim rezalet titriyordu.

"Ne ayıp, ne ayıp. Ağzına biber süreceğim senin."

"*Yaptın mı?*"

"Bu bir meslek sırrıdır, ahbap."

Bundan sonrasını pek hatırlamıyorum. Tek bildiğim; yataktan kalktım, sanki kenefe gidiyormuş gibi; ama ona bir yumruk salladım, bütün gücümle, o diş fırçasını ağzına gömecek, gırtlağına saplayacaktım. Yalnız, ıskaladım. Oturtamadım yumruğu. Yalnızca kafasının yanına değmişti biraz. Canını acıttı herhalde, ama istediğim olmamıştı. Epey canını acıtmış olabilir, ama yumruğu sağ elimle atmıştım, o elimi pek sıkamıyordum. Size anlattığım o kırılmadan dolayı.

Her neyse, bundan sonra hatırladığım; yere serilmiştim ve Stradlater, suratı kıpkırmızı bir halde, göğsüme oturmuştu, bir ton filan geliyordu üstümde. Bileklerimi de tutmuştu, ona yumruk atamıyordum. Onu öldürebilirdim.

"Neyin var senin, lanet herif?" deyip duruyordu. O salak suratı kızarıyor da kızarıyordu.

"Çek şu pis dizlerini göğsümden," dedim ona. Neredeyse, avazım çıktığı kadar haykıracaktım. "Hadi, kalk üstümden, pis herif!"

Ama kalkmıyordu. Bileklerimi öylece tutup durdu, ben de ona sürekli orospu çocuğu filan dedim, on saat kadar. Ona söylediğim her şeyi tam hatırlayamıyorum. Ona, canının her istediğini becerebileceğini sandığını söyledim. Bir kızın damalarını en arka sırada toplamasıyla hiç ilgilenmediğini, çünkü lanet, salak bir geri zekâlı olduğunu söyledim. Ona geri zekâlı demenizden nefret ederdi. Zaten bütün geri zekâlılar kendilerine geri zekâlı denmesinden nefret ederler.

"Kes artık, Holden," dedi. O kocaman budala suratı kıpkırmızı kesilmişti. "Kes artık, tamam mı?"

"Kızın adı Jane mi, *June* mu, onu bile bilmiyorsun, lanet geri zekâlı."

"Artık *kes şunu*, Holden. Lanet olsun; bak seni uyarıyorum." dedi. Niyeti kötüydü. "Bak, kesmezsen, çakacağım bir tane, haberin olsun."

"Çek şu pis, kokmuş, geri zekâlı dizlerini göğsümden."

"Bırakırsam, çeneni kapayacak mısın?"

Ona yanıt bile vermedim.

Bir daha söyledi: "Holden, bırakırsam, çeneni kapayacak mısın?"

"Evet."

Üstümden kalktı, ben de ayağa kalktım. Kahrolası dizleri göğsüme batmıştı, canım felaket acıyordu. "Pis, salak, geri zekâlı orospu çocuğu seni," dedim ona.

Bu onu çok kızdırdı. Koca salak parmağını suratıma salladı. "Holden, lanet olsun, bak seni uyarıyorum. Çeneni kapa, yoksa..."

"Niye kapayacakmışım?" dedim; resmen haykırıyordum. "Senin gibi geri zekâlıların derdi de bu işte. Hiçbir şeyi tartışmak istemiyorsunuz. Zaten bütün geri zekâlılar böyledir. Hiçbir şeyi adam gibi tar..."

Bu kez gerçekten bir tane çaktı bana, kendimi birden yerde buldum. Beni vurup da mı yıktı, hatırlamıyorum, ama sanmıyorum. Birini yumrukla yere yıkmak oldukça zordur, filmler dışında tabii. Ama burnum kanıyordu. Yukarı baktım, bizim Stradlater sağ yanımda tepeme dikilmiş, duruyordu. Koltuğunun altında lanet tıraş takımları vardı. "Sana sus dedim durdum, niye susmadın, ha?" dedi. Sesi çok asabiydi. Kafamı yere vurduğum zaman, kafatasımın çatladığından filan endişeleniyordu herhalde. "Bunu sen istedin, lanet olasıca herif," dedi. Vay canına, herif amma da üzülmüştü!

Zahmet edip ayağa bile kalkmıyordum. Öyle yerde upuzun yatıp, ona geri zekâlı orospu çocuğu deyip durdum. Çok kızgındım, resmen böğürüyordum.

"Dinle beni. Git bir yüzünü yıka," dedi Stradlater. "Beni duyuyor musun?"

Ona, asıl kendisinin gidip o geri zekâlı suratını yıkamasını söyledim; çok çocukçaydı bunu söylemek, ama felaket kızgındım. Ona, kenefe giderken, uğrayıp Bayan Schmidt'i becermesini söyledim. Bayan Schmidt, kapıcının karısıydı. Altmış beş yaşında filan vardı.

Stradlater'ın oda kapısını çekip koridorun sonundaki kenefe gittiğini duyana kadar yerde oturdum. Sonra kalktım. Şu lanet avcı şapkamı bir türlü bulamıyordum. Sonunda buldum onu. Yatağın altındaydı. Kafama taktım, siperini de, hoşuma giden biçimde, arkaya çevirdim ve budala suratımın ne hale geldiğini görmek için aynaya gittim. Hayatta böyle kan görmemişsinizdir. Ağzım, çenem, hatta pijamam ve sabahlığım kana bulanmıştı. Biraz korktum, biraz da hoşuma gitti. Bütün bunlar bana sert adam havası veriyordu. Ömrüm boyunca herhalde iki kez kavga etmişimdir, ikisinde de sopayı yedim. Pek dişli biri sayılmam. Pasifistim ben, doğrusunu isterseniz.

Herhalde Ackley, büyük olasılıkla tüm bu şamatayı duyup uyanmıştır diye düşündüm. Perdelerin arasından yan odaya geçtim, ne halt ettiğine bir bakmak için. Ackley'nin odasına pek gitmezdim. Pasaklı herifin teki olduğundan, acayip bir koku olurdu o odada.

Bölüm 7

Perdelerin arasından bizim odanın ışığı sızıyordu biraz. Ackley'yi görebiliyordum, yatağında yatıyordu. Çok iyi biliyordum, bal gibi uyanıktı. "Ackley?" dedim. "Uyanık mısın?"

"Evet."

Oda oldukça karanlıktı, yerde bir ayakkabıya bastım, az kalsın kafaüstü çakılıyordum. Ackley yatağında doğruldu, kolunun üstüne yaslandı. Suratına beyaz bir zımbırtı sürmüştü, sivilceleri için. Hortlağa dönmüştü karanlıkta. "Ne yapıyorsun, bakayım?" dedim.

"Ne demek, ne yapıyorsun? İkiniz gürültü etmeye başlamadan önce uyumaya çalışıyordum. Niçin kavga ediyordunuz ki?"

"Işık nerede?" Düğmeyi bulamıyordum. Elimle duvarı araştırıyordum.

"Işığı ne yapacaksın?.. Sağ elinin altında."

Sonunda düğmeyi buldum ve ışığı yaktım. Bizim Ackley gözlerini korumak için elini ışığa siper etti.

Tanrım! dedi. "Ne oldu sana böyle?" Üstümdeki kanlardan filan söz ediyordu.

"Stradlater'la atıştık biraz," dedim. Sonra yere oturdum. Odalarında hiç sandalyeleri filan da olmazdı. Sandalyeleri hangi cehenneme atmışlardı, hiç bilmiyorum. "Baksana," dedim, "biraz kanasta oynamak ister misin?" Ackley kanasta hastasıydı.

"Hâlâ kanıyor, Tanrı aşkına. Üstüne bir şey koysan iyi olacak."

"Durur, durur. Baksana. Biraz kanasta oynamak istersin, değil mi?"

"Kanasta mı, Tanrı aşkına. Saate bakar mısın, bir zahmet?"

"Geç değil. Daha on bir, on bir buçuk."

"*Daha* on birmiş!" dedi Ackley. "Bana bak. Sabah kalkıp ayine gitmem gerek, Tanrı aşkına. İkiniz kalkmış lanet gece yarısında bağırışıp kavga... Niçin kavga ediyordunuz ki?"

"Anlatmak uzun sürer şimdi. Sıkmayayım seni Ackley. Senin iyiliğini düşünüyorum ben," dedim ona. Onunla özel konulara girmezdim. Her şeyden önce, bu Ackley, Stradlater'dan da budalaydı. Ackley'ye bakarsak, Stradlater dâhi filan sayılırdı. "Hey," dedim, "bu gece Ely'nin yatağında uyusam, bir sakıncası var mı? Yani, yarın geceden önce dönmeyecek, değil mi?" Çok iyi biliyordum, dönmezdi. Ely her lanet hafta sonu evine giderdi.

"Ne zaman gelir, *ben* ne bileyim?" dedi Ackley.

Vay canına, nasıl bozuldum buna! "Ne demek, ne bileyim? Ne zaman geleceğini nasıl bilmezsin? Pazar gecesinden önce gelmez, değil mi?"

"Gelmez de, Tanrı aşkına, ben nasıl her isteyene, buyur Ely'nin yatağına yat derim, ha?"

İşte buna daha felaket bozuldum. Oturduğum yerden uzanıp, lanet omzuna dokundum. "Ackley, oğlum," dedim, "sen çok kıyak delikanlısın. Bunu biliyor musun?"

"Tamam, yani ciddiyim, ben nasıl her isteyene..."

"Sen gerçekten kıyak delikanlısın. Sen efendi ve aydın bir çocuksun," dedim. Öyleydi de, yani. "Sigaran bulunur mu, acaba? Bir yok de, öleyim daha iyi."

"Hayır, yok sigaram. Gerçekten yok. Baksana, ne cehenneme kavga ediyordunuz?"

Ona yanıt vermedim. Tek yaptığım, kalkıp pencereye gitmek ve dışarıya bakmak oldu. Birdenbire kendimi felaket yapayalnız hissetmiştim. İçimden neredeyse ölmek geçti.

"Niçin kavga ediyordunuz ki?" dedi Ackley belki ellinci kez. Herif buna takmıştı kafayı.

"Senin için," dedim.

"*Benim* için mi, Tanrı aşkına?"

"Evet. Senin lanet onurunu savunmak için. Stradlater bana,

senin rezil bir herif olduğunu söyledi. Bunu söyledikten sonra yakasını elimden kurtaramazdı."

Bu sözlerim onu heyecanlandırmıştı. "Dedi, ha? Dalga geçme? Dedi, ha?"

Ona yalnızca şaka yaptığımı söyledim. Sonra gidip Ely'nin yatağına uzandım. Kendimi felaket yalnız hissediyordum.

"Burası leş gibi kokuyor," dedim. "Çoraplarının kokusu ta buraya geliyor. Çoraplarını çamaşırhaneye filan hiç göndermez misin sen?"

"Hoşuna gitmediyse, sen bilirsin ne yapacağını," dedi. Çok da akıllıydı yani. "Şu lanet ışığı söndürsene."

Işığı hemen söndürmedim. Ely'nin yatağında yatmaya devam ettim, Jane'i filan düşünerek. Stradlater'ın onunla, o koca götlü Ed Banky'nin arabasına kapandığını düşündükçe taş kesiliyordum. Siz bu Stradlater'ı nereden bileceksiniz? Ama ben bilirim. Pencey'deki heriflerin çoğu, kızlarla cinsel ilişkide bulunduklarını anlatır dururlar –Ackley gibi mesela– ama bu Stradlater gerçekten yapardı. Böyle en az iki kızı becerdiğine tanık oldum. Gerçekti yani.

"O soluk kesici yaşamöykünü anlat bana, Ackley, oğlum," dedim.

"Şu lanet ışığı söndürür müsün? Yarın kalkıp ayine gitmek zorundayım."

Kalktım, ışığı söndürdüm, mutlu olur belki diye. Sonra yine Ely'nin yatağına uzandım.

"Niyetin ne senin; Ely'nin yatağında uyuyacaksın, öyle mi?" dedi Ackley. Vay canına, ne de konukseverdi yani!

"Olabilir. Olmayabilir de. Canını sıkma sen."

"Canımı sıktığım filan yok. Yalnız, Ely birden gelip burada birini bulursa diye..."

"Rahatla. Burada uyumayacağım. O lanet konukseverliğinden yararlanmaya çalışmıyorum yani."

Birkaç dakika geçmedi ki, Ackley çılgınlar gibi horlamaya başladı. Yine de orada, karanlıkta yatmaya devam ettim, bizim Jane'le Stradlater'ın Ed Banky'nin arabasında ne yaptıklarını düşünmemeye çalışarak. Ama bu olanaksızdı. Sorun, bu Stradlater herifinin tekniğini bilmemden kaynaklanıyordu. Bunu bilmem

51

durumu daha da kötüleştiriyordu. Bir kez, Stradlater'la ben birlikte birer kızla buluşmuştuk. Ed Banky'nin arabasında, onlar arkada, biz önde oturuyorduk. Herifte ne teknik vardı ama. Kızı o sakin, o *içten* sesiyle tavlamaya çalışıyordu; sanki, yalnızca çok yakışıklı bir herif değilmiş, aynı zamanda efendi ve *içten* bir herifmiş gibi. Onu dinlerken neredeyse kusuyordum. Kız durmadan, "Hayır, *lütfen*. Lütfen, yapma. *Lütfen*," diyordu. Ama bizim Stradlater kızı, o içten Abraham Lincoln sesiyle yumuşatmaya devam ediyordu. Sonunda, arka tarafta korkunç bir sessizlik oldu. Gerçekten utanç vericiydi. O gece orada o kızı becerdiğini sanmıyorum; ama felaket yaklaşmıştı buna. *Felaket* yaklaşmıştı.

Orada uzanmış, bunları düşünmemeye çalışırken, bizim Stradlater'ın keneften dönüp odaya girdiğini duydum. O pis tıraş takımlarını filan bıraktığını, pencereyi açtığını duyabiliyordunuz. Temiz hava hastasıydı kendisi. Bir süre sonra, ışığı söndürdü. Nerede olduğuma bakınmadı bile.

Dışarısı, sokak, daha da moral bozucuydu. Artık araba sesi de duyamıyordunuz. Kendimi çok yalnız, çok berbat hissediyordum. Ackley'yi uyandırmak bile istedim.

"Hey, Ackley," dedim fısıldarcasına. Stradlater'ın duş perdelerinin arasından beni duymasını istemiyordum.

Ackley beni duymuyordu.

"Hey, Ackley!"

Beni hâlâ duymuyordu. Kaskatı uyuyordu.

"Hey, Ackley!"

Bunu duymuştu artık.

"Senin neyin var?" dedi. "Şurda dalmış, uyuyordum, Tanrı aşkına!"

"Baksana! Manastıra nasıl giriliyor?" diye sordum ona. Bir manastıra girme fikriyle oyalanıyordum. "Katolik olman filan mı gerekiyor?"

"Tabii ki Katolik olman gerekir. Piç herif, beni böyle aptalca sorular sormak için mi..."

"A, hadi uyu öyleyse. Zaten ben de manastıra filan girecek değilim. Bendeki bu şansla, girdiğim manastırın papazları da ters cinsten çıkar. Hepsi de manyak piçler olur yani. Ya da yalnızca piç herifler."

Bunu dememle birlikte, bizim Ackley kalktı, yatağında oturdu. "Bana bak," dedi. *"Benim için* ne dersen de, ama lanet dinimle dalga geçmeye kalkarsan, Tanrı aşkına..."

"Sakin ol," dedim. "Kimse senin lanet dininle dalga geçmiyor." Ely'nin yatağından kalktım ve kapıya yöneldim. Bu manyak ortamda daha fazla takılmak istemiyordum. Giderken durdum, Ackley'nin elini tuttum ve tantanalı, sahtekârca bir tavırla tokalaştım onunla. Elini çekti. "Bu ne oluyor şimdi?" dedi.

"Hiçbir şey olmuyor. Yalnızca, çok kıyak bir herif olduğun için sana teşekkür etmek istedim, hepsi bu," dedim. Bu sözü, o çok içli ses tonuyla söylemiştim. "En büyük sensin, Ackley, oğlum," dedim. "Bunu biliyor musun?"

"Uyanık herif. Bir gün biri sana gününü gös..."

Durup dinlemedim bile onu. Lanet kapıyı çektim, koridora çıktım.

Herkes uyumuştu, veya hafta sonu nedeniyle ya dışarda ya da evindeydi. Koridor çok sessiz ve moral bozucuydu. Leaky'yle Hoffmann'ın oda kapısının önünde boş bir Kolynos diş macunu kutusu duruyordu, merdivenlere doğru yürürken ayağımdaki içi tüylü terliklerle kutuya şut çektim durdum. Ne yapayım derken, aşağıya inip Mal Brossard ne yapıyor diye bir bakmak geçti aklımdan. Ama birden vazgeçtim. Birdenbire ne yapacağıma karar verdim; gidip New York'ta bir otelde –çok ucuz filan bir otelde– kalacak, Çarşambaya kadar kendime gelecektim. Sonra, Çarşamba günü, dinlenmiş ve kendimi kıyak hissederek filan eve gidecektim. Thurmer'ın, atıldığımı bildiren mektubu bizimkilerin eline herhalde Salı ya da Çarşambadan önce geçmez diye hesapladım. Bizimkiler durumu öğrenip içlerine sindirmeden eve gitmek istemiyordum. Annem birden histeriye kapılıverir. Aslında, annem böyle şeyleri içine sindirdikten sonra pek fena sayılmaz. Ayrıca, biraz tatil yapmaya ihtiyacım vardı. Sinirlerim mahvolmuştu. Gerçekten mahvolmuştu.

Neyse, kararımı vermiştim. Ben de odaya gidip ışığı yaktım. Bavulumu filan toplamaya başladım. Toplanacak bir iki şeyim kalmıştı zaten. Bizim Stradlater uyanmadı bile. Bir sigara yaktım, giyindim ve iki bavulumu da yerleştirip kapattım. Hepsi iki dakikamı aldı. Bavul toplamakta acayip hızlıyımdır.

Toparlanırken bir şey biraz moralimi bozdu. Annemin daha birkaç gün önce bana yolladığı buz patenlerini bavula yerleştirmeliydim. İşte buna moralim bozuldu. Annemin Spaulding mağazasına gidip satıcıya milyonlarca bayıltıcı soru yöneltmesini gözümün önüne getirdim; ve ben de, kalkmış yine bir okuldan daha kovulmuştum. Buna çok üzüldüm. Bana yanlış cins patenlerden almıştı –ben yarış pateni istemiştim, o hokey pateni almıştı– ama yine de üzüldüm. Bana birisi bir armağan verdiğinde, sonunda üzülen hep ben olurum.

Hazırlanmam bittiğinde paramı saydım. Tam olarak kaç param vardı, bilemiyorum, ama epeyce yüklüydüm. Bir hafta kadar önce büyükannem bir yığın para yollamıştı. Büyükannem oldukça cömerttir. Artık pek aklı başında değil sayılır –felaket yaşlı– ve doğum günüm için bana yılda dört kez para gönderip duruyor. Neyse, oldukça yüklü olmama karşın, fazladan paraya ihtiyaç duyabilirdim. Nereden bileceksiniz? Ben de ne yaptım, inip Frederick Woodruff'ı, şu daktilomu ödünç verdiğim herifi uyandırdım. Ona daktilo için kaç para vereceğini sordum. Epey varlıklı bir herifti. Pek satın almak istemediğini söyledi. Sonunda aldı ama. Doksan kâğıda aldığım şeye, yalnızca yirmi kâğıt verdi. Onu uyandırdığıma çok bozulmuştu.

Tam çıkarken, elimde bavullarla filan, merdivenin yanında durdum ve lanet koridora son bir kez daha baktım. Ağlıyordum. Neden, bilmiyorum. Kırmızı av şapkamı giydim, hoşuma gittiği biçimde siperini arkaya çevirdim ve avazım çıktığı kadar, *"Uyuyun bakalım, geri zekâlılar!"* diye bağırdım. Bahse girerim, o kattaki bütün herifler uyanmıştır. Sonra defolup gittim. Salağın biri merdivenlere fıstık kabukları atmıştı, az daha düşüp bir yerimi kırıyordum.

Bölüm 8

Taksi filan çağırmak için vakit çok geçti, ben de istasyona kadar olan yolu yürüdüm. Fazla uzak değildi, ama hava felaket soğuktu. Karlar yürümemi zorlaştırıyordu, bavullarım da durmadan bacaklarıma çarpıyordu. Ama hava hoşuma gitti. Tek sorun; soğuktan burnum ve üst dudağım sızlıyordu, bizim Stradlater'ın çaktığı yerler yani. Dişimin dudağımı deldiği yer çok acıyordu. Kulaklarım sıcacıktı ama. Aldığım o şapkanın kulaklıkları da vardı, onları kulaklarımın üstüne indirdim; nasıl göründüğüm umurumda bile değildi. Zaten ortalıkta hiç kimse yoktu. Herkes zıbarmış yatmıştı.

Şansım vardı, istasyonda trenin gelmesi için yalnızca on dakika bekledim. Beklerken biraz karla yüzümü ovuşturdum. Yüzümde hâlâ epeyce kan vardı.

Genellikle tren yolculuğu yapmayı severim, özellikle geceleri, ışıklar yanıyordur ve pencereler karanlıktır, koridorda kahve, sandviç, dergi satan herifler dolaşır. Ben genellikle bir salamlı sandviçle üç dört tane dergi alırım. Trende gece yolculuk yapıyorsam, dergilerdeki o salak öyküleri bile kusmadan okuyabilirim. Bilirsiniz. İçinde bir sürü sahtekâr, David adlı, ince yüzlü herifler, bu David'lerin lanet pipolarını yakan Linda veya Marcia adlı sahtekâr kızların olduğu öyküler. Gece trende giderken bu rezil öyküleri bile okuyabilirim genellikle. Ama bu kez durum farklıydı. Canım hiç istemiyordu. Hiçbir şey yapmadan, öyle oturdum. Yalnızca avcı şapkamı çıkarıp cebime soktum.

Birdenbire, Trenton'da trene bir kadın bindi ve geldi yanıma oturdu. Aslında vakit geç olduğundan filan, vagon bomboştu, ama boş bir koltuğa oturacağına, geldi yanıma oturdu, çünkü elinde kocaman bir bavul vardı ve ben de en ön sıradaki koltuktaydım. Bavulunu koridorun tam ortasına bıraktı; kondüktör falan, bütün millet ancak bavulun üstünden atlayarak geçebileceklerdi. Yakasında şu orkidelerden vardı, sanki büyük bir partiden daha yeni ayrılmış gibiydi. Kırk, kırk beş yaşlarındaydı sanırım, ama çok güzeldi. Ben kadınlara biterim. Gerçekten biterim. Aşırı seks düşkünü filan olduğumu söylemek istemiyorum; her ne kadar, pek seversem de. Yani yalnızca, kadınlardan hoşlanırım demek istiyorum. Hep böyle gelip o lanet bavullarını koridorun tam ortasına bırakırlar.

Her neyse, oturup duruyorduk, birdenbire bana, "Beni bağışlayın, ama bu, Pencey Hazırlık'ın çıkartması değil mi?" dedi, yukarıya, rafta duran bavullarıma bakıyordu.

"Evet, öyle," dedim. Haklıydı. Bavullarımdan birinin üstüne lanet bir Pencey çıkartması yapıştırmıştım. Çok hödükçe bir şeydi, kabul etmek gerek.

"A, Pencey'de mi okuyorsunuz?" Çok güzel bir sesi vardı. Daha doğrusu, çok güzel bir telefon sesi. Yanında lanet bir telefonla dolaşsa yeriydi yani.

"Evet," dedim.

"Ah, ne güzel! Belki benim oğlumu tanırsınız, o zaman. Ernest Morrow? Pencey'de okuyor."

"Evet, tanıyorum. Benim sınıfımda."

Oğlu, hiç kuşkusuz, Pencey'de okuyan en büyük namussuzdu, yani okulun tüm o rezil tarihi boyunca gördüğü en büyük namussuz. Koridorlarda görürdüm onu hep, duş yaptıktan sonra çıkar, ıslak havlusunu milletin kıçında şaklatırdı. İşte tam böyle bir herifti.

"Ah, ne iyi!" dedi kadın. Ama dangalakça değil yani. Çok zarif bir tavırla. "Tanıştığımızı Ernest'e söyleyeyim," dedi. "Adınızı sorabilir miyim, canım?"

"Rudolf Schmidt," dedim ona. Ona yaşamöykümü olduğu gibi anlatmayı filan istemiyordum. Rudolf Schmidt bizim yatakhanenin kapıcısının adıydı.

"Pencey'yi seviyor musun?"

"Pencey mi? Eh, fena değil. Pek öyle cennet sayılmaz, ama öteki okullar kadar iyidir. Öğretmenlerin çoğu da saygın insanlar."

"Ernest okulunuza hayran."

"Sevdiğini biliyorum," dedim. Sonra palavraya başladım. "Çevresine uyum sağlamayı çok iyi başarıyor. Gerçekten iyi başarıyor. Yani, uyum sağlamayı gerçekten iyi biliyor."

"Öyle mi düşünüyorsunuz?" Sesinden, felaket ilgilendiği anlaşılıyordu.

"Ernest mi? Tabii," dedim. Sonra eldivenlerini çıkarmasını seyrettim. Vay canına, parmakları taş deposuydu sanki!

"Biraz önce bir tırnağımı kırdım, taksiden inerken," dedi. Bana baktı ve gülümsedi. Felaket zarif gülümsüyordu. Gerçekten zarifti. Çoğu insan ya hiç gülümsemez, ya da pis pis sırıtır. "Ernest'in babası ve ben bazen üzülüyoruz onun için," dedi. "Bazen onun pek sokulgan olmadığını düşünüyoruz."

"Nasıl yani?"

"Şey. Çok duygulu bir çocuk. Öbür çocuklarla pek arkadaşlık kuramıyor. Belki de, olayları yaşına göre fazla ciddiye alıyor."

Duyguluymuş. Bittim. Bu Morrow denen herif ancak bir klozet kapağı kadar duygulu olabilirdi.

Ona iyice baktım. Beyni pek uyuşmuş gibi de değildi yani. Nasıl bir namussuzun annesi olduğunu çok iyi bildiği izlenimi veriyordu insana. Ama bunu her zaman anlayamazsınız; rastgele birinin annesine bakınca yani. Anneler hep bir parça aklı başında olur zaten. Bizim Morrow'un anasını bayağı sevmiştim, anlayacağınız. İyi bir kadındı. "Bir sigara almaz mıydınız?" diye sordum ona.

Çevresine bakındı. "Sanırım, burası sigara içilmeyen bir vagon, Rudolf," dedi. Rudolf. Bittim buna.

"Sorun değil. Bize bağıran biri çıkana kadar içebiliriz," dedim. Bir sigara aldı benden. Sigarasını yaktım. Sigara içerken çok zarif görünüyordu. Dumanı içine filan çekiyordu, ama dumanı pis pis ortalığa *püskürtmüyordu*, onun yaşındaki çoğu kadınlar gibi. Cinsel çekiciliği de çok fazlaydı, doğrusunu isterseniz.

Bana biraz tuhaf bakıyordu. "Yanılıyor muyum acaba, ama sanırım, burnunuz kanıyor canım," dedi birdenbire.

Başımı salladım ve mendilimi çıkardım. "Kartopu attılar," dedim. "İyice sıkıştırmışlar, taş gibiydi." Ne olup bittiğini anlatmam gerekirdi, ama uzun sürerdi şimdi. Onu çok beğenmiştim. Neredeyse, ona adımın Rudolf Schmidt olduğunu söylediğim için özür dileyecektim ki, "Bizim Ernie," dedim, "okulda en tutulan çocuklardan biridir. Bunu biliyor muydunuz?"

"Hayır, bilmiyordum."

Başımı salladım. "Onu tanımak biraz zaman alır. Değişik biri. *Tuhaf* bir çocuk, pek çok bakımdan; beni anlıyor musunuz? Onunla ilk tanıştığımızda onun kendini beğenmiş biri olduğunu sanmıştım. Öyle sanmıştım. Ama değildi. Gerçek kişiliğini anlamanız vakit alıyor, değişik biri."

Bizim Bayan Morrow bir şey söylemedi, ama onu bir görmeliydiniz. Onu yerine mıhlamıştım. Bu anneler böyledir zaten; tüm duymak istedikleri, oğullarının ne bitirim bir herif olduğudur.

Ardından, *iyice* zırvalamaya başladım. "Size seçimlerden söz etti, değil mi?" diye sordum ona. "Sınıf seçimlerinden."

Başını salladı. Onu transa sokmuştum sanki. Gerçekten ama.

"Şey, biz bir sürü çocuk, bizim Ernie'nin sınıf başkanımız olmasını istedik. Oy birliğiyle onu seçecektik. Bu görevi gerçekten üstlenebilecek tek çocuk oydu, demek istiyorum," dedim. Vay canına, amma da atıyordum! "Ama, öteki çocuk –Harry Fencer– seçilmez mi? Ve, onun seçilmesinin nedeni açık ve basitti; Ernie bizden onu aday göstermemizi istemişti. Çünkü çok utangaç ve alçakgönüllü filandı. *Reddetti* yani... *Gerçekten* utangaçtır. Bundan kurtulmasını sağlamanız gerek." Ona baktım. "Size anlatmadı mı bunları?"

"Hayır, anlatmadı."

Başımı salladım. "Ernie böyledir işte. Anlatmaz. Bir hatası da bu zaten – çok utangaç ve alçakgönüllü. Arada bir boş verip rahatlamasını sağlamak gerek."

Tam o an, kondüktör bizim Bayan Morrow'un bileti için geldi. Ben de artık palavrayı kesme fırsatı bulmuş oldum. Bir süre atmaktan pek keyiflenmiştim yani. Milletin kıçında havlu şaklatan bu Morrow gibi herifler –insanın gerçekten canını yakmaya çalışan herifler– yalnızca böyle çocukken rezillik etmekle kalmazlar. Bütün ömürleri rezillikle geçer. Ama bahse girerim ki, onca palavradan sonra, Bayan Morrow oğlunu hâlâ, bizim onu aday göstermememizi isteyecek kadar utangaç ve alçakgönüllü sanıyordur. Olur mu, olur! Nereden bileceksiniz? Bu konularda annelerin kafası pek çalışmıyor.

"Bir kokteyl alır mıydınız?" diye sordum ona. Havamdaydım, kokteyl içmek istemişti canım. "Restorana gidebiliriz. Tamam mı?"

"Yaşınız içki içmeye elveriyor mu acaba, canım?" diye sordu bana. Ama tavrı pek can sıkıcı değildi. Yani, öyle çekici filandı ki, asla can sıkıcı olamazdı.

"Şey, tam olarak değil, tabii. Ama boyum yüzünden genellikle bir şey demiyorlar," dedim. "Üstelik saçımda da epeyce ak var." Başımı yana çevirip saçımdaki akları gösterdim. Dondu kaldı. "Hadi, bana katılın, lütfen?" dedim. Onunla birlikte olmayı istiyordum.

"Sanırım, gelmesem daha iyi olacak. Ama çok teşekkür ederim, canım," dedi. "Zaten, büyük bir olasılıkla restoran kapalıdır. Biliyorsunuz, çok geç oldu, canım." Doğru söylüyordu. Saatin kaç olduğunu filan unutmuştum. Daha sonra yüzüme baktı ve bana sormasından korktuğum o şeyi sordu. "Ernest mektubunda eve Çarşamba günü geleceğini, Noel tatilinin Çarşamba günü başlayacağını yazmıştı," dedi. "Umarım, ailenizden birinin hastalığı nedeniyle çağırmamışlardır sizi." Buna çok üzülmüş görünüyordu. İşlerime burnunu sokmaya kalkıştığı filan yoktu, anlıyordunuz bunu.

"Hayır, evde herkesin sağlığı yerinde," dedim. "Hasta olan benim. Ameliyat olacağım."

"Ah, *çok* üzüldüm," dedi. Gerçekten de üzülmüştü. Böyle şeyler söylediğim için o an pişman oldum, ama çok geçti artık.

"Pek önemli bir şey değil. Beynimde minik bir ur varmış."

"Ah, *olamaz!*" Elini ağzına götürdü.

"Yok, yok. Geçecek. Ur en dışta bir yerdeymiş. Zaten çok küçükmüş. İki dakikada çıkarıp alabiliyorlarmış."

Sonra, cebimden tren tarifesini çıkarıp okumaya başladım. Sırf yalan söylemeyi kesmek için. Bir başladım mı, havamdaysam, saatlerce sürdürebilirim. Şaka etmiyorum. *Saatlerce.*

Daha sonra pek konuşmadık. Bayan Morrow bir *Vogue* dergisi çıkarıp okumaya başladı. Bir süre pencereden dışarıya baktı. Newark'ta da trenden indi. Ameliyat için filan bana şans diledi. Bana durmadan, Rudolf, Rudolf deyip durdu. Sonra beni Gloucester, Massachusetts'e davet etti, yazın Ernie'yi ziyaret edecekmişim. Evleri kumsaldaymış, bir de tenis kortları varmış. Ona çok teşekkür ettim, ama ne yazık ki büyükannemle Güney Amerika'ya gidecektik, ki gerçekten kuyruklu bir yalandı; büyükannem, belki lanet bir matineye filan gitmek dışında, *evden bile* zor dışarı çıkardı. Ama, yapacak başka hiçbir şeyim kalmasa bile, o orospu çocuğu Morrow'u ziyarete filan gitmezdim zaten.

Bölüm 9

Penn İstasyonu'nda trenden iner inmez hemen bir telefon kulübesine gittim. Canım birisiyle konuşmak istiyordu. Bavullarımı içerden görebileceğim bir biçimde kulübenin dışına bıraktım, ama kulübeye girince aklıma telefon edecek hiç kimse gelmedi. Ağabeyim D. B. Hollywood'daydı. Küçük kız kardeşim Phoebe saat dokuz sularında yatar; *onu* arayamazdım. Onu uyandırsaydım bozulmazdı, ama telefonu ondan başka birileri açabilirdi. Annem, ya da babam. Phoebe'yi arayamazdım yani. Jane Gallagher'ın annesini arayayım diye düşündüm, Jane'in tatili ne zaman başlıyor, onu öğrenebilirdim, ama canım hiç istemedi. Ayrıca, telefonla konuşmak için vakit çok geç olmuştu. Daha sonra, eskiden epey sık çıktığım şu Sally Hayes denen kıza telefon etmeyi düşündüm, onun daha şimdiden Noel tatiline çıkmış olduğunu biliyordum –bana upuzun, yapmacıklı bir mektup yazmış, beni yılbaşı gecesi için yılbaşı ağacını süslemesine yardım etmeye çağırmıştı– ama telefona annesinin çıkmasından korkuyordum. Sally'nin annesiyle benim annem tanışıyorlardı, kadın benim New York'a geldiğimi göz açıp kapayana kadar anneme yetiştirmekten hiç geri kalmazdı. Ayrıca, bizim Bayan Hayes'le telefonda konuşmaya can attığım filan da yoktu. Yaramaz olduğumu, hayatta bir amacımın olmadığını söylerdi. Whooton Okulu'ndayken tanıdığım şu Carl Luce denen herifi arayayım dedim, ama ondan da pek hoşlanmıyordum. Sonunda kimseyi aramamaya karar verdim. Yirmi dakika kadar böylece oyalandıktan sonra telefon kulübesinden çıktım, bavullarımı alıp taksilerin durduğu o tünele yürüdüm ve oradan bir taksiye bindim.

Felaket dalgınımdır, alışkanlıkla sürücüye bizim evin adresini vermemiş miyim! Birkaç gün bir otelde kalacağımı, tatil başlayana kadar eve uğramayacağımı tümüyle unutmuştum. Park yolunu yarılayana kadar farkına bile varmadım. Sürücüye, "Hey, fırsat bulduğunuzda bir zahmet geri döner misiniz? Size yanlış adres vermişim. Kent merkezine dönmek istiyorum," dedim.

Sürücü uyanık herifin tekiydi, "Buradan dönemem, ahbap. Burası tek yönlü bir yol. Doksanıncı Sokak'ın sonuna kadar gitmek zorundayım."

Tartışmaya girmek istemiyordum. "Tamam," dedim. Sonra birdenbire aklıma bir şey geldi. "Hey, bakar mısınız?" dedim. "Güney Central Park'ın hemen yanındaki o gölde bulunan ördekleri biliyor musunuz? O küçük gölde hani. Acaba, göl donduğunda, o ördekler nereye gidiyorlar, biliyor musunuz? Haberiniz var mı, acaba?" Ama anladım ki, ancak milyonda bir olasılıkla haberi olabilirdi.

Döndü, bana manyakmışım gibi bir baktı.

"Sen n'apıyorsun ahbap, ha? Benimle kafa mı buluyorsun?"

"*Hayır*; yalnızca merak ettim, hepsi bu kadar."

Başka bir şey söylemedi, ben de artık konuşmadım. Doksanıncı Sokak'taki parka gelene kadar. Sonra, "Evet, ahbap. Şimdi nereye?" dedi.

"Şey, aslında, doğu yakasındaki otellerde kalmak istemiyorum, tanıdıklarla karşılaşabilirim. Tebdil dolaşıyorum," dedim. Böyle, "Tebdil dolaşıyorum," gibisinden hödükçe şeyler söylemekten nefret ederim. Ama hödük birisiyle konuşuyorsam, ben de hödükçe hareket ederim. "Taft'ta ya da New Yorker'da hangi orkestralar çalıyor, haberiniz var mı, acaba?"

"Yok, ahbap."

"Şey, Edmont'ta bırakın beni öyleyse," dedim. "Yol üstünde bir yerde benimle bir kokteyl almaz mısınız? Benden. Yüklüyüm yani."

"Alamam ahbap. Kusura bakma." Ne de arkadaş canlısı bir adamdı ama. Kendisini bir şey sanan havalarda.

Edmont Oteli'ne gittik, inip girişte kaydımı yaptırdım. Takside, nasıl göründüğüme boş verip, kırmızı avcı şapkamı giymiştim, ama otele girince şapkayı başımdan çıkardım. Beni üşütük herifin teki sanmalarını istemiyordum. Ama, ne yazık ki, işler tam tersine çıktı. O lanet otelin sapık ve geri zekâlılarla dolu olduğunu nereden bileyim? Ortalık üşütükten geçilmiyordu. Bana verdikleri oda rezaletti, pencereden otelin öbür yanı dışında hiçbir şey görünmüyordu. Pek önemsemedim. Moralim çok bozulmuştu, manzara iyi mi, kötü mü diye düşünecek halim yoktu. Beni odaya altmış beş yaşlarında çok yaşlı bir herif çıkardı. Adamın durumu odadan da moral bozucuydu. Kelini gizlemek için saçını yana yatıran türden bir herifti. Böyle yapacağıma kel gezerim daha iyi. Her neyse, bu yaptığı da altmış beş yaşındaki bir herif için pek müthiş bir işti yani. Böyle, milletin bavulunu taşıyıp bahşiş beklemek. Pek akıllı bir herife benzemiyordu, ama durum yine de korkunçtu.

Adam gidince bir süre pencereden dışarı baktım, üstümü filan soyunmadan. Yapacak bir şeyim yoktu. Ama, otelin öbür yanında olup bitenleri bir görseniz şaşıp kalırdınız. Perdeleri bile çekmemişlerdi. Bir herif gördüm; ak saçlı, çok seçkin görünümlü biriydi, üstünde yalnızca paçalı donuyla duruyordu, sonra öyle şeyler yaptı ki, anlatsam bana inanmazsınız. Önce bavulunu alıp yatağın üstüne koydu. Sonra bavuldan kadın giysileri çıkardı ve onları giydi. Gerçek kadın giysileri yani ipek çoraplar, yüksek topuklu ayakkabılar, sutyen, bağları aşağılara sallanan o korselerden. Sonra, üstüne sımsıkı oturan siyah bir gece elbisesi giydi. Yemin ederim. Daha sonra odada bir aşağı bir yukarı yürümeye başladı, kadınlar gibi küçücük adımlar atarak. Sigara içiyor ve aynada kendisine bakıyordu. Yalnızdı. Banyoda biri varsa, onu bilemem; o taraf pek görünmüyordu. Sonra, aşağı yukarı hemen bir üst pencereden, birbirlerine ağızlarından su püskürten bir adamla bir kadın gördüm. Püskürttükleri şey herhalde içki filandı, su değildi, ama bardaklarında ne olduğunu göremiyordum. Neyse, önce adam bir yudum alıp *kadının yüzüne* püskürtüyor, sonra aynısını kadın *adama* yapıyordu; işi sıraya bindirmişlerdi, Tanrı aşkına! Bir görmeliydiniz. Hayatta gördükleri en gülünç şeymiş gibi, gülmekten katılıyorlardı. Şaka etmiyorum, o otel sapıklarla doluydu. Oradaki tek normal herif de bendim herhalde; ne desem az yani. Az kalsın bizim Stradlater'a bir telgraf çekip ilk trenle New York'a gelmesini isteyecektim. O otelin kralı olurdu herhalde.

Ama bir sorun vardı, bu rezillikleri büyülenmiş gibi seyre dalıyordunuz, kendinizi kaptırmak istemeseniz de. Sözgelimi, şu adamın, suratına su püskürttüğü kız oldukça güzeldi. Yani, benim derdim de bu işte. *Bence* hayatta görebileceğiniz en felaket seks manyağı benimdir herhalde. Bazen, fırsat bulsam çekinmeden yapabileceğim *çok* rezil şeyler geçer aklımdan. Bir kızla birlikte, ikiniz de sarhoşken filan, birbirinizin suratına böyle su püskürtmenin, rezilce de olsa, epey matrak olacağını bile anlayabiliyorum. Ama ben bu işin gerisindeki fikirden *hiç hoşlanmıyorum.* İyice düşünürseniz, rezalet bir şey çıkıyor ortaya. Bir kızı gerçekten beğenmiyorsanız, onunla asla oynaşmamanız gerekir. Ama *onu beğeniyorsanız,* onun yüzünü de beğeniyorsunuz demektir. Eğer bir kızın yüzünü beğeniyorsanız, öyle, su püskürtmek filan gibi rezil şeyler yapmaktan kaçınmanız gerekir. Bazen böyle rezil şeylerin eğlenceli olması ne kötü. Güzel şeyleri bozmamaya çalıştığınızda, kızlar da size pek yardımcı olmuyorlar. Bir kız biliyorum, bir iki yıl önce tanışmıştık, benden iki kat daha rezildi. Vay canına, ne rezil kızdı o! Bir süre rezillik edip, iyi eğlenmiştik. Bu seks denen şeyi hiç anlayamıyorum zaten. İnsan *ne* yapıp *ne* ettiğini hiç bilmiyor. Seks konusunda kendi kendime kurallar koyup sonra yine hemen bozarım. Geçen yıl, kafamı bozan kızlarla takılmamaya kesin karar vermiştim. Ama yine tutamadım kendimi, aynı hafta içinde hem de –ne aynı haftası, hemen o gece–, çıktım böyle bir kızla. Bütün geceyi Anne Louise Sherman denen o felaket kızla oynaşarak geçirmiştim. Bu seks işini hiç anlamıyorum. Yemin ederim, hiç anlamıyorum.

Orada, durduğum yerde, bizim Jane'i aramayı geçiriyordum aklımdan; yani eve ne zaman geliyor diye annesine soracağıma, B. M.'e, o gittiği okula şehirlerarası telefon açayım, kendisinden öğreneyim, diyordum. Öğrencileri gece vakti telefona çağırtamazdınız, ama ona da bir çare buldum. Telefona bakan kişiye dayısı olduğumu söyleyecektim. Teyzesinin bir kazada öldüğünü, onunla hemen konuşmak zorunda olduğumu söyleyecektim. İyi numaraydı, ama Jane'i aramaktan vazgeçtim yine de, havamda değildim. Havanızda değilseniz, böyle zırvalıkları pek beceremiyorsunuz.

Bir süre sonra bir sandalyeye oturup birkaç sigara içtim. Kendimi bayağı azmış hissediyordum. Kabul etmek gerek. Sonra, birdenbire aklıma bir şey geldi. Cüzdanımı çıkarıp, geçen yıl bir partide tanıştığım, Princeton'da okuyan o herifin verdiği adresi aramaya başladım. Sonunda buldum. Cüzdanın içinde rengi atmıştı, ama yine de okuyabiliyordunuz. Adresini verdiği kız, tam olarak bir orospu filan değilmiş, ama o Princeton'lı herifin dediğine göre, arada bir orospuluk yapıyormuş. Herif kızı bir kez Princeton'da dansa götürmüş, onu getirdiği için neredeyse okuldan atılıyormuş. Eskiden vodvillerde soyunurmuş. Neyse, gittim telefona, numarasını çevirdim. Adı Faith Cavendish'ti, Altmış Beşinci'yle Broadway'in kesiştiği köşedeki Stradford Arms Oteli'nde kalıyordu. Rezil bir yerdi, hiç kuşkum yok.

Bir süre orada olmadığını filan sandım. Kimse bakmıyordu telefona. Sonra birden biri açtı.

"Alo?" dedim. Yaşımı filan anlamasın diye sesimi kalınlaştırdım. Sesim zaten oldukça kalın sayılır.

"Alo," dedi bir kadın sesi. Ses tonu hiç de dostça değildi ama.

"Bayan Faith Cavendish?"

"*Kimsin?*" dedi. "Bu çılgın saatte insanı niye uyandırıyorsun?"

Biraz ürkmüştüm. "Şey, çok geç olduğunu ben de biliyorum," dedim, çok olgun havalarda filan bir sesle. "Umarım, beni bağışlarsınız, ama sizinle tanışmaya can atıyordum." Felaket nazik konuşuyordum. Gerçekten çok naziktim.

"*Kimsin?*"

"Şey, beni tanımazsınız. Ben Eddie Birdsell'in arkadaşıyım. Kente geldiğimde sizinle bir kokteyl içebileceğimi söylemişti."

"*Kim* dedin? *Kimin* arkadaşı?" Vay canına, telefonda kaplan kesilmişti başıma! Beni azarlıyordu.

"Edmund Birdsell, Eddie Birdsell," dedim. Adı Edmund mı, Eddie mi, hatırlayamıyordum. Onunla sadece bir kez, lanet salak bir partide karşılaşmıştık.

65

"Ben öyle birini tanımıyorum, aslanım. Gece yarısı böyle uyandırılmaktan çok hoşlandığımı sanıyorsan..."

"Eddie Birdsell, Princeton'dan?"

Kafasından bu adı geçirdiğini hissediyordunuz.

"Birdsell, Birdsell... Princeton'dan... Princeton Üniversitesi'nden mi yani?"

"Evet, doğru," dedim.

"Sen Princeton Üniversitesi'nden misin?"

"Evet, yani."

"Aa... Eddie nasıl, *bakalım?*" dedi. "Ama, bu tuhaf saatte mi aranır insan? Aman Tanrım."

"Eddie iyi. Sana selam söyledi."

"İyi, sağ ol. Benden selam söyle *ona*," dedi. "Çok kıyak bir çocuk. Şimdi n'apıyor?" Birden felaket arkadaş canlısı olmaya başlamıştı.

"A, biliyorsun işte. Hep aynı zımbırtılar," dedim. Herifi zar zor hatırlıyordum zaten. Hâlâ Princeton'da olup olmadığından bile haberim yoktu. "Bakar mısın?" dedim. "Bir yerde benimle bir kokteyl içmek ister miydin?"

"Acaba, senin *saatten* haberin var mı?" dedi. "Bu arada, adın ne senin, sorabilir miyim?" Birdenbire İngiliz vurgusuyla konuşmaya başlamıştı. "Sesinden, biraz genç bir arkadaşsın, galiba."

Güldüm. "İltifatınıza çok teşekkür ederim," dedim; acayip kibar konuşuyordum. "Holden Caulfield adım." Ona uyduruk bir ad vermeliydim, ama düşünemedim.

"Bak, Bay Cawffle. Gece yarısı buluşma âdetim yoktur benim. Ben çalışan bir kızım."

"Yarın Pazar," dedim.

"Olsun. Güzellik uykusuna yatmam gerek. Nasıldır, bilirsin."

"Sanırım, bir kokteyl içebiliriz. O kadar da geç değil."

"Şey, çok tatlısın," dedi. "Nereden arıyorsun? Şimdi neredesin yani?"

"Ben mi? Bir telefon kulübesindeyim."

"A," dedi. Sonra uzun bir duraklama oldu. "Seninle bir başka zaman buluşmayı gerçekten isterim, Bay Cawffle. Sesin çok çekici. Çok çekici birine benziyorsun. Ama vakit *çok* geç."

"Kaldığın yere gelebilirim."

"Şey, başka bir zaman, şahane olur, derdim. Buraya kokteyl için gelmene çok sevinirdim, ama oda arkadaşım çok hasta. Bütün gece gözünü bile kırpmadan yattı burada. Daha yeni daldı. Yani."

"Aa! Çok fena."

"Nerede kalıyorsun? Kokteyl için belki yarın buluşabiliriz."

"Yarın buluşamam," dedim. "Yalnızca bu akşam buluşabilirim." Ne salak heriftim. Bunu söylememeliydim.

"Aa! Şey, korkunç üzüldüm."

"Eddie'ye selamını söylerim."

"Söyler misin? Umarım, New York'ta iyi vakit geçirirsin. Şahane bir yer."

"Öyle, biliyorum. Sağ ol. İyi geceler," dedim ve telefonu kapadım.

Vay canına, işi kıvıramamıştım! Onu en azından kokteyl için ikna etmem gerekirdi.

Bölüm 10

Vakit hâlâ erken sayılırdı. Saat kaçtı, şimdi emin değilim, ama pek geç değildi. Nefret ettiğim bir şey de, daha uykum gelmeden yatağa girmektir. Ben de bavullarımı açtım, temiz bir gömlek çıkardım, daha sonra banyoya gidip elimi yüzümü yıkadım ve gömleğimi değiştirdim. Ne yapayım derken, aşağıya inip Lavender Salon'a gitmeye karar verdim. Otelde bir de, Lavender Salon dedikleri bir gece kulübü vardı.

Gömleğimi değiştirdiğim sırada az kalsın kendimi tutamayıp küçük kız kardeşim Phoebe'ye telefon ediyordum. Onunla mutlaka telefonda konuşmak istiyordum. Duyguları filan olan biriyle yani. Ama bu riski göze alamazdım, bırakın telefona yakın bir yerde bulunmasını, o saatte ayakta bile olmazdı, daha küçücüktü. Bizimkiler çıkarsa telefonu kapatırım diye düşündüm, ama bu da bir işe yaramazdı. Benim olduğumu anlarlardı. Annem hep anlar telefonu benim açtığımı. Medyumdur kendisi. Ama yine de Phoebe'yle bir gırgır geçmek istemiştim.

Onu bir görmelisiniz. Ömrünüzde onun kadar sevimli, onun kadar akıllı bir çocuk görmemişsinizdir. Gerçekten akıllıdır. Okula başladığından beri bütün derslerden hep pekiyi alır. Aslında, bizim ailedeki tek salak benim. Ağabeyim D. B. yazar filan işte. Allie, ölen kardeşim hani, o da felaket akıllıydı. Tek gerçek salak benim. Ama bizim Phoebe'yi bir görmelisiniz. O da kızıl saçlı, Allie'nin saç rengine yakın bir tonda. Yazın kısacık kestirirler, kulaklarının ardına sıkıştırır saçlarını. Güzel, küçük kulakları vardır. Kışın uzatırlar ama. Annem Phoebe'nin saçlarını bazen örer, bazen de örmez. Uzunken de güzeldir. Daha on yaşında. Oldukça zayıf, benim gibi, ama güzel bir zayıflık onunkisi. Onu bir kez, parka gitmek için Beşinci Cadde'yi geçerken, pencereden izlemiştim, işte dedim, tekerlekli patenci zayıflığı bu. Onu severdiniz. Yani, bizim Phoebe'ye bir şey söylemişseniz, neden söz ettiğinizi kesinlikle anlar. Yani, onu yanınızda her yere götürebilirsiniz. Onu rezalet bir filme götürmüşseniz, sözgelimi, onun rezalet bir film olduğunu anlar. Onu iyi bir filme götürmüşseniz, onun da iyi bir film olduğunu söyler. D. B.'yle ben onu, Raimu'nun oynadığı *Fırıncının Karısı* adlı şu Fransız filmine götürmüştük. Bitti o filme. Ama en sevdiği film, Robert Donat'ın oynadığı *Otuz Dokuz Basamak*. Tüm o lanet filmi ezbere bilirdi, çünkü onu o filme herhalde on kez filan götürmüşümdür. Sözgelimi, bizim Donat polislerden kaçıp o İskoç evine geldiğinde, Phoebe sinemada yüksek sesle –tam filmdeki İskoç herif söyleyecekken–, "Ringa balığı yiyebilir misiniz?" deyiverir. Filmdeki tüm konuşmalar ezberindedir. Hele filmdeki o profesör, ki aslında Alman casusudur, Robert Donat'ı göstermek için yarısı kopmuş küçükparmağını daha havaya kaldırmadan, bizim Phoebe ondan önce davranır; küçük-parmağını suratıma uzatır. İyidir Phoebe. Onu severdiniz. Tek sorun, bazen fazla sevecen olması. Bir çocuk için çok duygusal. Gerçekten de öyle. Yaptığı bir şey de, durmadan kitap yazmak. Ancak, bitirmez kitaplarını. Hepsi de Hazel Weatherfield adlı bir kız çocuğu hakkındadır; yalnız, bizim Phoebe onu "Hazle" diye yazar. Bizim Hazle Wheatherfield bir kız dedektiftir. Yetim kalıyor kendisi, ama sevgili babası durmadan ortaya çıkıyor. Babası hep, "Yirmi yaşlarında, uzun boylu çekici bir beyefendi"dir. Buna biterim. Ah Phoebe! Yemin ederim onu çok severdiniz. Daha küçücükken bile akıllıydı. Phoebe çok küçükken, Allie'yle ben Pazar günleri onu parka götürürdük. Allie, özellikle Pazarları, dalgasını geçmek için o yelkenlisini alırdı, Phoebe'yi de götürürdük yanımızda. Phoebe, ellerinde beyaz eldivenlerle, ortamızda yürürdü, bir hanımefendi gibi. Allie'yle ben genel konularda konuşurken, bizim Phoebe bizi hep dinliyor olurdu. Bazen onun yanınızda olduğunu unuturdunuz, yani küçük filan diye, ama o *kendisini* hatırlatırdı size. Hep sözünüzü keserdi. Allie'yi veya beni dürtükler, "*Kim*? Kim öyle demiş? Bobby mi, kadın mı?" diye sorardı. Ve biz kimin söylediğini bildirince, "A!" der ve hemen yine dinlemeye başlardı. Allie de biterdi ona. Yani, o da Phoebe'yi severdi. Phoebe on yaşında şimdi, pek küçük sayılmaz artık, ama hâlâ herkes biter ona; yani biraz duygusu olan herkes.

Telefonda kendisiyle konuşmak isteyeceğiniz biriydi bizim Phoebe. Ama telefona annem ya da babam çıkacak diye çok korkuyordum, New York'ta olduğumu ve Pencey'den atıldığımı filan anlayabilirlerdi. Böyle düşünerek, gömleğimi giydim. Sonra hazırlanıp, bir bakınmak için, asansörle lobiye indim.

Birkaç pezevenk görünüşlü herifle birkaç orospu görünüşlü sarışın dışında lobi boş sayılırdı. Ama Lavender Salon'da bir orkestranın çaldığını duyabiliyordunuz, ben de oraya indim. Pek kalabalık değildi, ama bana yine de rezil bir masa verdiler; ta en arkalarda bir masa. Başgarsonun burnuna bir papel sallamalıydım aslında. New York'ta her yerde para konuşur; dalga geçmiyorum.

Kokmuş bir orkestraydı. Buddy Singer. Pek tantanalı çalıyorlardı, ama iyi değillerdi; hödükçe çalıyorlardı. Ayrıca, ortalıkta benim yaşlarımda pek az insan vardı. Aslında benim yaşlarımda hiç kimse yoktu. Çoğu yaşlı, gösterişçi birtakım herifler, yanlarında hatunlarla oturuyorlardı. Hemen yanı başımdaki masadakiler dışında. Hemen yanı başımdaki masada otuz yaşlarında üç kız oturuyordu. Üçü de oldukça gudubetti. Başlarına giydikleri şapkalardan, aslında New York'lu olmadıklarını anlıyordunuz, ama içlerinden biri, sarışın olan pek fena değildi. Bu sarışın kız biraz şirin gibiydi, ben de başladım ona kesik atmaya, ama hemen yanıma bir garson geldi. Viski soda ısmarladım, karıştırmamasını söyledim; bunu felaket hızlı söyledim, çünkü azıcık kem küm edecek olsanız, yaşınız yirmi birin altında diye alkollü içki vermezler. Yine de takıldık tabii, "Affedersiniz efendim," dedi, "üzerinizde yaşınızı bildiren bir belge var mıydı, acaba? Bir sürücü belgesi, örneğin."

Sanki bana hakaret etmişçesine, garsona buz gibi bir baktım. "Yirmi bir yaşından küçük görünüyor muyum?" dedim.

"Üzgünüm, efendim, ama biz burada..."

"Peki, peki," dedim. Anlaşılmıştı. "Bana bir kola getirin." Garson yanımdan ayrıldı, ama onu geri çağırdım. "İçine biraz rom filan koyamaz mısınız?" diye sordum. Bunu ona çok efendice filan söylemiştim. "Böyle bir yerde, buz gibi *ayık* duramam ben. İçine biraz rom filan koyamaz mısınız?"

"Çok üzgünüm, efendim..." dedi garson ve elimden sıyrıldı. Daha fazla dayatamazdım da zaten. Küçüklere içki satarken yakalanırlarsa işten atılırlardı. Ben lanet bir küçüktüm.

Yan masadaki üç cadıya kesik atmaya başladım yine. Yani, sarışın olana. Öbür ikisi ancak gözü dönmüşlere yarardı. Pek öyle odun gibi de bakmıyordum ama. Üçüne doğru sakin havalarda filan bakıyordum. Ama onlar, üçü birden, ben öyle bakınca geri zekâlılar gibi kikirdemeye başladılar. İçlerinden birine alıcı gözle bakmak için yaşımın küçük olduğunu düşünmüşlerdi herhalde. Felaket bozuldum buna; sanki onlara *evlenme* teklif etmiştim. Onlar böyle yapınca, benim de soğuk davranmam gerekirdi, ama canım gerçekten dans etmek istiyordu. Bazen canım böyle çok dans etmek ister. Birdenbire onlara doğru uzandım ve, "Kızlar, hanginiz benimle dans etmek ister?" dedim. Bunu pek öyle kaba saba söylemedim. Aslında çok naziktim. Ama, lanet olsun, *bunu* acayip gülünç bir şey sandılar. Yine kikirdemeye başladılar. Şaka etmiyorum, üçü de gerçek geri zekâlıydılar. "Hadi," dedim. "Hepinizle sırayla dans edeceğim, tamam mı? Ne dersiniz? Hadi!" Canım gerçekten dans etmek istiyordu.

Sonunda, sarışın olan benimle dansa kalktı. Çünkü aslında *ona* söylediğimi anlardınız. Dans pistine çıktık. Öbür iki gudubet, biz oraya giderken neredeyse gülmekten katılıyorlardı. Bunlardan birine takılmak için bile kesinlikle çok düşmüş olmam gerekirdi.

Ama yine de değmişti. Sarışın bayağı iyi dans ediyordu. Dans ettiğim en iyi dansçılardan biriydi. Şaka etmiyorum, bazı salak kızlar dans pistinde böyle mest ederler adamı. Bakarsınız kız akıllıdır, ama dans pistinde sizi *o* yönetmeye kalkar ya da berbat dans ediyordur, en iyisi onunla masada oturup sarhoş olmaktır.

"Sen gerçekten iyi dans ediyorsun," dedim sarışına. "Profesyonel olmalısın. Doğru söylüyorum. Bir kez, bir profesyonelle dans etmiştim, sen ondan iki kat daha iyisin. Marco ile Miranda'yı duydun mu hiç?"

"Bilmiyorum. Hayır. Bilmiyorum."

"Dansçı bunlar. Kız dansçı. Pek iyi değil ama. Yapması gereken şeyi yapıyor, ama yine de iyi değil. Bir kız ne zaman felaket iyi bir dansçı olur, biliyor musun?"

"Ne dedin?" dedi. Beni dinlemiyordu bile. Çevreyle meşguldü kafası.

"Bir kız ne zaman felaket iyi bir dansçı olur, biliyor musun, dedim."

"I-ıh."

"Bak şimdi; elim belinde, değil mi? Elimin altında hiçbir şey hissetmezsem –ne kalça, ne bacak, *hiçbir şey* ama– o kız felaket iyi dansçıdır o zaman."

Ama dinlemiyordu. Bir süre ben de boş verdim ona. Öylece dans ettik. Tanrım, o sersem kız ne güzel dans ediyordu. Buddy Singer ve onun kokmuş orkestrası, Just One of Those Things'i çalıyorlardı, hem de berbat etmeden filan. Tutulan bir şarkıydı... Dans ederken hiç öyle gösterişli figürler yapmaya kalkışmadım –pistte gösterişli figürler çeken heriflere de gıcık olurum– ama kızı epeyce döndürüyordum ortalıkta ve benimle iyi uyuşuyordu. İşin gülünç yanı, onun da hoşuna gittiğini sanıyordum ki, bizimki birdenbire salak bir söz etmez mi? "Kızlarla birlikte dün gece Peter Lorre'u gördük," dedi. "Film yıldızı hani. Hem de yakından. Gazete alıyordu. Çok *tatlıydı*."

"Çok şanslısın," dedim. "Gerçekten çok şanslısın. Bunu biliyor musun?" Aslında bir geri zekâlıydı. Ama ne güzel dans ediyordu. Onu o sersem alnından öpmekten kendimi alamadım.

"Hey! N'oluyor?"

"Bir şey yok. Bir şey olmuyor. Çok güzel dans ediyorsun," dedim. "Daha dörde giden bir kız kardeşim var. Sen onun kadar iyisin. Kız kardeşim gelmiş geçmiş bütün dansçılardan daha iyidir."

"Konuşmana dikkat et, bir zahmet."

Bu ne hanımefendilikti, yani. *Kraliçeydi* mübarek.

"Nerelisiniz?" diye sordum ona.

Bana yanıt vermedi. Bizim Peter Lorre gelecek diye bakınmakla meşguldü, sanırım.

"Siz kızlar nerelisiniz?" diye yine sordum ona.

"Ne?" dedi.

"Sizler nerelisiniz? Canın istemiyorsa yanıt verme. Kendini zorlama."

"Seattle, Washington," dedi. Bunu söylemekle bana büyük bir iyilikte bulunmuş oluyordu kendisi.

"Sohbetine de doyum olmuyor," dedim. "Biliyor musun?"

"Ne?" dedi.

Ben de kestim artık konuşmayı. Kafası almıyordu ne dediğimi zaten. "Jitterbug yapalım mı, hızlı bir tane çalarlarsa? Öyle ölü gibi Jitterbug değil ama, hoplamak filan da yok yani; şöyle güzel güzel, sakin sakin. Hızlı bir tane çalarlarsa, yaşlı şişko herifler dışında herkes oturur, bize de geniş yer kalır. Tamam mı?"

"Benim için sorun değil," dedi. "Hey, sen kaç yaşındasın bakayım?"

Fena bozuldum buna. "Of Tanrım. Neşemizi bozmasan, olmaz mı?" dedim. "On iki yaşındayım, Tanrı aşkına! Yaşıma göre iriyimdir."

"*Bana bak*. Sana dedim, değil mi? Böyle konuşmalardan hoşlanmıyorum," dedi. "Böyle konuşmaya devam edeceksen, gidip otururum arkadaşlarımın yanına, sen bilirsin yani."

Deliler gibi özür diledim ondan, çünkü orkestra hızlı bir parçaya başlıyordu. Benimle Jitterbug yapmaya başladı; ama güzel güzel, sakin sakin, ölü gibi değil. Gerçekten de iyi dans ediyordu. Tek yapacağınız ona dokunmaktı. Her dönüşünde o küçük güzel poposu öyle hoş titreşiyordu ki. Beni mahvetti. Gerçekten. Yerimize oturduğumuzda ona yarı yarıya âşıktım artık. Kızlarla olan sorun da bu işte. Hoş bir şey yaptıklarında, pek yüzlerine bakılmayacak gibi olsalar da, hatta salak bile olsalar, onlara böyle yarı yarıya âşık oluyorsunuz ve *hangi* cehennemde olduğunuzu bile unutuyorsunuz. Kızlar! Aman Tanrım! Aklınızı başınızdan alıyorlar. Gerçekten alıyorlar.

Beni masalarına filan davet etmediler –görgüsüzlüklerinden, tabii– ama ben yine de gittim yanlarına oturdum. Dans ettiğim sarışının adı Bernice bir şeydi; Crabs mi, Krebs mi, neyse işte. Öbür iki gudubetin adları Marty ve Laverne'dü. Adım Jim Steele dedim onlara, gırgırına. Sonra, onlarla akıllı uslu konuşmaya çalıştım, ama buna olanak yoktu. Elinizden bir kaza çıkması işten bile değildi. İçlerinden en salağının hangisi olduğunu anlayamıyordunuz. Üçü birden çevreye bakınıyor, sanki her an içeriye bir sürü film yıldızı dalıvermek üzereymiş gibi umutla bekliyorlardı. New York'a gelen film yıldızlarının Stork Kulüp'e veya El Morocco'ya filan değil de, hep bu Lavender Salon'a takıldıklarını sanıyorlardı herhalde. Her neyse, kızların Seattle'da nerede çalıştıklarını filan anlamam yarım saatimi aldı. Hepsi de aynı sigorta acentesine çalışıyorlardı. İşlerini sevip sevmediklerini sordum, ama bu üç sersemden doğru dürüst bir yanıt almak olası değildi. O iki gudubeti, Marty ile Laverne'ü kardeş sandım, ama bunu onlara sorduğumda sanki hakaret etmişim gibi baktılar bana. İkisinden hiçbirinin diğerine benzemeyi istemediğini anlayabiliyordunuz, bu yüzden ayıplayamazdınız da onları, ama durum yine de çok gülünçtü.

Hepsiyle –üçüyle de– sırayla dans ettim. Gudubet olanlardan Laverne pek fena dans etmiyordu, ama öbürü, bizim Marty, tam bir cinayetti. Bizim Marty ile dans etmiyor, Özgürlük Anıtı'nı pistte oradan oraya sürüklüyordunuz. Onu böyle sürüklemeye ancak biraz matrak geçerek katlanabilirdim. Ben de ona, pistin öbür ucunda film yıldızı Gary Cooper'ı gördüğümü söyledim.

"Nerede?" diye sordu bana; felaket heyecanlanmıştı. "Nerede?"

"Ah, onu kaçırdın. Hemen çıktı gitti. Sana söylediğim an hemen niye bakmadın ki?"

Dansı bırakıverdi, başladı milletin kafalarının üstünden onu göreceğim diye bakınmaya. "Aamaan!" dedi. Kalbini kırmak üzereydim; kırmıştım da, aslında. Onunla dalga geçtiğim için felaket üzüldüm. Bazı insanlarla dalga geçmemek gerek, bunu hak etseler bile.

Buyrun bakalım, size gülünç bir şey daha. Masaya döndüğümüzde, bizim Marty öbür ikisine, Gary Cooper'ın daha yeni dışarı çıktığını söylemez mi? Vay canına, bizim Laverne'le Bernice bunu duyduklarında az kalsın canlarına kıyacaklardı! Çok heyecanlandılar ve Marty'ye onu görüp görmediğini filan sordular. Bizim Marty onu bir an görür gibi olmuş. Bittim buna.

Barı kapatıyorlardı, kapanmadan, gidip kızlara ikişer içki getirdim, kendime de iki kola daha ısmarladım. Lanet masa bardaktan geçilmiyordu. Gudubetlerden Laverne, hâlâ kola içtiğim için benimle dalga geçti. Ne de harikulade bir mizah duygusu vardı bu kızın. Laverne'le Marty, Tom Collins içiyorlardı; hem de Aralık ayının ortasında, Tanrı aşkına! Ne yapsınlar, bu kadarını biliyorlardı garipler. Sarışın olan, bizim Bernice, sulu Bourbon viski içiyordu. İyi de çekiyordu yani. Üçü hâlâ belki bir film yıldızı görürüz diye çevreye bakıp duruyorlardı. Pek konuşmuyorlardı; kendi aralarında bile. Bizim Marty öbür ikisinden daha fazla konuştu. Sıkıcı sözler edip durdu, kenef diyeceğine, "küçük kızların odası" diyordu, Buddy Singer'ın zavallı hımbıl klarnetçisini, ayağa kalkıp tırışkadan iki numara çekti diye, felaket biri sanıyordu. Adamın klarnetine, "meyan kökü çubuğu" diyordu. Acıklıydı durumu. Öbür gudubet, Laverne ise kendisini pek şakacı sanıyordu. Benden babamı aramamı, ona bu gece bir işi var mı diye sormamı istedi durdu. Babamın çıktığı biri var mıymış. Bunu bana tam *dört kez* sordu; yani, bu kız kesinlikle şakadan anlıyordu. Bizim sarışın Bernice'in ağzından tek bir sözcük bile çıkmadı. Ona bir şey sorduğumda hep, "Ne?" dedi. Ama, bir süre sonra buna da sinir oluyordunuz.

Birdenbire, içkilerini bitirir bitirmez yani, üçü birden ayağa fırladılar ve artık yatmaları gerektiğini söylediler. Radio City Müzikholü'ndeki ilk gösteriye yetişmek için erken kalkmak zorundalarmış. Onları biraz daha kalsınlar diye oyalamaya çalıştım, ama istemediler. Onlara, Seattle'a gelirsem eğer, uğrayacağımı söyledim ya, buna ben bile inanmadım. Onlara uğramak, yani?

Sigaralarla birlikte filan, hesap on üç kâğıt kadar tuttu. Sanırım, en azından, ben gelmeden önce içtiklerini ödemeyi önermeleri filan gerekirdi; ben ödemelerine izin vermezdim tabii, ama en azından önermeleri gerekirdi. Oysa pek umursamadılar. Çok görgüsüzdüler, hele kafalarındaki o hazin, rüküş şapkalarla filan. Ve bu Radio City Müzikholü'ndeki ilk gösteriye yetişmek için erken kalkma işi acayip canımı sıktı. Yani biri, kafasında korkunç görünüşlü şapkası olan bir kız sözgelimi, kalkıp ta Seattle, Washington'dan New York'a geliyor; sonra da, Radio City Müzikholü'ndeki ilk lanet gösteriye yetişmek için sabahleyin erkenden yatağından fırlıyor, buna dayanamam artık. Bu üçü, bana bunu söylemeselerdi, onlara *yüz kadeh* içki ısmarlasam bile üzülmezdim. Onlar çıktıktan sonra, ben de Lavender Salon'dan ayrıldım. Zaten kapatıyorlardı, orkestra ne zamandır susmuştu. Her şeyden önce, burası, yanınızda iyi dans edecek biri yoksa ve garsonlar size gerçek içki değil de yalnızca kola getiriyorlarsa, katlanılacak yerlerden değildi. Yeryüzünde gerçek içki içmeden uzun süre oturabileceğiniz bir gece kulübü olamaz. Ya da, yanınızda gerçekten bittiğiniz bir kız yoksa.

Bölüm 11

Lobiye çıkarken aklıma birdenbire yine bizim Jane geldi. Yine takılmıştım kıza, kafamdan atamıyordum. Lobide iğrenç görünüşlü bir koltuğa oturup Stradlater'la onun Ed Banky'nin arabasındaki durumlarını düşündüm. Bizim Stradlater'ın onu orada beceremediğinden emin olduğum halde –Jane'i avcumun içi gibi iyi bilirdim– düşünmeden edemiyordum kızı. Jane'i avcumun içi gibi bilirdim. Gerçekten iyi tanırdım kızı. Yani, damadan başka, sportif oyunlara da düşkündü. Onunla tanıştıktan sonra, bütün yaz birlikte hemen her sabah tenis ve hemen her öğleden sonra golf oynamıştık. Onu gerçekten yakından tanırdım. Yani, pek öyle fiziksel anlamda filan demiyorum –yoktu bir şey– ama her dakika birlikteydik. Bir kızı iyi tanımış olmak için ille de cinsel takılmanız gerekmez.

Onunla tanışmamız şöyle oldu; Jane'lerin şu Dobermann Pincher cinsi köpeği gelip gelip bizim çimlere pisliyordu, annem de bundan çok rahatsız oluyordu. Bir gün Jane'in annesine seslendi ve acayip toz kaldırdı. Annem böyle saçmalıkları çok abartır. Sonra ne oldu, birkaç gün sonra Jane'i kulüp havuzunun kenarında yüzüstü uzanmış olarak gördüm, ona merhaba dedim. Bize komşu oturduklarını biliyordum, ama daha önce hiç konuşmamıştık. O gün ona merhaba dediğimde bana fena surat astı. Köpeğin *nereyi* pislettiğine *benim* metelik bile vermediğimi ona anlatacak bir sürü zamanım vardı. Gelip salona da yapsa umurumda değildi. Neyse, daha sonra, Jane'le arkadaş filan olduk. Hemen o gün öğleden sonra onunla golf oynadık. Tam sekiz top kaybetti, iyi hatırlıyorum. *Sekiz top.* Topa vuruş yaparken en azından gözlerini açtıracağım diye felaket terler döktüm. Ama çok iyi öğrettim kıza bu oyunu. Ben çok iyi golfçüyümdür. Ne kadar sayı yaptığımı söylesem bana inanmazsınız herhalde. Bir kez, az kalsın kısa bir filmde çıkacaktım, ama son anda vazgeçtim. Filmlerden benim gibi nefret eden birinin, kendisini filmde çıkarmalarına izin vermesi sahtekârlık olur diye düşünmüştüm.

Gülünç bir kızdı bu bizim Jane. Şimdi size acayip güzel olduğunu filan söyleyemem. Ama ben ona felaket kesilirdim. Biraz çenesi düşüktü. Bir şey olup da heyecanlandığında, konuşurken ağzı, dudakları filan biçimden biçime girerdi. Biterdim buna. Ve ağzını tam olarak kapatmazdı da. Hafifçe açık olurdu hep, özellikle golfte atış yaparken ya da kitap okurken. Hep okurdu, çok iyi kitaplar okurdu. Bir sürü şiir filan da okurdu. Ailem dışında, Allie'nin, üstü şiir yazılı eldivenini gösterdiğim tek kişi odur. Allie'yle hiç karşılaşmadı, çünkü o yaz Maine'e ilk gelişleriydi –daha önce Cape Cod'a gitmiş– ama ona kardeşimi anlatmıştım. Böyle şeylerle ilgilenirdi.

Annem onu pek sevmezdi. Yani, selam vermedikleri için filan, Jane'le annesinin ona burun kıvırdıklarını düşünürdü. Annem onlarla köyde sık sık karşılaşırdı, Jane annesiyle birlikte, o üstü açık LaSalle arabalarıyla çarşıya inerdi. Annem Jane'i beğenmezdi bile. Ama ben beğenirdim. Endamı hoşuma giderdi, hepsi bu yani.

O akşamüstünü hatırlıyorum. Bizim Jane'le sarmaş dolaş olmaya yaklaştığımız yegâne zamandı. Cumartesi günüydü, dışarda yağmur yağıyordu deliler gibi. Onun evindeydik, sundurmada oturuyorduk; geniş bir sundurmaları vardı. Dama oynuyorduk. Arada bir takılıyordum ona, çünkü damalarını en arka sıradan hiç kıpırdatmıyordu. Ama fazla da ileri gitmiyordum, Jane'le fazla dalga geçmek istemezdiniz. Sanırım, fırsat olunca kızlarla langır lungur dalga geçmeyi pek severim, gülünçlük olsun diye. Ben aslında dalga geçmek istemediğim kızlardan hoşlanırım en çok. Bazen onlar da kendileriyle dalga geçmenizden *hoşlanıyorlar* –aslında hoşlandıklarını biliyorum– ama onlarla uzun zamandır tanışıyorsanız ve hiç dalga geçmemişseniz, gırgıra başlayamıyorsunuz bir türlü. Neyse, Jane'le sarmaş dolaş olmaya çok yaklaştığımızı anlatıyordum size. Felaket yağmur yağıyordu, biz dışarda sundurmada oturuyorduk, birdenbire annesinin evli olduğu o ayyaş köpek çıkageldi ve Jane'e evde sigara var mı diye sordu. Onu pek tanımıyordum, ama sizden bir şey istemek dışında hiç konuşmayan bir herife benziyordu. Rezil bir kişiliği vardı. Neyse, herif sigara sorduğunda bizim Jane ona yanıt vermedi. Herif yine sordu, ama Jane hâlâ yanıt vermiyordu. Sonunda herif dönüp eve girdi. Herif gidince, Jane'e ne olup bittiğini sordum. Baktım, *bana da* yanıt vermiyor. Bir sonraki adım için oyuna yoğunlaşma havalarındaydı. Sonra birdenbire dama tahtasının üstüne pat diye bir gözyaşı damlası düştü. Kırmızı karelerden birine düşmüştü; vay canına, gözyaşını orada hâlâ görebiliyordunuz! Parmağının ucuyla hemen siliverdi. Neden bilmiyorum, ama bu beni felaket rahatsız etmişti. Ben de kalktım salıncakta biraz öteye gitmesi için onu sıkıştırdım, böylece yanına oturacaktım; aslında kızın kucağına oturmuştum. Başladı *hüngür hüngür* ağlamaya. Bundan sonra hatırladığım şey; kızın her tarafını öpüyordum –*rast*gele– gözlerini, burnunu, alnını, kaşlarını filan, *kulaklarını;* ağzı dışında tüm yüzünü. Ağzına yaklaşmama izin vermiyor gibiydi. Her neyse, onunla öpüşmeye en yakın olduğumuz zaman buydu. Bir süre sonra kalkıp içeriye gitti ve o bittiğim kırmızı beyaz kazağını giyip geldi, sonra da lanet bir filme gittik. Ona, Bay Cudahy'nin –ayyaş köpeğin adı buydu– ona hiç terbiyesizlik filan yapıp yapmadığını sordum. Daha küçüktü, ama vücudu felaket güzeldi ve ben, o Cudahy rezilinin bir şeyler yaptığına inanıyordum. Yok, dedi ama, ne cehennem olduğunu anlayamadım. Bazı kızlara ne olduğunu anlamanız olası değildir.

Hiç öpüşmedik, itişip kakışmadık diye size Jane'in lanet bir *buz kalıbı* olduğunu filan söylemeye çalışmıyorum. Değildi. Eli elimdeydi hep, örneğin. Fazla bir şey sayılmaz bu, biliyorum, ama onunla el ele tutuşmak felaket güzel bir şeydi. Çoğu kızın elini tuttuğunuzda o lanet elleri *ölü gibidir* elinizin içinde, ya da hiç durmadan ellerini *oynatmaları* gerektiğini sanırlar, sizi sıkmaktan korkuyor gibidirler. Ama Jane farklıydı. Lanet bir filme gittiğimizde hemen el ele tutuşmaya başlardık, film bitene kadar da bırakmazdık. Ellerimizin duruşunu değiştirmeden ve fazla da abartmadan. Jane'le elleriniz terlese de dert etmezdiniz. Tek bildiğiniz, mutlu olduğunuzdu. Gerçekten de mutlu olurdunuz.

Aklıma bir şey daha geldi. Bir kez, film seyrederken, Jane öyle bir şey yaptı ki, mahvoldum. Dünya haberlerini filan geçiyorlardı, birdenbire ense kökümde bir el hissettim, Jane'in eliydi. Çok gülünç geldi bu bana. Yani, daha çok gençti, birinin böyle ensesini tutan çoğu kızlara bir baksanız yirmi beş, otuz yaşlarında olurlar ve bunu ya kocalarına, ya da çocuklarına yaparlar; arada bir, ben de küçük kız kardeşim Phoebe'ye yaparım bunu, sözgelimi. Ama bunu size çok genç bir kız yaptığında, öyle bir hoş oluyorsunuz ki, mahvoluyorsunuz.

Her neyse, lobide o iğrenç görünüşlü koltukta otururken bunları düşündüm. Ah, Jane! Onun Stradlater'la Ed Banky'nin arabasında olduğunu her hatırlayışımda deli gibi oluyordum. Doğrusunu isterseniz, bunu konuşmak bile istemiyorum.

Lobide artık kimseler yoktu. Orospu görünüşlü sarışınlar bile yoktu artık, birdenbire oradan defolup gitmek istedi canım. Moralim çok bozuktu. Ve uykum filan da yoktu. Ben de odaya çıkıp paltomu giydim. Hâlâ faaliyette olan bir sapık var mı acaba diye pencereye bir göz attım, ama ışıklar filan hep sönmüştü. Asansörle yine aşağıya indim ve bir taksiye binip Ernie'nin Yeri'ne çekmesini söyledim. Ernie'nin Yeri, ağabeyim D. B. Hollywood'a gidip piyasaya düşmeden önce birlikte sıkça gittiğimiz, Greenwich Village'da bulunan bir gece kulübüydü. D. B. ara sıra yanında götürürdü oraya beni. Piyano çalan, iriyarı, zenci bir şişkodur bu Ernie. Felaket kasıntı bir herifti, önemli biri veya ünlü filan değilseniz sizinle konuşmazdı bile, ama gerçekten iyi piyano çalardı. İyiydi çalışı, ama sığdı aslında. Bununla ne demek istediğimi tam olarak bilmiyorum, ama öyleydi. Piyano çalarken onu dinlemekten kesin hoşlanıyordum, ama bazen o lanet piyanosunu kafasına geçirmek gelirdi insanın içinden. Sanırım, önemli biri değilseniz sizinle konuşmayan türden bir herif gibi *çaldığından* böyle düşünüyordunuz.

Bölüm 12

Bindiğim taksi, içine birileri kurabiye dökmüş gibi kokan eski püskü bir arabaydı. Geceleri ne zaman bir yere taksiyle gitmeye kalksam, bu iğrenç arabalara rastlarım zaten. İşin daha kötü yanı, dışarılar çok sessiz ve ıssızdı; Cumartesi gecesi olduğu halde. Sokaklarda kimseleri göremiyordum. Ara sıra, sokakta karşıya geçen bir adamla bir kız görüyordunuz yalnızca, ellerini birbirlerinin beline atmış durumda; ya da yanlarında hatunlarla bir sürü eşkıya kılıklı herif görüyordunuz, hepsi de, bahse girerim ki, gülünç bile olmayan şeylere sırtlanlar gibi gülüyorlardı. Gece geç saatlerde New York'ta birinin kahkaha atması dehşet verici bir şeydir. Millerce öteden duyabilirsiniz. Bunu duyunca yalnızlığınız daha da artar, moral diye bir şey kalmaz insanda. İçimden, eve gitmeyi geçirip duruyordum, canım, bizim Phoebe'yle gırgır geçmek istiyordu. Ama sonunda, biraz yol alınca, şoförle konuşmaya başladım. Adı Horwitz'di. Daha önce bindiğim taksinin şoföründen çok daha iyi bir herifti. Neyse, belki bu şoför ördekleri bilir diye düşündüm.

"Hey, Horwitz," dedim. "Central Park'taki o gölün ordan hiç geçtin mi? Central Park'ın güneyinde, hani."

"*Ne'den* geçtim mi?"

"Gölden. Şu küçük yapay göl. Ördekler var hani. Bilirsin."

"Ee, ne olmuş yani?"

"Gölde yüzen ördekleri diyorum. Bahar geldiğinde filan yüzüyorlar ya. Acaba kış geldiğinde nereye gidiyorlar, haberin var mı?"

"*Kimler* nereye gidiyor?"

"Ördekler. Haberin var mı? Acaba, biri onları kamyonla alıp götürüyor mu, yoksa kendiliklerinden mi uçup gidiyorlar; güneye filan yani?"

Bizim Horwitz iyice dönüp bana bir baktı. Çok sabırsız bir herifti. Ama kötü bir herif değildi. "Ne cehenneme gittiklerini ben nereden bileyim? Böyle aptal bir şeyi ben nereden bileyim?"

"Bozulma hemen," dedim. Bozulmuş gibiydi.

Onunla konuşmayı kestim. Böyle lanet lanet alınacaksa, onunla konuşmanın bir gereği yoktu. Ama bu kez de kendisi açtı. Yine iyice bana doğru döndü ve, "*Balıklar* hiçbir yere gitmez. Neredeyseler orda kalır balıklar. O lanet gölde de."

"Balıklar mı? Balıktan söz eden oldu mu şimdi? Balık dedin mi, farklı tabii. *Ördeklerden* bahsediyorum burada ben."

"Nesi farklıymış? Hiç de farklı değil," dedi Horwitz. Ağzını her açışında bir şeye bozuluyordu adam. "Balıkların durumu ördeklerden daha da kötü, kışın yani, Tanrı aşkına. Bir kafanı kullan, Tanrı aşkına."

Bir dakika kadar bir şey söylemedim. Sonra, "Peki. O küçük göl olduğu gibi buz tutunca, üstünde millet paten kayarken filan, balıklar ne yapıyor, acaba?"

Bizim Horwitz yine döndü. "Sen ne demek istiyorsun, ha? Ne yapıyorlarsa yapıyorlar," diye haykırdı bana. "Durdukları yerde duruyorlar, Tanrı aşkına."

"Buza dayanamazlar. Göl buz tuttu mu dayanamazlar."

"Dayanamazlar mı? Biz, dayanırlar mı dedik, şimdi?" dedi Horwitz. Felaket heyecanlanmıştı, arabayı, gidip bir lamba direğine toslayacak diye korkuyordum. "Onlar o lanet buzun içinde yaşar. Onlar öyle yaşıyor, Tanrı aşkına. Bütün kış boyunca, donup öylece kalıyorlar."

"Öyle mi? Peki ne yiyorlar? Kaskatı donup kalıyorlarsa, *yiyecek* filan nasıl arıyorlar?"

"*Onlar*, Tanrı aşkına; neyin var senin, ha? Onlar besinlerini buzun içindeki yosunlardan filan alıyorlar. *Gözeneklerini* hep açık tutuyorlar. Onların *doğası* öyle, Tanrı aşkına. Beni anlıyor musun?" Yine iyice dönüp bana baktı.

"Hı," dedim. Konuşmayı kestim. Arabayı bir yere çarpacak diye korkuyordum. Ayrıca, bu kadar alıngan bir herifle bir şey tartışmanın bir anlamı yoktu. "Bir yerde durup benimle bir içki içmeye ne dersin?" dedim.

Bana yanıt vermedi. Sanırım, hâlâ düşünüyordu. Bir daha sordum. İyi bir herifti. Epey matrak filan biri yani.

"İçkiye zamanım yok, ahbap," dedi. "Hem, sen kaç yaşındasın? Neden evinde, yatağında değilsin?"

"Daha uykum gelmedi."

Ernie'nin yerine geldik, ücreti öderken bizim Horwitz yine balık diye tutturdu. "Bana bak," dedi. "Sen balık olsaydın, Tabiat Ana *sana da* göz kulak olurdu, değil mi? Tamam mı? O balıklar kış geldi diye *ölüverecekler* sanma, tamam mı?"

"Hayır, ama..."

"Çok haklısın, tabii ölmezler," dedi Horwitz ve ok gibi fırladı gitti.

Artık iyice geç olmasına karşın, bizim Ernie'nin Yeri balık istifi doluydu. Hazırlık okullarından ve üniversitelerden gelmiş zıpırlarla doluydu her yer. *Benim* gittiğim okullar dışında, yeryüzündeki her lanet okul Noel tatiline erken çıkardı. Paltonuzu vestiyere bile veremiyordunuz bu kalabalıkta. Ama ortalık oldukça sessizdi, çünkü bizim Ernie piyano çalıyordu. Herifin piyanoya oturması bile, Tanrı aşkına, *kutsal* bir şeydi sanki. Yani, hiç kimse *onun kadar* iyi çalamazdı. Benden başka üç kadar çift, masa bekliyorlar, itişerek, ayak uçlarında yükselerek, bizim Ernie'yi görmeye çalışıyorlardı. Piyanonun önünde kocaman lanet bir ayna vardı, Ernie'nin suratına da iri bir spot lamba çevirmişlerdi, böylece, o piyano çalarken, suratını seyredebiliyordunuz, *parmaklarını* değil ama; o kocaman moruk suratını yalnızca. Aman, ne önemli yani. İçeri girdiğimde çaldığı şarkının adını pek hatırlamıyorum, ama Ernie'nin içine ettiği kesindi. Tiz notalarda, hödükçe, gösterişli süslemeler ve daha bir sürü numaralar çekip beni hasta etti. Şarkıyı bitirdiğinde kalabalığın halini bir görseniz, kusardınız. Çıldırdılar sanki. Bunlar kesinlikle, filmlerde gülünç bile olmayan şeylere sırtlanlar gibi gülen o geri zekâlılardandı. Yemin ederim, ben bir piyanist ya da aktör filan olsaydım ve bu sersemler de benim olağanüstü biri olduğumu düşünselerdi, bu durumdan nefret ederdim. Beni alkışlamalarını bile istemezdim. İnsanlar hep yanlış şeyleri alkışlıyorlar. Ben piyanist olsaydım, gider bir kenefe kapanır, öyle çalardım. Neyse, şarkıyı bitirdiğinde, millet acayip bir alkış tutturdu, bizim Ernie de taburesinde döndü ve o müthiş sahtekâr *alçakgönüllü* tavrıyla eğildi. Sanki, harika bir piyanist olmakla birlikte, acayip alçakgönüllü bir herifmiş gibi. Bu ne sahtekârlıktı; Ernie'nin bu kasıntı halleri yani. Gülünçtü ama, şarkıyı bitirdiğinde ona acımıştım. Piyanoyu doğru dürüst çalıp çalmadığının bile farkında olduğunu sanmıyorum. Ben biraz da, onu böyle acayip alkışlayan sersemlerde buluyorum kabahati; bir fırsat bulsalar, kötülemedik hiç kimse bırakmaz bunlar. Neyse, kalkıp otele dönmek üzereydim, ama daha çok erkendi ve canım pek yalnız kalmak istemiyordu.

Sonunda o kokmuş masaya oturttular beni, duvarla lanet bir sütun arasına; hiçbir şey göremiyordunuz yani. Yan masadakiler yerlerinden kalkmasalar –kalkmazlardı da, namussuzlar– yerinize geçip oturamayacağınız o küçücük masalardandı, aslında sandalyenize *tırmanarak* oturuyordunuz. Viski soda ısmarladım, *daiquiri*'den sonra en sevdiğim içkidir. Ernie'nin Yeri'nde, altı yaşında bile olsanız, içki getirirlerdi size, ortalık çok karanlıktı ve kimse kaç yaşında olduğunuza bakmazdı. Uyuşturucu düşkünü biri de olabilirdiniz, hiç kimsenin umurunda değildi.

Her yanım salaklarla çevriliydi. Şaka etmiyorum. Şu öbür küçük masada, yani tam tepemde, komik görünüşlü bir herifle, komik görünüşlü bir kız vardı. Benim yaşımdaydılar, belki benden biraz büyüktüler. Ama ne gülünçtüler. Zorunlu olarak ısmarladıkları ilk içkiyi çabuk bitirmemeye çalışıyorlardı. Bir süre ne konuştuklarına kulak verdim, yapacak bir işim yoktu. Herif kıza bugün öğleden sonra seyrettiği lig maçını anlatıyordu. Lanet maçta geçen her ayrıntıyı –gırgır geçmiyorum– tek tek sıraladı kıza. Hayatta dinlediğim en can sıkıcı herifti. Kızın lanet maçla bir ilgisi olmadığını da anlıyordunuz, ama kız heriften daha da komik görünüşlüydü, sanırım bu yüzden de herifi dinlemek zorundaydı. Yani, gudubet kızların işi gerçekten zor. Bazen onlara çok acıyorsunuz. Bazen onlara bakamam bile, özellikle sersem herifler onlara maç anlatıyorlarsa. Ama, sağ yanımdaki konuşmalar daha da rezaletti. Sağ yanımda gri flanel takım elbisesi, kıpır kıpır *Tattersall* desenli yeleğiyle fena halde Joe Yale kılıklı bir herif oturuyordu. Tüm bu Doğu Kıyısı üniversitelerinde okuyan piçler birbirlerine benzerler. Babam benim Yale'e gitmemi istiyor, veya Princeton'a, ama yemin ederim, ölsem de o Doğu Kıyısı üniversitelerine gitmek istemem. Neyse, bu Joe Yale kılıklı herifin yanındaki kız felaket güzeldi. Vay canına, kız pek güzeldi! Her şeyden önce, ikisi de hafif kafayı bulmuşlardı. Herif bir yandan, masanın altından kızı kurcalarken, bir yandan da kaldığı yatakhanede bir herifin bir kutu aspirin alıp nasıl canına kıymak üzere olduğunu filan anlatıyordu. Kız durmadan, "Ay, ne *kork*unç şey... Yapma, sevgilim. Lütfen yapma. Burada olmaz," diyordu. Düşünün yani, herif aynı anda hem kızı kurcalıyor, hem de canına kıymaya kalkışan birini anlatıyor! Bittim buna.

Orada öyle bir başıma otura otura kendimi iyice mıymıntı hissetmeye başlamıştım. Sigara ve içki içmekten başka yapacak bir şey yoktu. Ben de garsondan, Ernie'ye gidip benimle bir içki içer mi diye sormasını istedim. Ona, D. B.'nin kardeşi olduğumu bildirmesini söyledim. Ama bu namussuzlar sözünüzü hiç kimseye iletmezler.

Birdenbire yanıma bir kız geldi ve "Holden Caulfield!" dedi. Adı Lillian Simmons'tu. Ağabeyim D. B. bir süre onunla gezip tozmuştu. Acayip iri ampulleri vardı.

"Selam," dedim. Ayağa kalkmaya çalıştım tabii, ama böyle bir yerde ayağa kalkmak bayağı bir işti yani. Lillian'ın yanında, baston yutmuş gibi dolaşan bir deniz subayı vardı.

"Seni görmek ne harika!" dedi bizim Lillian Simmons. Kesinlikle bir sahtekârdı. "Ağabeyin nasıl?" Zaten bilmek istediği de yalnızca buydu.

"İyidir. Hollywood'da."

"Hollywood'da mı? Ne harika! Orda ne yapıyor?"

"Bilmem. Yazarlık yapıyor," dedim. Canım bu konuyu konuşmak istemiyordu. Kızın halinden, Hollywood'da olmayı pek önemli bir şey sandığını anlıyordunuz. Hemen herkes öyle sanıyor. Özellikle de, ağabeyimin tek bir öyküsünü bile okumamış olanlar. İşte buna deli oluyorum.

85

"Ay, ne hoş," dedi bizim Lillian. Sonra beni o denizci herifle tanıştırdı. Adı Yarbay Blop gibi bir şeydi. Elinizi sıkarken kırk parmağınızı birden kırmazsa, yavşak olacağını sanan türden bir herifti. "Yalnız başına mısın, bebeğim?" diye sordu bizim Lillian. Trafiği kesmekten pek hoşlandığını anlıyordunuz. Garson onun yoldan çekilmesini bekliyordu, ama Lillian'ın haberi bile yoktu garsondan. Ne gülünçtü ama. Garsonun ondan hoşlanmadığını anlıyordunuz, denizci herifin bile ondan hoşlanmadığını görebiliyordunuz, Lillian'la çıktığı halde. Ve *ben de* ondan pek hoşlanmıyordum. Ondan hiç kimse hoşlanmıyordu. Acımak zorunda kalıyordunuz ona, bir bakıma. "Çıktığın bir kız yok mu?" diye sordu bana. Öyle, ayakta onu dinliyordum, bana oturmamı bile söylemiyordu. Sizi böyle saatlerce ayakta tutan bir tipti. "Ne yakışıklı, değil mi?" diye denizci herife sordu. "Holden, her dakika daha yakışıklı oluyorsun." Denizci herif ona ilerlemesini söyledi. Ona yolu tıkadığını söyledi. "Holden, gel bize katıl," dedi bizim Lillian. "İçkini de getir."

"Çıkmak üzereydim," dedim ona. "Biriyle buluşacağım." Lillian'ın bana şirin görünmeye çalıştığını anlıyordunuz. Ben de D. B.'ye ondan söz edecektim, hesapça.

"Seni, küçük yaramaz, seni. Sen bilirsin. Gördüğünde ağabeyine ondan nefret ettiğimi söyle."

Sonra gitti. Denizci herifle ben birbirimize, tanıştığımıza memnun olduğumuzu söyledik, ki böyle, tanıştığıma hiç memnun olmadığım kimselere, durmadan, "Tanıştığımıza memnun oldum," demek beni öldürüyor. Ama, hayatta kalmak istiyorsanız, ille de bu zırvaları söylemek zorundasınız.

Lillian'a biriyle buluşacağımı söyledikten sonra, artık oradan çekip gitmekten başka bir seçeneğim kalmamıştı. Bizim Ernie'yi yarım yamalak da olsa dinlemek için bile kalamazdım. Ama burada bir masada bizim Lillian ve o denizci herifle oturup sıkıntılara da giremezdim. Ben de çıktım oradan. Ama, vestiyerden paltomu alırken çok kızgındım. İnsanlar her işinizi berbat ediyorlar böyle.

86

Bölüm 13

Otele yürüyerek döndüm. Kırk bir tane muhteşem sokaktan geçtim. Canım yürümek istediği için yürümüş filan değilim. Daha çok, yine bir taksiye daha binip inmek istemediğimden yürüdüm. Bazen, asansörlere binip inmekten bıkarsınız ya, taksilere de binip inmekten sıkılıyorsunuz böyle. Birdenbire, canınız yukarı yürüyerek çıkmak ister hani, ne kadar yüksek olursa olsun. Küçükken, sık sık bizim kata yürüyerek çıkardım. Tam on iki kat.

Kar yağdığı zar zor anlaşılıyordu. Kaldırımlarda pek kar yoktu. Ama soğuk, donduruyordu. Cebimden şapkamı çıkarıp giydim; nasıl göründüğüm umurumda bile değildi. Kulaklıklarını bile indirdim. Şu eldivenleri yürüteni bir bilseydim; ellerim donuyordu. Bilsem de, bir şey yapacağım yoktu tabii. Çok ödlek bir herifimdir. Belli etmemeye çalışırım, ama öyleyimdir. Sözgelimi, Pencey'de eldivenlerimi çalanın kim olduğunu anlasaydım, herhalde arakçının odasına gider ve ona, "Evet. Çıkar bakalım şu eldivenleri," derdim. Eldivenleri çalan hırsız da, herhalde çok masum bir ses tonuyla, "Ne eldiveni?" derdi bana. Ben de ne yapardım, gider, dolabında bir yerden eldivenleri çıkarırdım. Galoşlarının içinden filan, sözgelimi. Çekip çıkarırdım eldivenleri oradan ve herife gösterip, "Bunlar *senin* eldivenlerin oluyor, öyle mi?" derdim. Arakçı herhalde karşımda yalandan masum bir tavır alır ve, "Bu eldivenleri hayatımda ilk kez görüyorum. Al, al. Senin olsun. O lanet şeyleri görmek bile istemiyorum," derdi. Ben de elimde eldivenlerle filan, beş dakika orada dikilirdim, ama aslında herife bir tane oturtmam gerektiğini filan düşünürdüm; çe-

87

nesini kırmam gerektiğini filan yani. Yalnız, bende bunu yapacak yürek olmazdı. Orada öyle durur, sert görünmeye çalışırdım. Onu hasta etmek için ne yapabilirdim; çok ağır bir iki söz söylerdim; çenesine bir tane oturtacağım yerde. Her neyse işte, ona böyle ağır sözler söylediğimde, o da kalkıp yanıma gelir ve, "Bana bak, Caulfield. Sen şimdi bana arakçı mı demek istiyorsun yani?" derdi. Ben de ona, "Ha şunu bileydin, evet, öyle diyorum işte. Sen pis bir hırsızın tekisin!" diyeceğime, kalkar, "Lanet eldivenlerimi senin galoşlarının içinde buldum, buna ne diyorsun?" derdim. Hemen ardından, herif ona bir tane oturtamayacağımdan kesin emin olduğundan, herhalde, "Bana bak. Açık konuşalım, tamam mı? Sen şimdi bana hırsız mı diyorsun yani?" derdi. Sonra ben ona, "Kimseye hırsız dediğim yok. Eldivenlerimi o lanet galoşlarının içinde buldum, o kadar," derdim. Bunu böyle saatlerce sürdürebilirdim. Sonunda, ona bir tane oturtamadan oradan çıkar giderdim. Herhalde kenefe gider, bir sigara yakıp aynada kendime bakardım, nasıl sert oluyorum diye. Neyse, otele dönerken yolda bunları düşünmüştüm. Ödlek olmak matrak bir şey aslında. Belki *o kadar da* ödlek değilimdir. Ne bileyim? Belki de biraz ödleğimdir, biraz da eldivenleri kaybolunca pek umursamayan biriyimdir. Benim derdim de bu işte; bir şeyim kaybolunca hiç umursamıyorum; küçükken annem buna çok kızardı. Bazı herifler kaybettikleri bir şeyin peşinde günlerce koştururlar. Kaybedince üzüleceğim bir şeyim olmadı hiç. Biraz ödlek olmamın nedeni de bu belki. Ama bu, iyi bir özür değil. Gerçekten değil. Hiç ödlek olmamanız gerekir. Birinin çenesine bir yumruk oturtmanız gerekiyorsa, oturtmalısınız yumruğu. Ama ben bunu yapamıyorum. Herifin çenesine bir yumruk çakacağıma, onu pencereden aşağıya itsem ya da kafasını baltayla uçursam daha iyi. Yumruk dövüşlerinden nefret ederim. Dayak yemekten fazla çekinmem –dayak yemeğe de meraklı değilim, tabii– ama bir yumruk dövüşünde beni en çok karşımdaki herifin suratı korkutur. Karşımdaki herifin suratına bakmaya dayanamam, derdim de bu benim. İkimizin de gözünü bağlasalar filan hiç fena olmazdı hani. Gülünç bir ödleklik benimkisi, bir düşünürseniz, ama yine de ödleklik işte. Kendi kendimi aldatmıyorum yani.

Eldivenlerimi ve ödlekliğimi düşüne düşüne moralim daha

da bozuldu. Ben de yolumun üstünde bir yerde durup bir içki içmeye karar verdim. Ernie'nin yerinde yalnızca üç içki almıştım, sonuncusunu da bitirememiştim bile. Benim bir özelliğim de; iyi içerim yani. Havamda olduğum zaman bütün gece içebilirim, hiç kimse anlayamaz içkili olduğumu. Bir kez, Whooton Okulu'ndayken, Raymond Goldfarb denen çocukla ikimiz üç çeyrek litre viski alıp, kilisede kimselere görünmeden kafayı çekmiştik. Raymond acayipleşti, ama ben hiç belli etmedim. Çok sessizleşiverdim yalnızca. Yatmadan önce kustum, ama kusmasam da olurdu; ben zorlamıştım kendimi.

Neyse, otele varmadan önce, salaş görünüşlü bir bar görüp tam içeri girerken, leş gibi sarhoş iki herif dışarı çıktı, bana metroya nasıl gideceklerini sordular. Sarhoşlardan, fena halde Kübalı kılıklı olana yolu tarif ederken, kokmuş soluğunu suratıma üfledi durdu. O lanet bara girmekten vazgeçtim. Döndüm, doğru otele gittim.

Otelde lobi tümüyle boşalmıştı. Ortalık, elli milyon puro izmariti atılmış gibi kokuyordu. Hem de nasıl. Uykum filan yoktu, ama kendimi berbat hissediyordum. Moralim de bozuktu. Neredeyse, ölmeyi isteyecek bir hale gelmiştim.

Sonra birdenbire o müthiş rezilliğe bulaştım.

Asansöre bindiğimde, asansörcü herif bana hemen, "Hoşça vakit geçirmek ister misin, şef? Yoksa vakit artık çok mu geç senin için?" diye sordu.

"Ne demek istiyorsun?" dedim. Sözü nereye getireceğini anlayamamıştım.

"Manita ister misin, yani?"

"Ben mi?" dedim, ki çok budalaca bir yanıttı, ama birinin yanınıza gelip böyle bir şey sorması çok utanç vericiydi.

"Kaç yaşındasın, şef?" dedi asansörcü herif.

"Niye sordun?" dedim. "Yirmi iki."

"A-ah! İyi, peki. İstiyor musun? Bir seferi beş kâğıt. Bütün gece olursa on beş kâğıt." Kolundaki saate baktı. "Öğleye kadar. Beş kâğıda bir sefer, on beş kâğıda öğleye kadar."

"Tamam," dedim. İlkelerime filan aykırıydı, ama moralim öyle bozuktu ki, *düşünemiyordum bile*. Asıl derdim de bu benim. Moraliniz çok bozuksa, düşünemiyorsunuz bile.

"Tamam da, *ne* tamam? Bir sefer mi, öğleye kadar mı? Bilmem gerek."

"Yalnız bir sefer."

"Tamam. Hangi odadasın?"

Anahtarın üstünde oda numarasının yazılı olduğu o şeye baktım. "On iki yirmi iki," dedim. Bu işe bulaştığıma o anda pişman oldum ama, iş işten geçmişti artık.

"Tamam. On beş dakika içinde sana bir kız gönderiyorum," dedi. Asansörün kapısını açtı ve dışarı çıktım.

"Hey, güzel mi bari?" diye sordum ona. "Yaşlı bir kokana olmasın."

"Kokana filan yok. Sen hiç merak etme, şef."

"Parayı kime vereceğim?"

"Kıza," dedi. "Ben gideyim, şef," dedi ve asansörün kapılarını resmen suratıma çarptı.

Odama gittim, saçımı ıslattım biraz, ama alabros kesilmiş saçları tarayamıyorsunuz. Sonra, sigaradan ve Ernie'nin yerinde içtiğim viski sodalardan soluğum kokuyor mu diye baktım. Elinizi ağzınızın altına tutup, soluğunuzu ağzınızdan verip burnunuza çekerek kokluyorsunuz, hepsi bu. Pek kötü kokmuyordu soluğum, ama yine de dişlerimi fırçaladım. Biliyordum, bir fahişe için pek de süslenip püslenmem gerekmezdi, ama yine de kendime bir çekidüzen vermek istedim. Biraz sinirliydim. Kendimi epeyce seksi hissetmeye başlamıştım, ama yine de sinirliydim. Doğrusunu isterseniz, ben bakirim. Gerçekten öyleyim. Bakirlikten kurtulmak için filan elime epeyce fırsat geçti, ama henüz bir çaresini bulamadım. Her zaman bir şeyler oluyor. Sözgelimi, kızın evindesiniz, olmadık bir zamanda annesi babası çıkıp geliyor veya gelecekler diye siz korkuyorsunuz. Ya da birinin arabasında, arka koltuktasınız, biriyle ön koltukta oturan yavru arabada *ne olup bittiğini* çok merak ediyor. Yani, kız ille de dönüp ne rezillik oluyor, ona bakacak. Neyse, hep bir şeyler olur böyle. Birkaç kez, az kalsın oluyordu ama. Özellikle de birinde, iyi hatırlıyorum da. Yine bir şey olmuştu; ama ne olduğunu tam hatırlamıyorum. Sorun şu; bir kızla –yani, orospularla filan değil– bu iş tam olacak gibiyken, başlıyor durmadan size dur demeye. Benim derdim de bu işte; duruyorum. Çoğu herif durmuyor. Benim elimden gelmiyor. Durmanızı gerçekten mi istiyorlar veya yalnızca korkuyorlar mı ya da *işin* sonunda kusurun onların üstünde değil de *sizin* üstünüzde kalması için mi dur diyorlar, hiç bilemiyorsunuz. Ben yine de, hep duruyorum. Sorun, onlara acımam. Yani, bu kızların çoğu aptallaşıyor. Bir süre oynaştıktan sonra, *bir bakıyorsunuz*, akılları başlarından gitmiş. Bir kız kendisini oynaşmaya bir kaptırdı mı, beyin meyin aramayın onda. Ne bileyim? Dur diyorlar, ben de duruyorum. Onları evlerine bıraktıktan sonra, keşke durmasaydım diyorum, ama yine de durmadan edemiyorum.

Neyse, temiz bir gömlek çıkarıp onu giyerken düşündüm de, bu benim için büyük bir fırsattı, bir bakıma. Fahişe olduğuna göre, onunla deneyim sahibi olurum diye düşündüm, evlendiğimde filan yararı olurdu. Bu saçmalıklara canım sıkılır bazen. Whooton Okulu'ndayken bir kitap okumuştum, kitapta çok sofistike, kibar ve zampara bir herif anlatılıyordu. Mösyö Blanchard idi herifin adı, hâlâ hatırımda. Rezil bir kitaptı, ama bu Blanchard oldukça iyiydi. Avrupa'da, Riviera kıyılarında büyük bir şatosu filan vardı, boş zamanlarını da kadınları sopayla döverek değerlendiriyordu. Herif gerçek bir sapıktı, ama kadınlar ona bitiyorlardı. Kitabın bir yerinde, "Kadın bedeni bir keman gibidir," diyordu; hakkını vererek çalmak için acayip iyi bir müzisyen olmak gerekirmiş. Hödük bir kitaptı –farkındayım yani– ama bu keman zırvası hiç aklımdan gitmiyor. Bir bakıma da, bu işe deneyim sahibi olayım bari, diye girmiştim, evlendiğimde yararı olur diye. Caulfield ve Sihirli Kemanı, vay canına! Hödükçe bir şeydi bu, farkındayım, ama *çok da* hödükçe sayılmazdı yani. Bu konuda iyi olmaktan ne çıkardı ki? Doğrusunu isterseniz, bir kızla oynaşırken neyin peşinde olduğumu bile anlayamıyorum, bilmem anlatabiliyor muyum? Tam cinsel ilişkiye girecekken elimden kaçırdığım şu kız örneğin, size anlatmıştım hani. Yalnızca o lanet sutyenini çıkartmak bir saatimi almıştı. Çıkarttığım anda da, kız az kalsın suratıma kusuyordu.

Neyse, böyle düşüne düşüne odada dönüp durdum, fahişenin gelmesini bekliyordum. Güzel olmasını diliyordum hep. Pek umurumda değildi ama. Şu iş artık bir olup bitsin istiyordum. Sonunda biri kapıyı çaldı. Kapıyı açmaya giderken bavullardan birine takılıp öyle bir tökezledim ki, neredeyse dizimi kırıyordum. Bavullara takılıp tökezlemek için filan hep böyle acayip zamanları seçerim zaten.

Kapıyı açtım, fahişe orada, bekliyordu. Sırtına bir polo manto giymişti, şapkası filan yoktu. Sarışın gibiydi, ama saçını boyatmış olduğunu anlıyordunuz. Yaşlı kokana filan da değildi. "Nasılsınız?" dedim. Vay canına, amma da kibardım!

"Maurice'in dediği herif sen misin?" diye sordu bana. Arkadaş canlısı birine benzemiyordu.

"Asansörcüyü mü diyorsunuz?"

"Evet," dedi.

"Tamam, benim. Buyrun, girin," dedim. Ama, tadım giderek kaçıyordu. Gerçekten kaçıyordu.

İçeri girdi, mantosunu çıkardı, fırlatıp yatağın üstüne attı. Yeşil bir elbisesi vardı. Sonra gitti, masanın önündeki sandalyenin yan kenarına oturdu ve başladı ayağını aşağı yukarı sallamaya. Bacak bacak üstüne atmıştı, yukarıda kalan ayağını da hoplatıp duruyordu. Bir fahişe için çok sinirliydi. Sanırım, çok genç olmasıydı bunun nedeni. Yaşı benim kadar filandı. Yan tarafındaki büyük koltuğa oturdum, ona sigara tuttum. "Kullanmıyorum," dedi. Mıymıy bir sesi vardı. Sesini zor duyuyordunuz. Size teşekkür de etmiyordu, ona sigara filan tutunca. Görmemiş bir kızcağızdı.

"Kendimi takdim edeyim. Adım John Steele," dedim.

"Saatin var mı?" dedi. Adınız ne cehennemin dibiymiş, onu hiç ilgilendirmiyordu, tabii. "Hey, sen kaç yaşındasın, bakayım."

"Ben mi? Yirmi iki."

"Aman, ne de gülünç."

Asıl bunu söylemesi çok gülünçtü. Çocuk gibi sözler ediyordu. Düşünün fahişenin biri kalkmış, size, "Sana ne?" ya da, "Asıl sana derler," diyeceği yerde, "Aman, ne de gülünç," diyor.

"Peki *sen* kaç yaşındasın?" diye sordum ona.

"Her şeyi bilecek yaşta," demez mi? Ne de şakacıydı yani. "Saatin var mı?" diye yine sordu bana ve ardından elbisesini başının üstünden sıyırıp soyunuverdi.

Bunu yaptığı anda bir tuhaf oldum. Yani, her şey birdenbire olmuştu. Biliyorum, biri böyle karşınızda elbisesini başının üstünden sıyırıp soyununca kendinizi bayağı seksi hissetmeniz

92

gerekir, ama ben hissetmiyordum. Seks, orada en son hissedeceğim şeydi. Bırakın seksi bir yana, moralim bozulmuştu.

"Saatin var mı dedik, hey?"

"Hayır. Hayır, yok," dedim. *Vay canına,* kendimi nasıl da tuhaf hissediyordum! "Adın ne?" diye sordum ona. Üstünde yalnızca pembe bir slip vardı. Gerçekten pek utanç vericiydi. Gerçekten.

"Sunny," dedi. "İşimize bakalım, ha? Hadisene."

"Biraz konuşmak istemez misin?" diye sordum ona. Çok çocukçaydı bunu söylemem, ama kendimi felaket tuhaf hissediyordum. "Acelen mi var?"

Bana manyakmışım gibi baktı. "Neymiş bakalım konuşmak istediğin?"

"Ne bileyim? Özel bir konu yok yani. Biraz çene çalmak istersin diye düşünmüştüm."

Gitti yine masanın oradaki sandalyeye oturdu. Bu durumdan hiç hoşlanmamıştı, anlıyordunuz. Yine ayağını sallamaya başladı; vay canına, amma da sinirli bir kızdı!

"Şimdi bir sigara alır mıydın?" dedim. Sigara içmediğini unutmuştum.

"Kullanmıyorum. Bana bak, ne konuşacaksan konuş. Benim işim gücüm var."

Aklıma konuşacak hiçbir şey gelmiyordu. Ona bu yola nasıl düştüğünü sorayım dedim, ama sormaya çekindim. Zaten anlatmazdı herhalde.

"New York'lu değilsin, sanırım," dedim sonunda. Aklıma gelen tek şey buydu.

"Hollywood'luyum," dedi. Sonra kalktı, elbisesini bıraktığı yatağa gitti. "Askın var mı? Elbisem buruşacak yoksa. Daha yeni aldım."

"Tabii," dedim hemen. Kalkıp bir şey yapacak olmak beni memnun etmişti. Elbisesini aldım, gidip dolaba astım. Onun bu elbiseyi almak için bir mağazaya gidişini düşündüm, mağazada hiç kimse onun bir fahişe olduğunu bilmiyordu. Tezgâhtar herhalde onu kendi halinde bir kız sanmıştı. Felaket üzüldüm buna; nedenini de bilemiyorum.

Yine oturdum ve şu bizim konuşmayı sürdürmeye çalıştım.

Sohbetine de doyum olmuyordu yani. "Her gece çalışıyor musun?" diye sordum ona; sorduğum anda da, çok korkunç geldi bana bu soru.

"Evet." Odada dört dönüyordu. Masadan bir menü aldı ve okumaya başladı.

"Gündüzleri ne yapıyorsun?"

Omuzlarını silker gibi yaptı. Pek zayıftı. "Uyuyorum. Sinemaya gidiyorum." Menüyü yerine bıraktı ve bana baktı. "Hadi yaa, işimize bakalım. Burada seninle..."

"Bak," dedim. "Bu gece pek kendimde değilim. Zorlu bir gece geçirdim. Tanrı tanığımdır. Paranı filan vereyim senin, ama yapmadık diye üzülmezsin, değil mi? Üzülür müsün yoksa?" Bu işi yapmak istemiyordum, sorun buydu. Seksten çok, moral bozukluğu hissediyordum, doğrusunu isterseniz. *Bu kız da* moral bozucuydu zaten. Dolapta asılı o yeşil elbisesi filan. Ayrıca, bu işi, gün boyu sinemalarda ömrünü geçiren biriyle yapabileceğimi *hiç* sanmıyordum. Gerçekten hiç sanmıyordum.

Yanıma geldi, yüzünde de gülünç bir ifade, bana inanmamış gibiydi. " Ne var, ne oldu?" dedi.

"Bir şey yok." Vay canına, nasıl da asabileşiyordum! "Daha yeni ameliyat oldum, sorun bu," dedim.

"Öyle mi? Nerenden?"

"Şeyimden, nasıl denir işte; klavsenimden."

"Öyle mi? Ne cehennemde oluyor ki bu?"

"Klavsen mi?" dedim. "Şey, aslında, omurilik kanalında. Omurilik kanalının epeyce aşağısında yani."

"Öyle mi?" dedi. "Zor iş." Sonra, gelip lanet kucağıma oturuverdi. "Çok hoşsun."

Asabım felaket bozuldu. Palavraya devam ettim. "Nekahetteyim hâlâ," dedim ona.

"Filmlerde çıkan bir herife benziyorsun. Bilirsin. Kimdi o? *Biliyorsun* işte kimden bahsettiğimi. Neydi adı?"

"Bilmiyorum," dedim. Lanet kucağımdan inmeye hiç niyeti yoktu.

"Nasıl bilmezsin? Mel...vin Douglas'ın oynadığı bir filmde çıkmıştı. Mel...vin Douglas'ın küçük oğlan kardeşlerinden biriydi hani? O kayıktan düştüydü. *Bilirsin* kim olduğunu."

"Hayır, bilmiyorum. Sinemaya elimden geldiği kadar az giderim."

Sonra acayip şeyler yapmaya başladı. Kaba saba şeyler. "Bırakalım ha, ne dersin?" dedim. "Havamda değilim, söyledim sana." Daha yeni ameliyat oldum.

Kucağımdan filan kalkmadı, ama bana korkunç bir bakış fırlattı. "Bana bak," dedi. "O manyak Maurice beni kaldırdığında ne güzel uyuyordum. Beni..."

"Geldiğin için filan, kaç paraysa vereceğim *dedim* ya sana. Gerçekten vereceğim. Bir sürü param var. Ben yalnızca çok ciddi bir ameliyattan daha yeni..."

"Peki o zaman o manyak Maurice'ten niye *kız* istedin? O lanet bilmem nerenden daha yeni ameliyat oldunsa. *Ha*?"

"Kendimi daha iyi hissederim sanmıştım. Bilememişim. Dalga geçmiyorum. Üzgünüm. Bir saniye ayağa kalkarsan, cüzdanımı alayım. Sahi söylüyorum."

Felaket bozulmuştu, ama lanet kucağımdan kalktı ve ben de gidip başucu dolabından cüzdanımı aldım. Beş dolarlık bir banknot çıkardım ve ona uzattım "Çok teşekkür ederim," dedim ona. "Milyonlarca teşekkürler."

"Bu beş. On kâğıt vereceksin."

Matraklaşmaya başlıyordu, anlıyordunuz. Bir şeyler olacak diye korkuyordum; gerçekten korkuyordum.

"Maurice bana beş dedi," dedim ona. "Öğleye kadar on beş, bir sefer beş kâğıt dedi bana."

"Bir sefer on kâğıt," dedi.

"O bana beş dedi. Üzgünüm –gerçekten– ama ancak bu kadar uçlanırım."

Omuzlarını silker gibi yaptı, biraz önce yaptığı gibi. Sonra da, çok soğuk bir tavırla, "Elbisemi getirir misin? Zahmet mi olur yoksa?" Yaramaz bir çocuk gibiydi. O mıymıy sesiyle bile sizi biraz ürkütüyordu. Şöyle yaşını başını almış bir fahişe olsaydı, makyajlı filan, bu kadar ürkütücü olamazdı.

Gidip elbisesini getirdim, verdim. Giyindi, kuşandı, sonra yatağın üstünden polo mantosunu aldı. "Elveda, pis serseri," dedi.

"Güle güle," dedim. Ona teşekkür filan da etmedim. İyi ki etmemiştim.

Bölüm 14

Bizim Sunny gittikten sonra, koltukta oturup bir iki sigara daha içtim. Dışarıda gün ağarıyordu. Vay canına, çok kötüydüm! Moralim öyle bozuktu ki, anlatamam size. Ben de ne yaptım, başladım yüksek sesle konuşmaya, Allie'yle. Moralim çok bozulduğunda bazen böyle konuşurum onunla. Ona durmadan, eve gidip bisikletini almasını, onu Bobby Fallon'ların evinin önünde beklediğimi söylüyordum. Bobby Fallon, Maine'deki evimizin hemen yakınında oturuyordu; bu dediklerim, yıllar önceydi. Her neyse, olan şuydu; bir gün Bobby'yle ikimiz bisikletle Sedebego Gölü'ne gidecektik. Öğle yemeklerimizi filan da alacaktık, BB tüfeklerimizi de; daha çocuktuk, BB tüfekleriyle atış yapacak bir şey buluruz diye düşünmüştük. Neyse, Allie konuştuklarımızı duymuş, o da gelmek istedi, ama ben istemedim. Ona, daha küçük olduğunu söyledim. İşte böyle ara sıra, moralim çok bozulduğunda, onunla, "Tamam. Eve git, bisikletini al ve Bobby'lerin evinin önüne gel. Çabuk ol," diye konuşurum. Onunla birlikte gezmeyi sevmediğimden değildi. Ama bir gün de istememiştim gelmesini. Hiç kızmamıştı –hiçbir şeye kızmazdı o– ama ne zaman moralim bozulsa, hep aklıma gelir bu.

Sonunda soyunup yatağa girdim. Canım dua etmek filan istedi yatağa girince, ama yapamadım. Ne zaman dua etmek istesem olmaz zaten. Her şeyden önce, ateist gibi bir şeyim. İsa'yı filan severim, ama İncil'deki çoğu şeye kulak asmam. Sözgelimi, havariler konusuna. Beni felaket rahatsız eden bir konu bu, doğrusunu isterseniz. İsa öldükten sonra yaptıklarına bir diyeceğim yok, ama o hayattayken ona sanki üşütükmüş gibi davranıyorlar. Tek yaptıkları şey, hiç durmadan onu aşağılamak. İncil'de adı geçen hemen herkesi, bu havarilerden daha çok seviyorum. Doğrusunu isterseniz, İncil'de adı geçenler içinde, İsa'dan sonra en çok sevdiğim kişi, mezarlıkta yaşayan, kendisini taşlarla yaralayan o kaçık herif. O zavallı serseriyi havarilerden on kat daha fazla severim. Whooton Okulu'ndayken, koridorun sonunda kalan Arthur Childs adlı bir çocukla epey tartışmıştım bunu. Bizim Childs, Quaker filandı, durmadan İncil okurdu. Çok iyi bir çocuktu, onu severdim, ama İncil'de geçen şeyleri, özellikle de havarileri onun bakış açısıyla kavramak olanaksızdı. Havarileri sevmezsem, İsa'yı filan da sevmezmişim, hep öyle derdi. Derdi ki, havarileri İsa *seçmiş*, öyleyse onları da sevmeliymişsiniz. Onları İsa'nın seçtiğini bildiğimi, ama onları *rastgele* seçtiğini söylemiştim ona. O'nun insanları çözümlemeye ayıracak zamanı olmadığını filan söylemiştim. O'nu ayıplamadığımı da söylemiştim. Zaman bulamadıysa, bu onun suçu değildi ki. Hatırlıyorum, bizim Childs'a, İsa'ya ihanet filan eden, canına kıydığı için cehenneme giden şu Yudas hakkında hiç düşündü mü diye sormuştum. Onunla *kesinlikle* anlaşamadığımız nokta buydu. Ona, bin kâğıdına bahse girerim ki demiştim, İsa bizim Yudas'ı cehenneme göndermezdi. Bin kâğıdım olsa yine de bahse girerdim. Sanırım, havarilerden herhangi biri onu cehenneme filan gönderirdi –hem de çabuk tarafından– ama her şeyine bahse girerim ki, İsa göndermezdi. Childs, benim sorunumun kiliseye filan gitmemek olduğunu düşünüyordu. Haklıydı, bir bakıma. Gitmem. Her şeyden önce, annem babam farklı dinlerden. Ailedeki çocukların hepsi de ateist. Doğrusunu isterseniz, papazlara tahammül bile edemiyorum. Gittiğim her okulda, vaaz verirlerken sesleri o Kutsal Joe sesi olur hep. Tanrım, nefret ederim bundan. Bir türlü anlayamıyorum, niçin kendi doğal sesleriyle konuşmazlar. Nasıl da sahtekâr bir ses tonuyla konuşurlar.

Neyse, yatağa girdiğimde bir parçacık bile dua edemedim. Duaya her başlayışımda bizim Sunny'nin bana, "pis serseri" demesi geliyordu gözümün önüne. Sonunda kalktım, yatakta oturup bir sigara daha yaktım. Tadı berbattı. Pencey'den ayrıldığımdan beri iki pakete yakın içmiştim.

Uzanmış, sigara içiyorken, birdenbire biri kapıyı çaldı. Çaldıkları *benim* kapım değildir diye umut ediyordum, ama iyi biliyordum ki, benim kapımdı. *Nasıl* anladım, bilmiyorum, ama anlamıştım. *Kimin* geldiğini de biliyordum. Medyumumdur biraz.

"Kim o?" dedim. Epey korkmuştum. Böyle konularda çok ödleğimdir.

Bir daha çalındı. Bu kez daha sesliydi.

Sonunda yataktan kalktım, üstümde pijamalarla filan, gidip kapıyı açtım. Işığı açmama gerek yoktu, ortalık aydınlanmıştı artık. Bizim Sunny'yle pezevenk asansörcü Maurice kapıdaydılar.

"Ne var? Ne istiyorsunuz?" dedim. Vay canına, sesim felaket titriyordu!

"Fazla bir şey değil," dedi bizim Maurice. "Yalnızca beş kâğıt." İkisi adına konuşuyordu. Bizim Sunny, onun yanında duruyordu, ağzı açık bir halde.

"Ona verdim ya. Ona beş kâğıt verdim ya. Sorsana," dedim. Vay canına, sesim nasıl da titriyordu!

"On kâğıt, şef. Sana demiştim. Bir sefer on kâğıt, öğleye kadar on beş kâğıt. Sana demiştim."

"Bana öyle demedin. Bana, bir sefer *beş* kâğıt dedin. Öğleye kadar on beş kâğıt dedin, ama kesinlikle..."

"Sökül parayı."

"*Ne için?*" dedim. Tanrım, kalbim davul gibi gümbürdüyordu. En azından giyinik olsaydım bari. Böyle bir şeyle karşılaştığınızda pijamalı olmak felaket bir şey.

"Hadi, şef," dedi bizim Maurice. Pis eliyle beni itti. Az kalsın kıçımın üstüne düşüyordum; iriyarı bir orospu çocuğuydu. Bundan sonra bildiğim, Maurice ve bizim Sunny, ikisi birlikte odaya dalmışlardı. Babalarının yeriydi sanki lanet oda. Bizim Sunny gitti pencerenin kenarına oturdu. Maurice de büyük koltuğa geçti, yakasını filan gevşetti; sırtında o asansörcü üniforması vardı. *Vay canına*, nasıl da sinirliydim!

"Peki, şef, ver bakalım şunu. İşime dönmem gerek."

"Sana on kez söyledim. Size bir sent bile borcum yok. Ben ona zaten beş..."

"Kes şamatayı artık. Uçlan bakalım."

"Niye verecekmişim beş kâğıt daha?" dedim. Sesim çın çın ötüyordu. "Beni yontmaya çalışıyorsunuz, değil mi?"

Bizim Maurice üniforma ceketinin bütün düğmelerini gevşetti. Ceketin altında yalnızca sahte bir gömlek yakası vardı, gömlek filan yoktu. Kocaman kıllı bir göbeği vardı. "Kimse seni yontmaya çalışmıyor," dedi. "Ver hadi şunu, şef."

"Hayır."

Ben bunu söyleyince koltuktan kalktı ve üstüme yürümeye filan başladı. Çok çok yorgun ya da çok çok sıkılmış gibi görünüyordu. Tanrım, nasıl da korktum. Kollarımı kavuşturmuştum, hatırlıyorum. Öyle, sırtımda pijamayla olmasam, hiç sanmıyorum, bu kadar kötü olmazdım.

"Hadi ver şunu, şef." Durduğum yere geldi. Sürekli bunu söylüyordu. "Ver hadi şunu." Gerçekten bir geri zekâlıydı.

"Hayır."

"Şef, beni zorluyorsun, bak, yakarım canını senin. Bir şey yapmak istemiyorum, ama canın yanacak şimdi," dedi. "Bize beş kâğıt borcun var."

"Size beş kâğıt borcum *yok*," dedim. "Bir dokunursan bana, acayip bağırırım. Oteli ayağa kaldırırım. Polis filan çağırırım." Sesim felaket titriyordu.

"Hiç durma, bağır bakalım, bağırabileceğin kadar. Çok iyi," dedi bizim Maurice. "Ailen geceyi orospularla geçirdiğini öğrensin mi istiyorsun? Senin gibi bir sosyete çocuğu hem de?" Herifin kafası bu pis işlere acayip çalışıyordu. Gerçekten acayip çalışıyordu kafası.

"Beni rahat bırakın. *On kâğıt demiş olsaydın*, tamam, kabul. Ama sen kesinlikle..."

"Sen şunu veriyor musun, vermiyor musun?" Beni kapıya doğru sıkıştırdı. O pis göbeğiyle filan karşıma dikilmişti.

"Beni rahat bırakın! Odamdan defolun," dedim. Hâlâ kollarımı kavuşturmuş olarak duruyordum. Tanrım, ne zirzop heriftim.

Sonra, Sunny ilk kez çenesini açtı. "Hey, Maurice. Cüzdanını alayım mı?" dedi. "Bak, şu, adı neyse işte, onun üstünde."

"Tamam, al."

"Cüzdanıma dokunmayın."

"Aldım bile," dedi Sunny. Bana doğru bir beşlik salladı.

"Baak? Yalnızca borcun olan beş doları alıyorum. Hırsız filan değilim yani."

Birdenbire ağlamaya başladım. Neler vermezdim ağlamamak için, ama oldu işte. "Hayır, siz hırsız filan değilsiniz," dedim. "Siz yalnızca benim beş kâğıdımı çalı..."

"Kapa çeneni," dedi bizim Maurice ve beni itti.

"Onu rahat bırak, hey!" dedi Sunny. "Hadi, hey! Bize borcu olan parayı aldık. Gidelim. Hadi, hey!"

"Geliyorum," dedi bizim Maurice. Ama gitmedi.

"Sahi söylüyorum, Maurice, hey! Onu rahat bırak."

"Biz ne yaptık ki?" dedi felaket masum bir tavırla. Sonra, ne yaptı, kalktı pijamamın üstünden parmağıyla beni sertçe dürttü. *Neremi* dürttüğünü söyleyemeyeceğim size, ama canım felaket acıdı. Ona, "Pis geri zekâlı," dedim.

"Ne dedin, ne dedin?" dedi. Sağırmış gibi elini kulağının ardına atmıştı. "Ne dedin? Ben neymişim?"

Hâlâ ağlıyordum. Felaket kızgın ve sinirliydim. "Sen pis bir geri zekâlısın," dedim. "Sen geri zekâlı haraççısın, ama iki yıla kalmaz, sokakta bir kahve için on sent dilenen o tirit heriflere dönersin. Pis palton sümükten görülmez, sen de..."

Çakmıştı yumruğu. Çekilmedim, kaçmadım bile. Yalnızca mideme korkunç bir yumruk yemiştim.

Bayılmamıştım ama, çünkü yattığım yerden baktığımda ikisinin kapıya yönelip çıktıklarını gördüm. Sonra bayağı uzun bir süre yerde kaldım, Stradlater'ın vurduğu zamanki gibi. Yalnız bu kez ölüyorum sandım. Gerçekten de öyle sandım. Boğuluyorum filan sandım. Çok güç soluk alabiliyordum. Sonunda ayağa kalktıktan sonra, iki büklüm bir halde, karnımı tuta tuta, banyoya zor gittim.

Ama ben deliyim. Yemin ederim deliyim. Banyoya giderken, yolun yarısında karnımdan kurşun yemişim gibi yapmaya başladım. Bizim Maurice beni zımbalamıştı. Şimdiyse, banyoya sinirlerimi düzeltmek için filan, bir tek Bourbon viski atmaya gidiyordum. Lanet banyodan çıkarken düşledim kendimi, giyinip kuşanmış, cebimde otomatiğim, hafif sendeliyordum. Asansörle değil de, merdivenden iniyordum aşağıya. Tırabzanlara filan tutunuyordum, arada bir ağzımın kenarından hafifçe kan geliyordu. Ne yapıyordum, birkaç kat iniyordum –karnımı tutarak ve ortalığa kanlar saçarak– ve gidip asansörün düğmesine basıyordum. Bizim Maurice kapıları açar açmaz, elimde otomatiğimle beni görüyor ve onu rahat bırakmam için haykırmaya başlıyordu, o cırlak, ödlek sesiyle. Ama onu zımbalıyordum orada. O şişko kıllı göbeğini altı kurşunla dolduruyordum. Ardından, otomatiğimi asansör boşluğuna fırlatıyordum; parmak izlerimi sildikten sonra, tabii. Daha sonra, sürüklenerek odama dönüyor ve Jane'i çağırıyordum, karnımı sarsın diye. Ben kanlar içinde filan yatarken, onun başımda sigaramı tutuşunu düşledim.

Lanet filmler. Sizi ne hale getiriyorlar. Şaka etmiyorum.

Banyoda bir saat kadar kaldım. Banyo filan yaptım. Sonra yatağa girdim. Uykuya dalmam epey sürdü –uykum bile yoktu daha– ama sonunda daldım. Ne istedim ama, canıma kıymak geçti aklımdan. Pencereden atlayıvereyim dedim. Yere indikten sonra hemen üstümü örteceklerinden emin olsaydım, atlardım da. Bir sürü meraklı turşucu salağın beni kanlar içinde seyretmelerini istemiyordum.

Bölüm 15

Fazla uyumamıştım, sanırım kalktığımda saat daha on filandı. Bir sigara yakınca, bayağı açlık hissettim. En son iki hamburger yemiştim, Brossard ve Ackley'yle Agerstown'a sinema için indiğimizde. Epey zaman olmuştu. Sanki elli yıl geçmişti aradan. Telefon sağ tarafımda duruyordu, aşağıyı arayıp bir kahvaltı isteyecektim, ama bizim Maurice'le gönderirler belki diye korktum. Onu görmeye can attığımı sanıyorsanız deli olmalısınız. Ben de yatakta biraz daha yatıp bir sigara daha içtim. Bizim Jane'e bir telefon edeyim dedim, eve gelmiş mi öğreneyim diye, ama havamda değildim.

Ne yaptım ben de, bizim Sally Hayes'e telefon ettim. Mary A. Woodruff Okulu'na gidiyordu, evde olduğunu biliyordum, çünkü bir iki hafta önce ondan bir mektup almıştım. Onun için pek deli divane olduğum filan yoktu, ama yıllardır tanıyorduk birbirimizi. Eskiden onu pek akıllı sanırdım, o aptallığımla tabii. Öyle sanmamın nedeni; tiyatro, edebiyat ve bütün bu zırvalıklar üzerine çok şey bilmesiydi. Birisi bu konularda pek çok şey biliyorsa, onun aptal olup olmadığını anlayabilmeniz epey zaman alıyor. Sally'nin ne olduğunu anlamam için *yıllar* geçmesi gerekti. Sanırım, onunla bu kadar oynaşmasaydık, çok daha önce anlayabilirdim. En büyük sorunum da bu benim; kiminle biraz oynaşsam, onu bayağı akıllı biri sanıyorum. Hiç de öyle değil tabii, ama ben yine de öyle sanıyorum.

Neyse, aradım Sally'yi. Önce hizmetçileri çıktı. Sonra babası. Sonra da Sally. "Sally?" dedim.

"Evet; kimsiniz?" dedi. Yani, ne sahtekârdı bu kız. Kim olduğumu babasına söylemiştim.

"Holden Caulfield. Nasılsın?"

"Holden! İyiyim. Sen nasılsın?"

"Müthiş. Şey, baksana. Bugün bir işin var mı diye merak ettim. Bugün Pazar, ama Pazar günleri de bir iki matine vardır."

"Çok sevinirim. Harika."

Harikaymış. Nefret ettiğim bir sözcük varsa, o da bu harika sözcüğü. Ne kadar da sahte bir sözcük. Bir saniye için, ona matineden vazgeçelim demeye niyetlendim. Ama bir süre çene çaldık. Yani o çene çaldı. Ondan size sıra gelmezdi bir türlü. Önce bana Harvard'lı bir herifi anlattı –herif herhalde birinci sınıfta okuyordu, ama bana bunu söylemedi, tabii– fena halde kesikmiş Sally'ye. *Gece gündüz* telefon açıyormuş. Gece gündüz; bittim buna. Sonra başka bir herifi anlattı, West Point Harp Okulu öğrencisiymiş, o da Sally için gırtlağını kesmeye hazırmış. Çok önemli yani. İkide, Biltmore'daki saatin altında buluşalım dedim ona, geç kalmamasını söyledim, çünkü oyun iki otuzda başlıyordu herhalde. Hep geç kalırdı. Telefonu kapadım. Felaket canımı sıkardı bu kız, ama çok güzeldi.

Sally ile buluşma işini ayarladıktan sonra yataktan kalktım, giyindim ve bavullarımı topladım. Odadan ayrılmadan önce pencereye bir göz attım, bizim şu sapıklar ne yapıyor, bir bakayım diye, ama tüm perdeler örtülüydü. Sabah olunca hepsi fena halde namuslu oluvermişlerdi. Asansörle aşağıya indim ve hesabı ödedim. Bizim Maurice yoktu ortalıkta. O pis herifi görmeye de meraklı değildim, yani.

Otelin önünden bir taksiye bindim, ama nereye gideceğim hakkında en ufak bir fikrim yoktu. Daha Pazardı, Çarşambaya kadar –ya da en erken Salıdan önce– eve gidemezdim. Bir başka otele gidip, bir de orada boyumun ölçüsünü almayı kesinlikle istemiyordum. Ben de ne yaptım, şoföre beni New York Merkez Garı'na götürmesini söyledim. Gar, Sally ile buluşacağımız yer olan Biltmore'un hemen yakınındaydı. Düşündüm, orada size anahtarını verdikleri o çelik dolaplardan birine bavullarımı koyar, sonra da bir kahvaltı ederdim. Acıkmıştım. Taksideyken cüzdanımı çıkarıp, kaç param kaldığına baktım. Ne kadar param kaldığını tam olarak hatırlamıyorum, ama pek servet sayılmazdı. İki rezil hafta içinde bir kralın kurtulmalığı kadar para harcamıştım. Gerçekten de harcamıştım. Doğuştan savurgan bir herifim ben. Harcayamadığım parayı da mutlaka kaybederim bir yerlerde. Çoğu zaman, lokantalarda, gece kulüplerinde filan paramın üstünü bile almayı unuturum. Annem babam çok kızarlar bu huyuma. Onları ayıplayamazsınız ki. Babam epey varlıklıdır ama. Kaç para kazanıyor, hiç bilmiyorum –böyle şeyleri benimle asla konuşmaz– ama sanırım, epey kazanıyordur. Şirket avukatlığı yapıyor. Bu işte iyi para var yani. İyi para kırdığını bilmemin bir başka nedeni; Broadway gösterilerine sürekli yatırım yapar. Ama bu işler hep batar, annem de babama kızar paraları batırdığı için. Allie öldüğünden beri, annemin sağlığı iyi değil. Çok sinirli. Annemin okuldan kovulduğumu öğrenmesinden felaket korkmamın bir nedeni de bu zaten.

Bavullarımı gardaki çelik dolaplardan birine bıraktıktan sonra, o küçük sandviç büfesine girip kahvaltı ettim. Benim için epey yüklü bir kahvaltıydı; portakal suyu, jambonlu yumurta, kızarmış ekmek ve kahve. Çoğu zaman bir portakal suyu içer, kalkarım. Boğazıma pek düşkün değilim. Bu yüzden böyle felaket zayıfım zaten. İçinde bir sürü nişastalı gıdalar filan olan o diyeti uygulamam gerekiyor, ama hiç uymadım şimdiye kadar. Dışarda dolaşırken genellikle İsviçre peynirli bir sandviç yer, bir de mayalı süt içerim. Fazla bir şey değil, ama mayalı sütten bayağı vitamin alıyorsunuz. H. V. Caulfield. Holden Vitamin Caulfield.

Yumurtalarımı yerken, ellerinde bavullarla iki rahibe –sanırım, başka bir manastıra filan gidiyorlardı ve treni bekliyorlardı– büfeye girdiler ve hemen yanımdaki tezgâha oturdular. Bavullarını hangi cehenneme koyacaklarını bilemedikleri anlaşılıyordu, ben de kalkıp onlara yardım ettim. Bavulları, şu çok ucuz görünüşlü şeylerdendi; gerçek deri olmayan şeyler yani. Önemli bir şey değil, ama birinin elinde ucuz cinsten bir bavul gördüm mü, tepem atıyor. Bunu böyle söylemek felaket ayıp bir şey, ama elinde ucuz çantayla dolaşanlardan bile nefret ediyorum. Bir zamanlar bir şeyler oldu bu konuda. Elkton Hills'e gittiğim sıralarda, bir süre aynı odada kaldığım çocuğun, Dick Slagle'ın bavul-

104

ları bu çok ucuz olan cinstendi. Dick onları yatağının altına koyardı, rafa yerleştireceğine; böylece onun bavullarıyla benimkileri hiç kimse yan yana göremeyecekti. Bu durum felaket bozardı moralimi, bu yüzden bavullarımı atıp kurtulmak, hatta onunkilerle *değiş tokuş etmek* bile isterdim. Benimkiler Mark Cross marka, gerçek sığır derisi zımbırtılardı ve sanırım bayağı pahalı şeylerdi. Sonra, bir gün, çok gülünç bir şey oldu, bakın ne oldu, anlatayım. Ne yaptım, sonunda, bizim bu Slagle, aşağılık kompleksi duymasın diye, ben de tuttum, bavullarımı yatağımın altına indirdim. Ama bakın, o ne yaptı. Bavullarımı çıkarıp yine rafa yerleştirdi. Bunu neden yaptığını anlamam epey zaman aldı. Millet benim bavullarımı, onun kendi bavulları sansın diye yapmıştı bunu. Gerçekten bunun için yapmıştı. Bu konularda çok gülünç bir herifti yani. Bavullarım için hep rezil sözler ederdi, sözgelimi çok yeniymişler, çok *burjuva* imişler. Bu lanet şey, onun en sevdiği sözcüktü. Bir yerde okumuş ya da duymuş. Bana ait her şey felaket *burjuva* idi. Dolmakalemim bile *burjuva* idi. Kalemi sürekli benden ödünç alırdı, ama kalem yine de *burjuva* idi. Ancak iki ay kalabildik onunla aynı odada. Sonra, ikimizden de odayı boşaltmamız istendi. İşin gülünç yanı, odadan taşındıktan sonra onu biraz özledim, çünkü çocukta felaket iyi bir mizah duygusu vardı ve bazen birlikte epey neşelenirdik. O da beni özlemişse, hiç şaşmam buna. Önceleri, bana ait zımbırtılara *burjuva* derken, yalnızca şaka yapıyor diyordum ve hiç üstünde durmuyordum; aslında gülünç *bir şeydi*. Ama bir süre sonra, anlıyordunuz ki, şaka filan değildi dedikleri. İnsanlarla oda arkadaşlığı yapmak zor bir iş; eğer sizin bavullarınız iyi cinsten, onlarınkiler değilse yani. Oda arkadaşınız akıllı filan biriyse ve herifte iyi bir mizah duygusu filan da varsa, sanıyorsunuz ki, kimin bavulu daha iyiymiş diye kafaya takmaz, ama takıyor. Gerçekten takıyor. İşte, Stradlater gibi budala bir herifle oda arkadaşlığını yeğlememem nedenlerinden biri de buydu. En azından, onun bavulları da, benimkiler kadar kaliteliydi.

Neyse, bu iki rahibe yanıma oturdular ve konuşmaya başladık. Hemen yanıma oturan rahibenin elinde, şu Salvation Army yavrucuklarının Noel zamanı para toplarken kullandığı sepetlerden vardı. Köşelerde bekleşirken görürsünüz onları, özellikle

Beşinci Cadde'de, büyük süpermarketlerin önlerinde filan. Neyse, yanımdaki rahibe sepetini yere düşürdü, ben de yere uzanıp aldım, ona verdim. Bağış için para topluyor mu diye sordum. Hayır, dedi. Bavuluna sığmamış sepet, o da böyle elinde taşıyormuş. İnsana, baktığında çok güzel gülümsüyordu. İri burunluydu, demir çerçeveli gözlüğü pek çekici değildi, ama felaket cana yakın bir yüzü vardı. "Eğer bağış kabul ediyorsanız," dedim, "sanırım, küçük bir katkıda bulunabilirim. Bağış topladığınız zamana kadar saklarsınız, sonra da öteki bağışlara katarsınız."

"Ah, ne iyisiniz," dedi. Öbür rahibe arkadaşı, uzanıp bana baktı. Bir yandan kahve içiyor, bir yandan da siyah ciltli küçük bir kitabı okuyordu. İncil türünden bir şeydi. İkisinin önünde de kahvaltı diye, kızarmış ekmekle kahve vardı yalnızca. Moralim bozuldu buna. Ben kalkmış jambonlu yumurta yerken, birilerinin yalnızca kahve içip, kızarmış ekmek yemesinden nefret ediyorum.

Yardım olarak onlara on kâğıt vermemi kabul ettiler. Bu kadar parayı verebileceğimden emin olup olmadığımı sorup durdular. Onlara üstümde epey param olduğunu söyledim, ama bana pek inanmadılar. Ama sonunda aldılar. Durmadan bana teşekkür etmelerinden pek utandım. Konuşmayı genel konulara kaydırdım ve onlara nereye gittiklerini sordum. Öğretmenlermiş, daha yeni Chicago'dan gelmişler, 168. mi, 186. mı, neyse işte, kentin felaket kuzeyindeki o sokaklardan birinde bulunan bir manastırda öğretmenliğe başlayacaklarmış. Yanımda oturan rahibe İngilizce okutuyormuş, arkadaşı da Tarih ve Amerikan Devlet Bilgisi. Sonra birden pis pis meraklandım, acaba yanımda oturan ve İngilizce okutan rahibe, ders için okuduğu bazı kitaplar hakkında, bir rahibe olarak filan ne düşünüyor diye. Kitaplarda geçen bir sürü müstehcen zırvalar değildi düşündüğüm, âşıklardan filan bahseden kitaplardı. Sözgelimi, Thomas Hardy'nin *Yuvaya Dönüş*'ündeki bizim Eustacia Vye gibi. Kitap pek öyle müstehcen filan değildi, ama bizim Eustacia hakkındaki şeyleri okuyan bir rahibenin neler düşündüğünü merak ediyordunuz. Ama, orada sözünü bile etmedim bunların tabii. Yalnızca, en iyi dersimin İngilizce olduğunu söyledim.

106

"A, öyle mi? Çok memnun oldum!" dedi gözlüklü İngilizce öğretmeni. "Bu yıl ne okudunuz? Bilmeyi çok isterdim." Gerçekten çok tatlı bir insandı.

"Şey, çoğunlukla, Anglosakson edebiyatını okuduk. Beowulf, bizim Grendel sonra, Lord Randal Benim Oğlum, böyle şeyler işte. Ama, arada, ek kredi için dışardan kitaplar da okumak gerekiyor. *Yuvaya Dönüş*'ü okudum Thomas Hardy'den. Sonra, *Romeo ve Juliet* ile *Julius*..."

"Aa, *Romeo ve Juliet* mi! Ne güzel! Çok beğendiniz, değil mi?" Ama, pek de bir rahibe gibi konuşmuyordu yani.

"Evet. Çok beğendim. Beğenmediğim bir iki şey var, ama çok hareketli bir oyun, bir bütün olarak."

"Neleri beğenmediniz? Hatırlayabiliyor musunuz?"

Doğrusunu isterseniz, bir bakıma onunla *Romeo ve Juliet* hakkında konuşmaktan utanıyordum. Diyeceğim, o oyunda epeyce müstehcen yerler var, e... karşımdaki de bir rahibe yani, ama o sorduğu için ben de biraz tartıştım bu oyunu. Romeo'yla Juliet'e pek bayıldığım filan yok," dedim, "yani, onları beğeniyorum, ama; ne bileyim? Bazen insanı çok rahatsız ediyorlar. Ben, o Mercutio'nun ölümüne, Romeo'nun ve Juliet'in ölümlerinden daha çok üzüldüm. Mercutio öldürüldükten sonra, artık Romeo'dan pek hoşlanmamaya başladım. Hani, biri –Juliet'in kuzeniydi– bıçaklıyordu Mercutio'yu. Neydi adı?"

"Tybalt."

"Doğru. Tybalt," dedim; bu herifin adını hep unuturum zaten. "Romeo'nun hatasıydı bu. O oyunda en sevdiğim kişi, bizim bu Mercutio'dur. Ne bileyim? O Montague'ler, Capulet'ler, hepsi iyi güzel de –özellikle Juliet– ama Mercutio, o bambaşkaydı; şimdi burada anlatmak çok güç. Birisi –hele Mercutio gibi akıllı ve neşeli olan biri– öldüğü zaman çok kızıyorum; üstelik bir de başkasının hatası yüzünden ölmüşse. En azından, o ikisinin, Romeo'nun ve Juliet'in yüzünden öldü Mercutio."

"Hangi okula gidiyorsunuz, canım?" diye sordu bana. Herhalde bu Romeo ve Juliet konusunu artık kapatmak istiyordu.

Pencey dedim ona. Duymuş Pencey'yi. Çok iyi bir okulmuş. Üstünde durmadım. Sonra, öbür rahibe, Tarih ve Amerikan Devlet Bilgisi okutan, artık yola koyulmaları gerektiğini söyledi.

Hesabı önlerinden aldım, ama ödememe izin vermediler. Gözlüklü rahibe pusulayı elimden aldı.

"Ama bu kadar cömertlik yeter," dedi. "Çok tatlı bir çocuksunuz." Ne iyiydi. Bana biraz da, şu trende karşılaştığım, Morrow'un annesini anımsattı. Hele gülümsemesi. "Sizinle konuşmaktan *çok* memnun olduk," dedi.

Ben de memnun olduğumu söyledim onlara. Gerçekten de memnun olmuştum. Onlarla konuştuğum süre boyunca, birdenbire Katolik olup olmadığımı ne zaman soracaklar diye korkup durmasaydım, sanırım, daha da memnun olacaktım. Katolikler, sizin de Katolik olup olmadığınızı anlamaya çalışırlar hep. Başıma çok geldi, biliyorum çünkü, biraz da soyadımın İrlanda kökenli oluşundan; İrlanda kökenlilerin çoğu Katoliktir. Aslında, babam da Katolik*miş*. Annemle evlenince bırakmış. Ama, Katolikler, soyadınızı bilmeseler de, Katolik olup olmadığınızı anlamaya çalışırlar hep. Whooton Okulu'ndayken Louis Gorman diye bir çocukla tanışmıştım. Orada ilk tanıştığım çocuktu. Okulun açıldığı gün, lanet revirin önündeki ilk iki sandalyede muayene olmak için beklerken, onunla tenis üzerine konuşmuştuk. Tenise çok ilgi duyuyordu, ben de duyuyordum. Forest Hills'teyken her yaz Ulusal Finallere gittiğini söylemişti, ben de giderim demiştim ona, sonra bazı ünlü tenisçilerden konuşmuştuk bir süre. O, yaşına göre, tenis üzerine epey şey biliyordu. Gerçekten biliyordu. Ama, bir süre sonra, lanet konuşmanın tam ortalık yerinde, "Kentteki Katolik kilisesinin nerede olduğuna hiç dikkat ettin mi acaba?" diye sormaz mı! Bunu, benim Katolik olup olmadığımı anlamak için sorduğunu anlıyordunuz. Gerçekten de bunun için sormuştu o soruyu. Önyargılı biri olduğu için filan değil, yalnızca bilmek istemişti. Tenis üzerine sizinle konuşmak filan, çocuğun çok hoşuna gidiyordu, ama anlıyordunuz, bir de Katolik olsaydınız *çok daha* hoşuna gidecekti. Böyle zırvalıklar beni hasta ediyor. Konuşmanın içine etti filan demiyorum –etmedi– ama sormasının bir yararı olmadığı da kesindi. Bu iki rahibenin bana Katolik olup olmadığımı sormadıklarına bu nedenle memnun olmuştum. Sorsalardı, konuşmamız *berbat olmazdı*, ama ben de herhalde farklı davranırdım. Bir bakıma, size anlattığım şu bavul işine benziyor bu durum. Güzel güzel konuşurken, hiç iyi bir şey değil bu, demek istiyorum. Hepsi bu yani.

İki rahibe gitmek için kalktıklarında çok salakça ve ayıp bir şey yaptım. Sigara içiyordum. Güle güle demek için ayağa kalkınca, biraz duman üfledim yüzlerine. İsteyerek olmadı, ama oldu. Çılgınlar gibi özür diledim, bunu çok kibarca karşıladılar, ama ben yine de çok utandım.

Onlar gittikten sonra, bağış için yalnızca on kâğıt verdiğim için üzülmeye başladım. Ama, bizim Sally Hayes'le matineye gidecektik, biletler için filan köşeye biraz para ayırmam gerekti. Ama yine de üzüldüm. Lanet para. Sonunda hep böyle üzülür durursunuz.

Bölüm 16

Kahvaltımı bitirdiğimde saat daha on ikiydi. Bizim Sally ile saat ikide buluşacaktık, ben de, biraz gezeyim bari dedim. O iki rahibeyi düşünmeden edemiyordum. Okulda öğretmenlik yapmadıkları zamanlar ortalıkta dolaşıp para topladıkları o yıpranmış eski sepeti düşündüm durdum. Elinde o yıpranmış eski sepetle annemi veya başka birini, teyzemi ya da Sally Hayes'in manyak annesini bir süpermarketin önünde yoksullar için para toplarken düşledim. Annemi değil de, öbür ikisini. Teyzem oldukça yardımsever biridir –Kızılhaç işleri için filan pek koşturur– ama çok şık giyimli filandır, yardım için bir şeyler yaptığında hep şık giyimli ve rujunu mujunu sürmüş olur. Yardım için bir şey yaparken onu siyah elbiselerle ve rujsuz olarak düşünemiyorum. Hele bizim Sally Hayes'in annesini. Aman Tanrım. *O kadın*, böyle, elinde bir sepetle ortalıkta para toplamaya, ancak herkes eline ayağına kapanarak para verirse çıkabilirdi. Eğer insanlar yalnızca para bırakıp hiçbir şey söylemeden giderlerse, onu umursamadan filan yani, o saat bırakırdı para toplamayı. Sepeti hemen birinin eline tutuşturuverir, gider, şatafatlı bir yerde yemek yerdi. O rahibeleri bu yüzden sevmiştim. Anlıyordunuz, her şeyden önce, onlar hiçbir zaman öyle şatafatlı yerlerde yemek yemezlerdi. Onların hiçbir zaman şatafatlı bir yerde yemeğe gitmediklerini düşününce felaket üzüldüm. Biliyorum, bu hiç de önemli bir şey değildi, ama yine de üzüldüm.

Broadway'e doğru yürümeye başladım, öylesine, çünkü yıllardan beri o taraflara gitmemiştim. Ayrıca, Pazar günleri de açık olan bir plak mağazası bulurum belki, diyordum. Phoebe'ye "Little Shirley Beans" adlı plağı almak istiyordum. Çok zor bulunan bir plaktı. Plak, iki ön dişi düştüğü için çok utandığından evinden dışarı çıkmayan küçük bir kız çocuğu hakkındaydı. Şarkıyı Pencey'de duymuştum. Yatakhanenin alt katındaki bir çocukta vardı. Phoebe'nin bu plağa biteceğini bildiğimden, ondan satmasını istedim, ama satmadı. Yirmi yıl kadar önce, Estelle Fletcher adında zenci bir kız şarkıcının doldurduğu çok eski ve felaket güzel bir plaktı. Kız şarkıyı fena halde Dixieland ve genelev tarzında filan söylüyordu, duygusal filan olsun diye de uğraşmıyordu. Bu şarkıyı beyaz bir kız söylemiş olsaydı, kendine şirin havalar vermeye filan çalışırdı. Ama bizim Estelle Fletcher ne yaptığını biliyordu. Dinlediğim en iyi plaklardan biriydi. Plağı Pazar günleri açık olan bir mağazada bulabilirsem, alıp yanımda parka götürürüm diye düşündüm. O gün Pazardı ve Phoebe Pazar günleri sık sık tekerlekli paten kaymak için parka gelirdi. Parkta en çok nerelerde dolaştığını bilirdim.

Hava önceki gün kadar soğuk değildi, ama güneş hâlâ ortalıkta yoktu ve bu soğukta yürümek pek hoş değildi. Ama güzel olan bir şey vardı. Herhalde kiliseden yeni çıkmış olan bir aile hemen önümden yürüyorlardı; baba, anne ve altı yaşlarında küçük bir çocuk. Biraz yoksul gibiydiler. Babanın başında, yoksul heriflerin havalı görünmek için giydikleri o inci grisi şapkalardan vardı. O ve karısı, çocuğa hiç dikkat etmeden filan, öyle yürüyorlardı. Çocuk müthişti. Kaldırımda yürümüyordu, inmiş sokakta yürüyordu, ama kaldırımın hemen dibinden. Dümdüz bir çizgide yürüyormuş gibi yapıyordu, çoğu çocuklar gibi, ve durmadan, "Yakalarsa birini biri, çavdarlar arasında," şarkısını söylüyordu. Güzel bir sesi vardı. Üstelik, şarkıyı felaket iyi söylüyordu, anlıyordunuz. Arabalar yanından vızır vızır geçiyor, frenler cayır cayır ötüyor ve o kaldırımın dibinden yürüyor, "Yakalarsa birini biri, çavdarlar arasında," şarkısını söylüyordu. Öyle hoşuma gitti ki. Artık pek fazla moral bozukluğu hissetmiyordum.

Broadway tıklım tıklım doluydu ve çok gürültülüydü. Pazar günüydü, saat daha on ikiydi, ama yine de kalabalıktı. Herkes sinemalara gidiyordu; Paramount'a, Astor'a, Strand'e, Capitol'a, işte bu çılgın yerlerden birine. Herkes giyinmiş kuşanmıştı, Pazar günüydü çünkü, bu daha da kötüydü. Ama en kötüsü, herkesin sinemaya gitmeye *can attığını* görüyordunuz. Yapacak bir şey yoksa, birinin sinemaya gitmesini anlarım, ama biri gerçekten sinemaya gitmek *istiyorsa*, yetişeyim diye bir de hızlı hızlı yürümelere kalkarsa, işte buna felaket canım sıkılır. Özellikle, o upuzun, korkunç kuyruklarda milyonlarca insanı dikilirken, sabırla sıralarının gelmesini beklerken filan gördüğümde. Neyse, şansım varmış. Rastladığım ilk plak mağazasında bir tane "Little Shirley Beans" plağı buldum. Beş kâğıdımı aldılar, çok zor bulunuyormuş, ama umurumda değildi. Vay canına, plağı bulunca acayip mutlu oldum! Bizim Phoebe'yi parkta bulup, plağı ona vermek için yerimde duramıyordum.

Plak mağazasından çıktıktan sonra, bir büfenin önünden geçerken, durup dükkâna girdim ve bizim Jane'i bir arayayım, tatil için eve gelmiş mi, bir öğreneyim dedim. İçerdeki telefon kulübesine girdim ve evlerini aradım. Yalnız telefonu annesi açtı ve kapatmak zorunda kaldım. Annesiyle uzun uzun konuşmalara filan girmek istemedi canım. Zaten kız analarıyla telefon muhabbeti yapacağım diye pek öyle çıldırdığım filan da yok. Ama, *en azından* Jane evde mi diye sorabilirdim. Sormakla ölmezdim yani. Canım istemedi ama. Böyle zırvalıklar için havanızda olmanız gerekir.

Hâlâ lanet biletleri almamıştım, gidip bir broşür aldım ve hangi oyunlar oynanıyor, bir baktım. Pazar günü olması nedeniyle, yalnızca üç oyun vardı. Ben de ne yaptım, *Biliyorum Sevgilim* için iki ön koltuk bileti aldım. Hayır için filan oynanıyordu. Pek seyretmeyi istemiyordum, ama bizim sahtekârlar kraliçesi Sally'yi iyi tanıyordum, bu oyun için bilet aldığımı duyunca ağzının suyu akacaktı, çünkü efendim, Lunt'lar oynuyordu. Sally, bu Lunt'ların oynadığı çok sofistike, ruhsuz oyunları çok sever. Ben sevmem. Doğrusunu isterseniz, ben tiyatro oyunlarını da sevmem. Filmler kadar kötü değiller, ama öyle ballandırarak anlatılacak bir yanları da kesinlikle yok yani. Her şeyden önce, o aktörlerden nefret ediyorum. Normal insanlar gibi hareket ederek oynamıyorlar. Öyle oynadıklarını sanıyorlar. Bazı aktörler iyi oynuyorlar, bir parça yani, ama o da seyretmeye değmiyor. Bir aktör iyiyse, hep anlıyorsunuz, iyi olduğunu *biliyor* ve bu da her şeyi berbat ediyor. Örneğin, Sir Laurence Olivier'yi ele alalım. Onu *Hamlet*'te seyrettim. D. B., Phoebe'yle beni geçen yıl götürmüştü o filme. Bizi önce öğle yemeğine, sonra da filme götürmüştü. Ağabeyim filmi önceden görmüştü, yemekte bize öyle bir anlattı ki, ben de görmek için felaket sabırsızlandım. Ama seyredince pek hoşuma gitmedi. Bu Sir Laurence Olivier'nin nesi böyle muhteşemmiş, bir türlü anlayamadım. Felaket iyi bir ses tonu vardı, acayip yakışıklı bir herifti, ortalıkta yürürken, düello ederken filan, onu izlemek güzeldi, ama D.B.'nin anlattığı Hamlet değildi o. Üzüntülü, başı dertte olan bir herif değil de, sanki muhteşem bir general gibiydi. Bütün filmin en iyi yeri bizim Ophelia'nın ağabeyinin –en sonunda Hamlet'le düello eden hani– uzaklara giderken, babasının ona öğüt verdiği sahneydi. Babaları öğüt verirken, bizim Ophelia ağabeyiyle gırgır geçiyor, hançerini kınından çıkarıyor, ağabeyi babasının attığı palavraları dinler gibi görünürken, onu kızdırıyor. O sahne çok güzeldi. Felaket keyiflenmiştim. Ama böyle şeyleri pek fazla göremiyorsunuz. Phoebe en çok, Hamlet'in o köpeğin başını okşadığı sahneyi beğenmişti. Gülünç ve güzel olduğunu düşünüyordu, öyleydi de. Aslında, yapmam gereken şeyi biliyorum, kitabını bulup, o oyunu okumam gerek benim. Benim derdim de bu işte, böyle zırvaları kendi başıma okumam gerek. Bir aktör oynamaya kalkınca, zor dinliyorum. Her an, ne sahtekârlık yapacak diye kıvranıp duruyorum.

Lunt'ların oyunu için biletleri aldıktan sonra bir taksiye binip parka gittim. Metroya filan binmem gerekiyordu, çünkü lanet param azalıyordu, ama o lanet Broadway'den elimden geldiği kadar çabuk uzaklaşmak istemiştim.

Parkta durum rezaletti. Hava pek soğuk değildi, ama güneş hâlâ ortada yoktu. Çevrede köpek pisliğinden, balgam öbeklerinden ve ihtiyar heriflerin attıkları puro izmaritlerinden başka bir şey görünmüyordu, kanepelerin üstleri de ıslaktı. Bütün bunlar moralinizi bozuyordu, bir de, yürürken arada bir titreme gelip tüyleriniz ürperiyordu. Noel tatilinin gelmekte olduğunu söylemeye bin tanık isterdi. Aslında *herhangi bir şeyin* gelmekte olduğuna bin tanık isterdi. Yine de, Mall'a doğru yürümeye devam ettim, çünkü Phoebe parka gittiğinde orada olur genellikle. Konser köşkünün yakınındaki yerlerde paten kaymayı pek sever. Küçükken paten kaymak için benim de en sevdiğim yerler oralardı.

Oraya vardığımda, onu ortalıkta göremedim. Paten filan kayan bir iki çocukla, yumuşak topla Havaya Atmaca oynayan iki oğlan vardı. Phoebe'nin yaşlarında bir kız gördüm, bir kanepede tek başına oturmuş, patenlerini sıkıştırıyordu. Phoebe'yi belki tanır, dedim; bana nerede olduğunu söyleyebilirdi. Gidip yanına oturdum ve ona, "Phoebe Caulfield'ı tanıyor musun, acaba?" dedim.

"Kim?" dedi. Kot giymişti, üstünde de herhalde yirmi tane filan kazak vardı. Kazakları annesinin ördüğünü kalınlıklarından anlıyordunuz.

"Phoebe Caulfield. Yetmiş Birinci Sokak'ta oturuyor. Dördüncü sınıfa..."

"Phoebe'yi tanıyor musunuz?"

"Evet, ben onun ağabeyiyim, nerede olduğunu biliyor musun?"

"Bayan Callon'ın sınıfında, değil mi?"

"Bilmiyorum. Evet, sanırım, öyle."

"O zaman herhalde müzededir. *Biz* geçen Cumartesi gitmiştik."

"Hangi müzeye?" diye sordum ona. Omuzlarını kaldırdı. "Bilmem," dedi. "*Müze* işte."

"Biliyorum da, hani o resimler olan müze mi, yoksa Kızılderililer filan olan müze mi?"

"Kızılderililer olan."

"Çok teşekkür ederim," dedim. Kalktım, yola koyuldum, ama birden o günün Pazar olduğunu hatırladım. "Ama bugün *Pazar*," dedim çocuğa.

Başını kaldırıp bana baktı. "A, o zaman orada değildir."

Patenlerini sıkıştırmak için felaket çabalıyordu. Eldiven de giymemişti, elleri soğuktan kıpkırmızıydı. Ona yardım ettim. Vay canına, yıllardır elime bir paten anahtarı almamıştım! Ama bir tuhaflık olmadı yine de. Bundan elli yıl sonra avcuma bir paten anahtarı tutuştursanız, kör karanlıkta bile ne olduğunu anlarım. Patenleri sıkıştırınca bana teşekkür filan etti. Çok tatlı ve nazik bir kızdı. Tanrım, bir çocuk patenini sıkıştırdığınızda filan, böyle tatlı ve nazik olunca, onu çok seviyorum. Çocukların çoğu da böyle. Gerçekten tatlı ve nazikler. Benimle bir kakao içer mi diye sordum, ama bana, hayır teşekkür ederim dedi. Bir arkadaşıyla buluşması gerekiyormuş. Çocukların hep arkadaşlarıyla buluşmaları gerekir zaten. Biterim buna.

Pazar olmasına ve Phoebe'nin sınıfıyla birlikte oraya gitmemiş olması olasılığına, hatta o rutubetli ve rezalet havaya karşın, parktan Doğa Tarihi Müzesi'ne kadar olan yolu yürüdüm. Bir çocuk paten anahtarını nasıl iyi bilirse, ben de bu müzeyi o kadar iyi bilirdim. Müzede sergilenen her şeyi avcumun içi gibi bilirdim. Phoebe benim küçükken gittiğim okula gidiyordu, biz de hep giderdik bu müzeye. Bayan Aigletinger adlı bir öğretmenimiz vardı, neredeyse her lanet Cumartesi bizi oraya götürürdü. Bazen hayvanlara bakardık, bazen de eski zamanlarda Kızılderililerin yaptıkları şeylere bakardık. Çanak çömlekler, sepetler filan. Bunları düşününce çok mutlu oluyorum. Şimdi bile. Hatırlıyorum, Kızılderili zımbırtılarına baktıktan sonra, genellikle o büyük salona gider, bir film seyrederdik. Kristof Kolomb. Bize durmadan Kolomb'un Amerika'yı keşfini gösterirlerdi, gemi satın almak üzere bizim Ferdinando ve İsabella'dan borç para almak için nasıl zor günler geçirdiğini, sonra tayfaların ona başkaldırmalarını filan seyrederdik. Kimsenin Kristof Kolomb'u umursadığı filan yoktu tabii, ama yanınızda ya bir sürü şeker ya da sakız gibi şeyler olurdu, salon da pek güzel kokardı. Salon, dışarda yağmur yağmasa da, sanki yağmur yağıyormuş gibi kokardı ve yeryüzündeki en kuru ve en ılık yerdeymişsiniz gibi gelirdi size. O lanet müzeyi çok severdim. Hatırlıyorum, salona girmek için Kızılderili bölümünden geçmeniz gerekirdi. Upuzun bir geçişi vardı bu bölümün, ancak fısıltıyla konuşabilirdiniz. Öğretmen en önde giderdi, ardından da sınıf. Siz çocuklar, iki sıra olurdunuz, bir de eşiniz olurdu. Eşim çoğu zaman Gertrude Levine adlı o kız olurdu. Kız hep elimi tutmak isterdi, ama eli de yapış yapış ya da terli filan olurdu. Döşeme taştandı, elinizde birkaç misket varsa ve bunları yere bırakmışsanız, misketler çılgınlar gibi yerde zıplamaya başlar, acayip şamata olurdu; öğretmen de sınıfı durdurur ve ne rezillik oluyor diye bakmaya gelirdi. Ama hiç bozulmazdı Bayan Aigletinger. Sonra, o upuzun Kızılderili kanosunun önünden geçerdiniz, art arda üç lanet Cadillac uzunluğundaydı kano, içinde yirmi kadar Kızılderili, bazıları kürek çeker, bazıları sert sert çevreye bakınırlardı, hepsinin de yüzlerinde savaş boyaları olurdu. Kanonun en arkasında felaket korkunç bir herif vardı, suratı maskeli. O heriften ödüm kopardı, ama yine de severdim. Bir şey daha; geçerken o küreklerden birine filan dokunursanız, bekçilerden biri size, "Hiçbir şeye dokunmayın, çocuklar," derdi, ama güzellikle söylerdi, öyle, lanet bir aynasız gibi filan değil. Sonra, o büyük cam vitrine gelirdiniz, içinde ateş yakmak için çubukları birbirine sürten Kızılderili adamlar ve bir de battaniye dokuyan bir Kızılderili kadın olurdu. Kadın battaniyeyi biraz öne doğru eğilmiş bir durumda dokurdu, göğüslerini filan da görebilirdiniz. Herkes ona bakardı, kızlar bile, çünkü daha küçüktüler ve bizden daha büyük değildi göğüsleri. Sonunda, salona girmeden hemen önce, kapının yanında o Eskimoyu görürdünüz. Buz tutmuş bir gölün üstünde açtığı deliğin başında oturur, balık tutardı. Deliğin yanı başında daha yeni yakaladığı iki balık dururdu. Vay canına, o müze cam vitrinlerle doluydu! Üst katta da bir sürü vitrin vardı; içinde pınardan su içen geyik bulunan, kış geldiği için güneye uçan kuşlar olan. Size yakın duran kuşlar doldurulmuş olurdu, tellerle asmışlardı onları, geri plandakiler ise duvarın üstüne boyayla yapılmıştı, hepsi de gerçekten güneye uçuyorlarmış gibi görünürlerdi. Başınızı eğip de onlara tersinden bakar gibi yaptığınızda kuşların güneye daha da aceleyle uçtuklarını sanırdınız. Ama o müzedeki en iyi şey, her şeyin yerli yerinde kalmasıydı. Hiç kimse kıpırdamazdı yerinden. Oraya yüz bin kez gidebilirdiniz, o Eskimo hâlâ daha yeni iki balık tutmuş olur, kuşlar hâlâ güneye uçar, geyikler o narin bacakları üstünde o pınardan su içer ve göğüsleri görünen o Kızılderili kadın battaniyesini dokurdu. Kimse değişmezdi. Değişen tek şey *siz* olurdunuz. Çok büyümüş olmanız filan değil demek istediğim. Tam olarak o değil yani. Yalnızca değişmiş olurdunuz. Bu kez sırtınızda bir palto olurdu. Ya da, son gelişinizde sıradaki eşiniz kızıl çıkarırdı ve yeni bir eşiniz olurdu. Veya Bayan Aigletinger'ın yerine başka biri getirirdi sizi. Veya o gün banyoda annenizle babanız felaket bir kavgaya tutuşmuş olurdu. Veya üstünde gökkuşağı renkleri oluşan bir su birikintisi görmüş olurdunuz. Diyeceğim, *değişik* bir şey olurdu sizde; demek istediğim şeyi anlatamıyorum. Anlatabilsem de, anlatmayı isteyeceğimden pek emin değilim.

Yolda, cebimden bizim avcı şapkasını çıkarıp giydim. Beni tanıyan biriyle karşılaşmayacağımı biliyordum, hava oldukça nemli idi. Yürüdüm de yürüdüm, yürürken de bizim Phoebe'nin Cumartesileri benim gibi müzeye gidişini düşündüm. Benim gördüğüm bütün o zımbırtıları aynı biçimde onun da göreceğini, ama her görüşünde onun da *değişmiş* olacağını düşündüm. Bunları düşünmek tam olarak moralimi bozmuş sayılmaz, ama acayip keyiflenmiş de sayılmam yani. Bazı şeyler olduğu gibi kalmalı. Elinizde olsa da, onları büyük cam vitrinlere koyup oldukları gibi kalmalarını sağlayabilseniz. Biliyorum, olanaksız bir şey bu, ama yine de pek fena olmazdı. Neyse, yürürken hep bunları düşündüm.

Oyun parkının yanından geçerken durdum ve tahtırevalliye binen çok küçük iki çocuğu seyrettim. Biri biraz şişmandı, ağırlığı dengelemek için elimi zayıf olanın ardına koydum, ama benim orada bulunmamdan hoşlanmadıklarını anlıyordunuz, ben de onları rahat bıraktım.

Sonra çok gülünç bir şey oldu. Müzeye vardığımda, birdenbire, bir milyon kâğıt verseler bile içeriye girmemeye karar verdim. Canım hiç istemiyordu; üstelik, müzeyi filan göreceğim diye can atarak parkın içinde tüm o lanet yolu teptiğim halde. Phoebe orada olsaydı, belki girerdim, ama o da yoktu. Ben de ne yaptım, müzenin önünden bir taksiye atladım ve Biltmore'a gittim. Canım oraya da gitmek istemiyordu. Ama Sally ile buluşacaktık.

Bölüm 17

Oraya gittiğimde vakit daha erkendi, ben de lobide saatin yanındaki deri kanepelerden birine oturup kızları seyrettim. Bir sürü okul çoktan tatile girmiş, millet evine gelmişti, yaklaşık bir milyon tane kız oturarak veya ayakta, buluşacakları oğlanların gelmesini bekliyordu. Bacak bacak üstüne atmış kızlar, bacak bacak üstüne atmamış kızlar, felaket bacaklı kızlar, rezalet bacaklı kızlar, harika görünen kızlar, bir tanısanız ne orospu olduğunu bileceğiniz kızlar. Gerçekten güzel bir manzaraydı, beni anlıyorsanız eğer. Bir bakıma, biraz da moral bozucuydu, çünkü durmadan hepsinin başına ne rezillikler gelecek diye meraka düşüyordunuz. Yani liseden veya üniversiteden sonra. Herhalde çoğu, sersem heriflerle evlenecek diyordunuz. Hep o lanet arabalarının mil başına kaç litre benzin yaktığından bahseden herifler. Golfte, ya da pingpong gibi salak bir oyunda size yenildikleri için çocuk gibi kızan herifler. Çok ters herifler. Çok sıkıcı herifler. Hiç kitap okumayan herifler. – Ama, bu konuda çok dikkatli olmalıyım. Yani, bazı heriflere sıkıcı demek konusunda. Bu sıkıcı herifleri hiç anlamıyorum. Gerçekten hiç anlamıyorum. Elkton Hills'teyken, iki ay kadar, Harris Macklin denen o çocukla aynı odada kalmıştım. Çok akıllı filan bir çocuktu, ama hayatta tanıdığım en sıkıcı heriflerden biriydi. Felaket kafa ütüleyici bir ses tonu vardı, onu susturmak, resmen olanaksızdı. Durmadan konuşurdu, işin korkunç tarafı, her şeyden önce, ondan duymak istediğiniz bir söz çıkmazdı ağzından. İyi yaptığı tek bir şey vardı. Bu orospu çocuğu, hayatta duyduğum en iyi ıslıkçıydı. Yatağını düzeltirken, dolaba bir şey asarken –her şeyini dolaba asardı hep, bu da beni hasta ederdi– durmadan ıslık çalardı, o kafa ütüleyici ses tonuyla konuşmuyorsa eğer. Klasik zımbırtıları bile ıslıkla çalabilirdi, ama çoğu zaman caz parçaları çalardı. "Tin Roof Blues" gibi çok cazlı şeyleri çok güzel ve rahat bir biçimde –tam da dolaba bir şey asarken– çalar, siz de, çalışına biterdiniz. Tabii, ona hiçbir zaman, felaket iyi bir ıslıkçı olduğunu düşündüğümü filan *hiç söylemedim*. Yani, birine gidip, "Ne müthiş ıslık çalıyorsun," diyemezsiniz, değil mi? Sırf, duyduğum en iyi, en müthiş ıslıkçı olduğu için ona iki ay katlandım, beni delirtecek kadar canımı sıktığı halde. Yani, bu sıkıcı herifleri anlayamıyorum. Bu yüzden, kıyak bir kız onlarla evlenmişse, belki de pek üzülmemeniz gerek. Bunların çoğu, pek kimseyi incitmiyor, belki de bunların hepsi felaket iyi ıslıkçı filandırlar. Kim bilir? Ne bileyim?

Sonunda, bizim Sally merdivenleri çıkarken göründü, ben de onu karşılamak için merdivenlerden inmeye başladım. Felaket güzeldi. Gerçekten çok güzeldi. Siyah bir manto ve siyah bir bere giymişti. Başına çok ender şapka filan giyer, ama o bere çok yakışmıştı. İşin gülünç yanı, onu gördüğüm an, canım onunla evlenmek istedi. Ben deliyim herhalde. Ondan pek fazla *hoşlanmadığım* halde, kalkmış, birdenbire kendimi ona âşık sanıyor ve onunla evlenmek istiyordum. Yemin ederim, ben deliyim. Deli olduğumu kabul ediyorum.

"Holden!" dedi. "Seni görmek ne güzel!" Görüşmeyeli *yıl* oldu." Onunla bir yerde buluştuğunuzda böyle avaz avaz bağırıp sizi utandırırdı. Felaket güzel olduğu için katlanırdım, ama beni böyle öldürür dururdu.

"Asıl seni görmek ne güzel!" dedim. Onu görmek gerçekten hoşuma gitmişti. "N'aber, nasılsın?"

"Çok iyiyim. Geç mi kaldım?"

Hayır dedim ona, ama on dakika kadar gecikmişti. Aslında hiç önemli değildi. Hani, sokak köşelerinde sevgilileri gelmediğinden ağaç olup mosmor kesilen herifleri konu alan karikatürler çıkar, *Saturday Evening Post*'ta filan, hepsi de tümüyle palavra. Bir kız sizinle buluşmaya geldiğinde felaket güzelse, kimin umurunda; ha geç gelmiş, ha erken gelmiş, yani? "Acele edelim," dedim. "Oyun saat iki kırkta başlıyor." Aşağıya inip taksilerin olduğu yere gittik.

"Ne göreceğiz?"

"Bilmem. Lunt'lar işte. Yalnızca onların biletini bulabildim."

"Lunt'lar mı? Ah, çok iyi."

Size demiştim, Lunt'lara gideceğimizi duyunca nasıl deliye döneceğini.

Tiyatroya giderken taksinin içinde biraz oynaştık. Önce istemedi, ruj filan sürmüştü çünkü, ama ben felaket baştan çıkarıcı olmaya başlayınca başka bir seçeneği kalmadı. İki kez, lanet taksi trafikte durduğunda neredeyse koltuktan düşüyordum. Bu lanet şoförler nerede gittiklerinin farkında bile değiller, yemin ederim değiller. Daha sonra, ne kadar deli olduğumu siz anlayın artık, onunla iyice sarmaş dolaş olduğumuz anda, ona âşık olduğumu filan söyledim. Yalandı tabii, ama ne var ki, söylerken kendimi öyle hissediyordum. Ben deliyim. Yemin ederim ben deliyim.

"Ah sevgilim, ben de seni seviyorum," dedi. Ardından, soluk bile almadan, "Bana söz ver, saçını uzatacaksın. Alabros saçların modası geçiyor artık. Saçların çok tatlı." Çok tatlıymış, kıçımın kenarı.

Oyun, daha önce seyrettiklerim kadar kötü değildi. Zırva bir konusu vardı ama. İhtiyar bir karı kocanın beş yüz bin yıllık geçmişleri anlatılıyordu. Oyun gençliklerinde filan başlıyor, kızın ailesi oğlanla evlenmesini istemiyor, ama kız yine de evleniyor. Sonra, yaşlanıyorlar da yaşlanıyorlar. Kadının kocası savaşa gidiyor, sonra bir de sarhoş ağabeyi var. Oyun pek ilgimi çekmedi. Yani, aileden birileri öldüğünde filan, pek etkilenmedim. Bir sürü aktör gelip gitti. Karı koca güzel bir çifttiler –çok şakacı filandılar– ama pek ilgimi çekmediler. Yalnız, oyun boyunca, durmadan çay veya benzeri lanet bir şeyler içip duruyorlardı. Onları her gördüğünüzde, bir uşak gelip önlerine birer fincan sürüyordu ya da kadın birilerinin fincanına çay dolduruyordu. Millet hiç durmadan sahneye *giriyor, çıkıyordu;* onların oturup kalkmasını seyredeyim derken sizin de başınız dönüyordu. Alfred Lunt ve Lynn Fontanne yaşlı çifti oynuyorlardı, çok iyiydiler, ama onlardan pek hoşlanmadım. Farklı oyunculardı ama, bunu söyleyebilirim. Normal insanlar gibi oynamadılar, normal aktörler gibi de oynamadılar. Anlatması çok zor. Aşağı yukarı, çok ünlü filan olduklarını bilerek, o havada oynadılar. Yani, iyiydiler, ama *fazla* iyiydiler. İkisinden biri sözünü bitirdiğinde, öbürü soluk bile almadan, hemen söze girişiyordu. İnsanlar gerçekte nasıl konuşuyorsa, o biçimde birbirlerinin sözünü keserek filan konuşuyorlardı. Sorun da buydu işte, insanların gerçekteki konuşmaları, birbirlerinin sözlerini filan kesmeleri oyunda *çok fazlaydı*. Bizim Ernie'nin Village'da piyano çalışına benziyordu bu, bir bakıma. Bir şeyi *çok* iyi yapıyorsanız, bir süre sonra, dikkatli olmazsanız gösteriş yapmaya başlıyorsunuz. Ve sonunda da iyi olmaktan çıkıyor yaptığınız. Ama yine de, oyunda yalnızca onlar vardı –Lunt'lar yani– bir parça beyni olan. Kabul etmek gerek.

İlk perdenin sonunda, tüm öteki zıpırlarla birlikte sigara içmek için dışarı çıktık. Ama ne de havalıydı millet. Ömrünüzde bu kadar çok sahtekârı bir arada göremezdiniz, herkes çılgınlar gibi sigara içiyor, çevredekiler ne akıllı olduğunu anlasın diye bağıra bağıra oyun hakkında konuşuyordu. Yakınımızda sersem bir sinema aktörü vardı, sigara içiyordu. Adını bilmiyorum, ama hep savaş filmlerinde siperden çıkma sırası gelince ödleklik yapan herif rolünde çıkar hani. Bizim aktör ve yanındaki şahane sarışın, bıkkın havalarda, sanki milletin onlara baktığından haberleri yokmuş gibi davranıyorlardı. Felaket alçakgönüllü havalarda. Acayip keyiflendim bu havalarını görünce. Bizim Sally, Lunt'ları göklere çıkarmak dışında pek konuşmadı, çünkü sağı solu kesmekle ve çekici görünmeye çalışmakla meşguldü. Sonra birdenbire lobinin öbür ucunda, tanıdığı bir zıpırı gördü. Sırtında çok koyu gri flanel bir takım vardı, bir de şu damalı yeleklerden giymişti. Kesinlikle Doğu Kıyısı üniversitelerinden birine gidiyordu. Çok önemli konu yani. Duvarın dibinde duruyordu, öldüresiye sigara içiyor ve felaket sıkılmış havası basıyordu. Bizim Sally durmadan, "Ben bu çocuğu bir yerden *tanıyorum*," diyordu. Onu nereye götürseniz, mutlaka *tanıdığı* veya tanıdığını sandığı biApa biileri çıkar. Canımı iyice sıkana kadar söylendi durdu. Sonunda, "Niye yanına gidip ona sıkı bir öpücük vermiyorsun, onu tanıyorsan eğer. Bu, onun da çok hoşuna gider." Ben böyle konuşunca, Sally fena bozuldu. Sonunda, bizim zıpır Sally'yi tanıdı ve yanımıza gelip merhaba dedi. Merhabalaşmalarını bir görecektiniz. Birbirlerini yirmi yıldır görmemişler sanırdınız. Küçükken aynı banyo küvetinde yıkanmışlardı sanki. Eski dostlar. İç bulandırıcıydı. İşin gülünç yanı, bundan önce *bir kez* karşılaşmışlardı herhalde, bir sahtekârlar partisinde filan. Sonunda, yılışmaları bitti ve bizim Sally bizi tanıştırdı. Adı George bir şeydi – hatırlamıyorum bile ve Andover'a gidiyordu. Çok önemli yani. Bizim Sally'nin ona, oyunu beğenip beğenmediğini soruşunu görecektiniz. Biri soru sorunca *yeri dar gelen* türden bir sahtekârdı. Geriye bir adım attı, hemen arkasında duran bir kadının ayağına bastı. Herhalde kadının bütün ayak parmaklarını ezmiştir. Oyunun kendisi bir başyapıt sayılmazmış, ama Lunt'lar, hiç kuşkusuz, kesinlikle birer melekmişler. Melekmişler. Tanrı aşkına. *Melekmişler*. Bittim buna. Sonra zıpır ve bizim Sally, tanıdıkları bir yığın kişi hakkında konuşmaya başladılar. Hayatta duyabileceğiniz en sahtekârca konuşmaydı. Ellerinden geldiği kadar çabuk bir yer adı düşünüyorlar, sonra o yerde oturan ve tanıdıkları birinin adını söylüyorlardı. Yerlerimize dönme zamanı geldiğinde kusmak üzereydim. Gerçekten kusuyordum yani. Ardından, bir sonraki perde bitince, yine o lanet konuşmaya *devam ettiler*. Yeni yeni yer adları ve oralarda yaşayan insan adları söyleyip durdular. İşin en kötü yanı, zıpırın ses tonu, o çok sahtekâr, Doğu Kıyısı üniversite öğrencilerinin ses tonuydu, çok yorgun, kasıntı havalarda. Sesi kız sesi gibiydi. Herif hiç çekinmeden benim kıza iş koyuyordu. Oyun bittikten sonra lanet taksiye bizimle binecek mi diye bir dakika düşündüm bile, çünkü herif yanımızda iki sokak boyunca yürüdü, ama kokteyl için bir sürü sahtekârla buluşacakmış, öyle dedi. Düşünün; bir bar tezgâhının çevresine dizilip oturmuşlar, sırtlarında o lanet damalı yelekleri, tiyatro oyunlarını, kitapları ve kadınları, o yorgun, kasıntı sesleriyle eleştiriyorlar. Bitiyorum bu heriflere.

Bu Andover'lı herifi on saate yakın dinlememe neden olduğu için taksiye binerken Sally'den nefret etmek üzereydim. Tam onu evine bırakmaya hazırlanıyordum ki –gerçekten– Sally bana, "Şahane bir fikrim var!" demez mi?" Hep böyle şahane fikirleri olurdu zaten. "Baksana," dedi, "akşam yemek için kaçta evde olman gerekiyor? Yani, çok acelen filan var mı bir şey için? Belirli bir saatte evde olman gerekiyor mu?"

"Ben mi? Hayır. Belirli bir saat yok," dedim. Yalan da sayılmazdı, yani. "Niye sordun?"

"Radio City'ye buz pateni kaymaya gidelim!"

Hep de böyle fikirler yumurtlardı.

"Radio City'de buz pateni mi? Yani hemen, şimdi mi?"

"Bir iki saat yalnızca. İstemez misin? Eğer *istemiyorsan...*"

"İstemiyorum demedim ki," dedim. "Tabii. *Sen* istiyorsan."

"Gerçekten mi? Gerçekten istemiyorsan, *öylesine söyleme* yani. Gitsek de, gitmesek de, benim için fark etmez."

Fark etmezmiş.

"O küçük, tatlı patenci eteklerinden kiralayabiliyorsun," dedi bizim Sally. "Jeanette Cultz geçen hafta kiralamış."

Neden oraya gitmek için can attığı anlaşılmıştı. Ancak poposunu örtebilen o küçücük eteklerden giyip nasıl oluyor diye bakmak istiyordu.

Biz de gittik, patenlerimizi aldık, sonra Sally'ye o küçücük mavi popo titreticiyi verdiler. Ama kıza gerçekten de felaket yakışmıştı. Kabul etmek gerek. Ve, Sally'nin, bunun farkında olmadığını da hiç sanmıyorum. Önümde yürüyüp duruyordu, böylece o küçük poposunun ne kadar şirin olduğunu görecektim. Pek de şirin görünüyordu poposu. Kabul etmek gerek.

Ama, işin gülünç yanı, o lanet buz pistindeki en berbat patenciler de, biz ikimizdik. Gerçekten de, *en berbat* bizdik. Çok usta olanlar da vardı. Bizim Sally'nin ayak bilekleri resmen buza değecek kadar içe kıvrılıp duruyordu. Kız yalnızca korkunç salak görünmekle kalmıyor, ayak bilekleri de felaket acıyordu. Benimkiler de acıyordu. Ayak bileklerimin acısından ölmek üzereydim. Felaket rezil görünüyorduk herhalde. Daha da kötüsü, işi gücü olmayan birkaç yüz meraklı turşucu pistin çevresine dizilmiş, düşüp kalkanları seyrediyordu.

"İçerde oturup bir şeyler içmek ister misin?" dedim ona sonunda.

"Bugün senden gelen en şahane fikir bu," dedi. Kendisini *perişan* etmişti. Çok kötüydü durumu. Ona gerçekten acıdım. Lanet patenlerimizi çıkardık, çoraplarınızla girip oturabildiğiniz ve patencileri seyredebildiğiniz o bara geçtik. Yerimize oturur oturmaz, bizim Sally hemen eldivenlerini çıkardı, ben de ona sigara tuttum. Pek mutlu görünmüyordu. Garson geldi, Sally için bir kola ısmarladım –ki, içmedi– kendime viski soda söyledim, ama orospu çocuğu tersleşince, ben de kola aldım. Derken, başladım kibritle oynamaya. Bazen, belirli bir ruh haline girince, kibrit yakar dururum. Bırakırım, sonuna kadar yanarlar, artık tutulmayacak gibi oluncaya dek, sonra tablaya atarım. Asabi bir alışkanlık işte.

Sonra, durup dururken birdenbire bizim Sally, "Baksana. Bilmek istiyorum. Yılbaşı gecesi için ağacı süslememe yardım etmek için gelecek misin, gelmeyecek misin? Bilmem gerek," dedi. Kayarken bilekleri acıdığı için çatacak bir şey arıyordu.

"Gelirim diye yazdım ya sana. Bu belki yirminci kez oldu, hâlâ soruyorsun. Tabii geleceğim."

"İyi de, bilmem gerekiyor," dedi ve başladı lanet salonda çevreye bakınmaya.

Birdenbire kibrit çakmayı kestim, ona doğru uzandım. Aklımdan söyleyecek bazı şeyler geçirdim. "Hey, Sally," dedim.

"Ne?" dedi. Salonun öbür ucundaki bir kıza bakıyordu.

"Hiç canına yettiği oldu mu?" dedim. "Yani, bir şeyler yapmazsan, her şeyin batağa gideceğinden korktuğun oldu mu hiç? Yani, okulu filan seviyor musun?"

"Okul mu? Felaket *sıkıcı.*"

"Yani, okuldan nefret ediyor musun? Biliyorum, felaket sıkıcı, ama ben sana, *nefret ediyor musun,* diye soruyorum."

"Şey, tam da *nefret etmiyorum.* Ama hep..."

"*Ben* nefret ediyorum. Hem de nasıl nefret ediyorum," dedim. "Ama yalnızca okuldan değil. Her şeyden. Bu New York'ta yaşamaktan, her şeyden. Taksilerden, Madison Caddesi otobüslerinden, seni arka kapıdan dışarı atmak için haykıran şoförlerden, Lunt'lara melek diyen sahtekârlarla tanıştırılmaktan, kendimi hemen sokağa atmak istediğim halde durmadan asansör-

124

lere binip inmekten, Brooks'ta sana pantolon uydurmaya çalışan heriflerden, insanların hep..."

"Bağırma lütfen," dedi bizim Sally, ki çok gülünçtü, bağırdığım filan yoktu.

"Arabalar, örneğin," dedim. Ama çok sakin bir sesle söyledim bunu. "Örneğin insanların çoğu arabaları için deli oluyorlar. Arabaları hafifçe bile çizilse üzülüyorlar, durmadan mil başına ne yaktıklarını konuşuyorlar. Arabalarını aldıkları gün, başlıyorlar daha yeni bir arabayla nasıl değiştiririz diye düşünmeye. Ben, *eski* arabaları bile sevmiyorum. Beni hiç ilgilendirmiyor arabalar. Lanet bir atım olsa, daha iyi. Atlar en azından *insana yakın*, Tanrı aşkına. Atlarla en azından..."

"Neden söz ettiğini bile anlamıyorum," dedi bizim Sally. "Konudan konuya..."

"Biliyor musun?" dedim. "Şu anda New York'ta olmamın tek nedeni sensin. Sen olmasaydın, herhalde uzaklarda bir cehennemin dibinde olurdum şimdi. Ormanlarda mı olur artık, başka bir lanet yerde mi işte. Burada olmamın tek nedeni sensin."

"Ah, ne tatlısın," dedi. Ama anlıyordunuz, bu lanet konuyu değiştirmemi istiyordu.

"Erkek okullarına gitseydin görürdün. Bir dene de gör," dedim. "Sahtekâr heriflerden geçilmiyor ortalık. Tek yapacağın, derslerine çalışmak, böylece, bir gün kendine lanet bir Cadillac alacak parayı kazanmasını öğreneceksin, okulun futbol takımı kaybederse çok üzüleceğine herkesi inandıracaksın, sabahtan akşama kadar kızlardan, içkiden ve seksten başka bir şey konuşmayacaksın. O küçük kliklerde herkes birbirini nasıl da tutuyor. Basketbol takımındakiler birbirlerini tutuyor, Katolikler birbirlerini tutuyor, lanet entelektüeller birbirlerini tutuyor. *Ayın Kitabı Kulübüne* üye olan herifler bile birbirlerini tutuyor. Şöyle biraz akıllıca bir şey yapmaya kalk..."

"Bak, dinle beni," dedi bizim Sally. "Çocukların çoğu okuldan senin bu *dediklerinden* daha fazlasıyla yararlanıyor ama."

"Kabul ediyorum! Yararlananlar var, ama bazıları! *Benim* yararlanabileceğim ancak bu kadar. Anlıyor musun? Derdim bu benim. Lanet olasıca derdim de işte bu benim," dedim. "Ben hiçbir şeyde, hiçbir yarar göremiyorum. Çok kötü durumdayım. *Berbat* durumdayım."

"Evet, öylesin."

Sonra aklıma birdenbire o fikir geldi.

"Bak," dedim. "Ne düşünüyorum? Buradan defolup gitmek ister misin? Greenwich Village'da oturan bir herif tanıyorum, arabasını birkaç hafta için ödünç alabiliriz. Bir zamanlar aynı okula gidiyorduk, bana hâlâ on kâğıt borcu var. Ne yaparız, yarın sabah biner arabaya, Massachusetts'e, Vermont'a, işte o taraflara çeker gideriz, anlıyor musun? Oralar felaket güzeldir." Düşündükçe, daha da felaket heyecanlanıyordum, uzandım, bizim Sally'nin lanet elini tuttum. Ne lanet bir *salağın tekiydim.* "Dalga geçmiyorum," dedim. "Bankada yüz seksen kâğıdım var. Sabah banka açılınca çekerim, sonra gider o herifin arabasını alırız. Dalga geçmiyorum. Para suyunu çekene kadar o orman evlerinden birinde filan kalırız. Para bitince de, gider bir iş bulurum, dere kıyısında filan bir yerde otururuz, daha sonra da evleniriz. Kışın evimizin odununu filan ben keser getiririm. Yemin ederim, felaket güzel bir hayatımız olur. Ne dersin? Hadi! Ne dersin? Benimle gelir misin? Lütfen!"

"Böyle bir şey *yapamazsın,*" dedi bizim Sally. Felaket kızmıştı.

"Neden yapamam? Neden yapamazmışım?"

"Yapamazsın işte, o kadar. Her şeyden önce, biz daha *çocuk* sayılırız. Sonra, hiç düşündün mü, paran bittiğinde *iş bulamazsan,* ne yaparız? *Açlıktan ölürüz.* Bunların hepsi şahane şeyler, ama..."

"Şahane filan değil. İş bulurum. Sen bunun için tasalanma. Bunun için tasa çekmen gerekmez. Sorun ne? Benimle gelmek istemiyor musun? İstemiyorsan eğer, *söyle* yani."

"Konu *o* değil. Konu hiç de o değil," dedi bizim Sally. Ondan nefret etmeye başlamıştım, bir bakıma. "Böyle işlere girişmeye daha bir sürü zaman var; bütün bu işlere. Yani, sen üniversiteye gittikten sonra, evlenirsek filan. Gidilecek pek çok yer olacak o zaman. Sen şimdi yalnızca..."

"Hayır, olmayacak. Gidilecek pek çok yer olmayacak. O zaman her şey tümüyle farklı olacak," dedim. Moralim felaket bozulmaya başlamıştı yine.

126

"Ne?" dedi. "Seni duyamıyorum. Önce bağırıyorsun, sonra da sesin..."

"Hayır dedim, ben üniversiteye gittikten sonra filan gidilecek pek çok şahane yerler olmayacak. Kulağını aç da, dinle. O zaman aşağıya elimizde bavullarla filan, asansörle ineceğiz. Herkese telefon edip hoşça kalın diyeceğiz ve otellerden kart filan atacağız. Ben bir büroda çalışacağım, bir sürü para kazanacağım, işe taksilerle veya Madison Caddesi otobüsleri ile gideceğim, gazete okuyacağım, durmadan briç oynayacağım, sinemalara gidip bir sürü kısa film ve haber şeridi seyredeceğim. O haber şeritleri, of Tanrım! Hep de salak bir at yarışı olur, ya da kadının teki geminin bordasında şişe kırar, ya da pantolonlu bir şempanze lanet bir bisiklete biner. O zaman geldiğinde, hiçbir şey aynı kalmayacak. Ne demek istediğimi hiç anlamıyorsun."

"Evet, belki anlamıyorum! Belki *sen de* anlamıyorsun," dedi bizim Sally. Zaman geçtikçe, ikimiz de birbirimizden müthiş nefret ediyorduk. Onunla akıllıca bir konuşma yapmaya çalışmanın hiçbir anlamı olmadığını anlıyordunuz. Bu konuyu açtığım için de felaket pişmandım.

"Hadi, kalk gidelim buradan," dedim. "Doğrusunu bilmek istiyorsan, beni hasta ediyorsun."

Vay canına, ben böyle söyleyince kız nasıl küplere bindi! Biliyorum, böyle söylememeliydim, böyle bayağılaşmamalıydım, ama felaket moralimi bozmuştu. Genellikle kızlara böyle kaba şeyler söylemem. *Vay canına*, kız nasıl küplere bindi! Ondan deliler gibi özür diledim, ama özürümü kabul etmedi. Üstelik ağlıyordu, ki bundan biraz korktum; evde babasına, ona, "Beni hasta ediyorsun" dediğimi filan söyleyebilirdi. Babası sessiz sedasız türden bir herifti, benden fazla hoşlanmıyordu. Sally'ye bir gün, benim lanet bir şamatacı olduğumu söylemiş.

"Ciddi söylüyorum. Çok üzgünüm," deyip durdum ona.

"Üzgünmüş. Üzgünmüş. Bak bu çok gülünç," dedi. Hâlâ ağlıyor gibiydi ve birdenbire, öyle konuştuğum için çok üzüldüm.

"Hadi, seni eve bırakayım. Ciddi söylüyorum."

"Ben kendim gidebilirim, teşekkür ederim. Beni eve bırakmana izin vereceğimi sanıyorsan, deli olmalısın. Ömrümde hiçbir çocuk bana böyle bir şey söylemedi."

Olup biten her şey, bir bakıma çok gülünçtü, bir düşünürseniz. Birdenbire yapmamam gereken bir şey yaptım. Güldüm. Ben bazen böyle sesli sesli, salak gibi gülerim işte. Yani, ben sinemada kendimin arkasında otursaydım, bir zahmet patırtıyı kesmemi söylerdim herhalde kendime. Kahkahayla gülmem bizim Sally'yi daha da delirtti.

Orada bir süre daha ondan beni affetmesini istedim, ama kabul etmedi. Durmadan bana gitmemi, onu rahat bırakmamı söyledi. Ben de sonunda çektim gittim. İçerden ayakkabılarımı filan alıp, kendi başıma çıktım oradan. Böyle yapmamalıydım, ama canıma yetmişti artık.

Doğrusunu isterseniz, bu konuları ona neden açtığımı bile bilmiyorum. Yani, şu uzaklarda bir yerlere, Massachusetts'e, Vermont'a filan gitme işini. O benimle gelmek isteseydi bile, ben onu yanımda götürmek istemezdim herhalde. Götürmek isteyeceğim biri olamazdı o. İşin korkunç yanı, ona sorduğumda *ciddiydim*. İşin en korkunç yanı. Yemin ederim, ben deliyim.

Bölüm 18

Buz pateni pistinden çıktığımda karnım acıkmıştı biraz, ben de bir büfeye gidip bir mayalı sütle İsviçre peynirli bir sandviç yedim, sonra bir telefon kulübesine girdim. Bizim Jane'i bir arayıp eve gelip gelmediğini öğreneyim dedim. Akşam bir işim yoktu, eve geldiğini öğrenirsem, onu dans için filan bir yere götürürüm diye düşünmüştüm. Tanıştığımızdan beri onunla hiç dans filan etmemiştim. Onu dans ederken bir kez görmüştüm ama. Çok güzel dans ediyordu. Kulüpte Dört Temmuz kutlanıyordu. O zaman onu pek iyi tanımıyordum, onunla çıkmayı filan da aklımdan geçirmemiştim. Choate'a giden o acayip herifle, Al Pike'la çıkıyorlardı. O herifi pek tanımıyordum, ama havuzun oralarda takılırdı hep. Beyaz bir lasteks mayosu vardı, atlamak için hep yukarıya çıkardı. Sabahtan akşama kadar o berbat yarım perende atlayışını yapar dururdu. Yapabildiği tek atlayış buydu, o da bunu çok kıyak bir şey sanıyordu. Kasları gelişmişti de, beyni yoktu. Her neyse, o gece Jane onunlaydı. Durumu anlayamamıştım. Yemin ederim, anlayamamıştım. Onunla çıkmaya başladıktan sonra, Al Pike gibi gösterişçi bir herifle nasıl olup da çıktığını sordum ona. Jane, onun gösterişçi olmadığını söyledi. Oğlanda aşağılık duygusu varmış. Jane onun için üzülüyormuş filan. Pek numara filan da yapmıyordu. Ciddiydi. Kızların gülünç yanı da bu işte. Ne zaman kesinlikle rezil bir heriften –çok ters, çok kendini beğenmiş bir heriften filan– söz etseniz, size o herifte aşağılık duygusu olduğunu söyler. Herif belki *öyledir*, ama bence, bu durum o herifi namussuzun teki olmaktan

129

alıkoymaz. Kızlar. Ne düşündüklerini hiç anlayamazsınız. Şu Roberta Walsh denen kızın oda arkadaşını, bir arkadaşıma ayarlamıştım. Adı Bob Robinson'dı ve çocukta *gerçekten* aşağılık duygusu vardı. Ailesinden filan çok utandığını anlıyordunuz, çünkü, "geliyon mu?", "gidiyon mu?" diye konuşuyorlardı, pek varlıklı da değillerdi. Ama çocuk öyle namussuzluklar yapmazdı. Çok iyi bir herifti, ama Roberta Walsh'ın oda arkadaşı olan o kız ondan hiç hoşlanmadı. Kız, Roberta'ya, Bob'ın çok kendini beğenmiş olduğunu söylemiş. Bob'ın kendini beğenmiş olduğunu düşünmesinin *nedeni de*; çocuğun ona, okulda münazara takımının başkanı olduğunu söylemesi. Böyle küçücük bir şey yüzünden onu kendini beğenmiş sanmış! Kızların derdi de bu zaten; bir çocuktan hoşlanmışlarsa, ne kadar namussuz bir herif olursa olsun, onda aşağılık duygusu olduğunu söylerler, ama çocuktan *hoşlanmamışlarsa* eğer, ne kadar iyi bir herif olursa olsun ya da aşağılık duygusu ne kadar fazla olursa olsun, kendini beğenmişin teki, deyiverirler. Akıllı kızlar bile bunu yapıyor.

Neyse, bizim Jane'i yine aradım, ama telefon yanıt vermiyordu, ben de kapadım. Sonra, akşam buluşmak için kim var kim yok diye adres defterime bakayım dedim. Tek sorun, adres defterimde yalnızca üç kişinin adı vardı. Jane; Bay Antolini adlı şu adam, Elkton Hills'te öğretmenimdi; bir de babamın büro telefonu vardı. Deftere insanların adlarını yazmayı unutup duruyorum. Ben de ne yaptım sonunda, bizim Carl Luce'u aradım. Ben Whooton'dan ayrıldıktan sonra, Luce orayı bitirmişti. Benden üç yaş büyüktü, ondan pek hoşlanmıyordum, ama şu çok entelektüel dedikleri türden bir herifti; Whooton'da yapılan zekâ testinde en yüksek puanı o almıştı. Benimle yemeğe çıkmak isteyebilir ve şöyle entelektülce bir konuşma yapabiliriz diye düşündüm. Bazen çok aydınlatıcı olurdu. Ben de onu aradım. Columbia Üniversitesi'ne gidiyordu, ama Altmış Beşinci Sokak'ın oralarda oturuyordu ve evde olacağını da biliyordum. Telefona çıktı, bana, yemeğe çıkamayacağını, ama benimle Elli Dördüncü'deki Wicker Bar'da bir içki içmek üzere saat onda buluşabileceğini söyledi. Aramakla onu şaşırttığımı sanıyorum. Bir kez ona, koca götlü sahtekâr demiştim.

Saat ona kadar bir sürü vaktim vardı, ben de ne yaptım, Radio City'ye film seyretmeye gittim. Yapabileceğim en hödükçe şey buydu, ama sinema barın yakınındaydı ve aklıma yapacak başka bir şey gelmemişti.

İçeri girdiğimde, lanet sahne gösterisi sürüyordu. Rokette'ler deli gibi bacak sallayıp duruyorlardı, yan yana dizilip kollarını birbirlerinin bellerine atmış durumda. Seyirciler çılgınca alkışlıyorlardı, arkamda oturan bir herif, karısına, "Bu ne biliyor musun? Sanat bu, sanat!" demez mi! Bittim herife. Rokette'lerin ardından, sırtında smokin ve ayaklarında tekerlekli patenlerle bir herif çıktı, başladı bir yığın küçük masanın altından geçerek kaymaya, bunu yaparken de gülünç bir şeyler söylüyordu. Çok iyi bir patenci filandı, ama onu seyretmekten hiç hoşlanmadım, çünkü sahnede paten kayan bir herif olmak için *çalışırken* onun neler yaptığını düşünüp durdum. Bana çok salakça bir şey gibi geldi bu. Onun ardından da, her yıl Noel'de Radio City'de yaptıkları saçmalığa geldi sıra. Her yerden bütün o melekler filan çıkmaya başladı, ortalık çarmıhlar, öteberiler taşıyan heriflerle doldu, hepsi birlikte –binlercesi– deliler gibi "Gelin Ey Tüm İnananlar!" ilahisini söylemeye başladılar. Çok önemli konu yani. Felaket dinsel bir şey sayılıyordu bu yaptıkları, biliyorum, çok güzel bir şey sayılıyordu, ama Tanrı aşkına, sahnenin ortalık yerinde, aktörlerin sırtlarında çarmıhlarla dolaşmasında dinsel ya da güzel bir yan göremiyorum. İşleri bitip de yerlerine dönmeye başladıklarında, görüyordunuz, içerde hemen bir sigara yakmak için sabırsızlandıklarını. Bu gösteriyi bir yıl önce Sally Hayes'le birlikte seyretmiştim. Bizim Sally de, ah ne güzel, ah ne güzel, deyip durmuştu kostümler için filan. Bizim İsa bunları görseydi, herhalde kusardı, demiştim Sally'ye; yani, o süslü kostümleri filan görseydi. Sally de bana saygısız bir ateist olduğumu söylemişti. İsa'nın burada tek hoşlanacağı şey, orkestrada davulları çalan o herif olurdu herhalde. Sekiz yaşımdan beri onu hep görürüm sahnede. Kardeşim Allie'yle ben, ailemizle birlikte gelmişsek filan, onu daha yakından görebilmek için öndeki yerlere geçerdik. Gördüğüm en iyi davulcuydu. Tüm gösteri boyunca ancak bir iki kez davullarını gümbürdetme şansı olurdu, ama davul çalmadığı zaman, hiç de sıkılmış gibi görünmezdi. Davulları gümbürdetirken, nasıl da güzel güzel, tatlı tatlı yapardı

131

bunu, yüzündeki o sinirli ifadeyle. Bir kez babamla birlikte Washington'a gittiğimizde Allie ona bir kart atmıştı, ama bahse girerim, adamın eline geçmemiştir. Adres olarak ne yazacağımızdan pek emin değildik.

Bu Noel zımbırtısı bittikten sonra, lanet film başladı. Öyle kokmuş bir filmdi ki, gözümü perdeden ayıramadım. İngilizin biri anlatılıyordu, adı Alec bir şeydi. Film savaşta geçiyor, herif hastanede belleğini filan yitiriyor. Hastaneden elinde bastonla çıkıp ortalıkta topallaya topallaya dolaşıyor, Londra'da, ama hangi cehennemde dolaştığını bilmiyor. Kendisi aslında bir dük, ama o bunu bilmiyor. Sonra, o güzel, hamarat, içten kızla karşılaşıyor otobüse binerken. Kızın lanet şapkası rüzgârda uçuyor, bizimki yakalıyor şapkayı, daha sonra üst kata çıkıyorlar ve Charles Dickens hakkında konuşuyorlar. İkisinin de en beğendiği yazarın Dickens olduğu çıkıyor ortaya. Adamın elinde bir *Oliver Twist* nüshası var, kızın yanında da aynısından bir nüsha çıkmaz mı! Az kalsın kusacaktım. Neyse, anında birbirlerine âşık oluyorlar, yani Charles Dickens'a hayran oldukları için filan. Adam, kızın yayıncılık işini sürdürmesine yardım ediyor. Kız yayıncılık yapıyor. Yalnız, işleri pek yolunda gitmiyor, çünkü kızın ağabeyi sarhoşun teki, paraları harcayıp duruyor. Adam çok acı çekiyor, çünkü savaşta doktormuş, sinirleri bozulduğundan şimdi ameliyat yapamıyor, o da durmadan kafayı çekiyor, ama oldukça şakacı filan bir herif. Neyse, bizim bu Alec oturup bir kitap yazıyor, kız bunu yayımlıyor ve ikisi birlikte çuvalla para kaldırıyorlar. Tam evlenmeye hazırlanırlarken öbür kız, bizim Marcia, çıkageliyor. Marcia, Alec belleğini yitirmeden önce, nişanlısı imiş, bir kitapçıda kitaplarını imzalarken Alec'i tanıyor. Alec'e, aslında bir dük olduğunu filan söylüyor, ama Alec inanmıyor ve Marcia'yla birlikte annesini ziyarete gitmek filan da istemiyor. Alec'in annesinin gözleri de kör değil miymiş! Ama öbür kız, hamarat olan yani, Alec'i annesini görmeye yolluyor. Kız çok soylu bir biçimde filan davranıyor. Alec de annesine gidiyor. Ama belleği bir türlü yerine gelmiyor; o iri Danua cinsi köpeği onu görünce üstüne atıldığı halde, annesi parmaklarıyla yüzünü yokladığı, küçükken oynadığı ayısını ona gösterdiği halde. Ama bir gün çayırlıkta çocuklar kriket oynarlarken bizimki kafasına bir kriket topu yiyor. Sonra lanet belleği hemen yerine geliyor, o da gidiyor annesine. Annesi onu alnından öpüyor. Daha sonra da, başlıyor yine dük olmaya, yayıncılık işi yapan o hamarat yavruyu unutuveriyor. Size öykünün gerisini anlatayım, ama anlatırken kusabilirim. Konuyu size *rezil edip* anlattığımdan değil. Zaten *rezil edilecek* bir yanı da yoktu yani. Neyse, sonunda Alec'le hamarat yavru evleniyorlar, kızın sarhoş ağabeyinin sinirleri düzeliyor ve Alec'in annesini ameliyat edip kadının gözlerini açıyor, sonra sarhoş ağabeyle Marcia birbirlerinden hoşlanıyorlar. En sonunda, upuzun bir yemek masasında oturuyorlarken birden hepsi kıçlarını yırtarcasına gülüyorlar, çünkü bizim İri Danua ardında bir sürü enikle içeriye giriyor. Herkes onu erkek filan sanmıştı, diye düşünüyorum. Ne bileyim? Tek söyleyeceğim şey, üstünüze başınıza kusmamak istiyorsanız, sakın gitmeyin bu filme.

İşin beni mahveden yanı; yanımda oturan kadın, lanet filmin başından sonuna kadar ağladı durdu. Film sahtekârlaştıkça o daha da fazla ağladı. Kadının felaket iyi kalpli biri olduğu için böyle ağladığını filan düşünebilirsiniz, ama ben onun yanında oturuyordum, değildi. Yanında küçük bir çocuk vardı ve felaket sıkılmıştı. Çocuk helaya gitmek istiyordu, ama o götürmedi çocuğu. Ona, ses çıkarmamasını, uslu durmasını söyledi durdu. O kadın ancak lanet bir kurt kadar iyi kalpli olabilirdi. Sinemalarda böyle sahtekârca zımbırtılara deli gibi gözyaşı dökenlerin yüzde doksanı aslında kötü kalpli, aşağılık insanlar. Şaka demiyorum.

Film bittikten sonra bizim Carl Luce'la buluşacağımız Wicker Bar'a doğru yürümeye başladım, yürürken de savaşı filan düşündüm. Bu savaş filmlerini seyrettiğim zaman öyle hep düşünürüm. Savaşa gitmek zorunda kalırsam, dayanabileceğimi hiç sanmıyorum. Gerçekten dayanamam. Sizi çekip vursalar filan, o kadar da kötü sayılmaz yani, ama *askerde* felaket uzun bir süre kalmak zorundasınız. Sorun da bu işte. Ağabeyim D. B. tam dört lanet yıl askerlik yaptı. Savaşa da katıldı –hem de Çıkarma Günü ilk saflardaydı– ama gerçekten öyle sanıyorum ki, savaşın kendisinden çok, askerlikten nefret etmiştir. O zamanlar daha küçüktüm, ama izinlerde eve gelişini filan hatırlıyorum, tek yaptığı iş yatakta sırtüstü yatmaktı. Oturma odasına bile zor çıkardı. Daha sonra, ülke dışına gittiğinde, savaşırken filan vurulup murulmadı, hiç kimseyi vurmak zorunda da kalmamış. İşi gücü yalnızca, bir kovboy generali, makam arabasıyla bütün gün oraya buraya taşımakmış. Bir kez Allie'ye demiş ki; birine ateş etmek zorunda kalacak olsaymış, namluyu nereye çevireceğini bilemezmiş. Orduda, aynı Nazilerdeki gibi bir sürü namussuz olduğunu söylemiş. Hatırlıyorum, Allie ona, yazar olduğu için, savaşta yazacak bir sürü şey görmesinin bir bakıma iyi olup olmadığını sormuştu. Ağabeyim de, Allie'ye beyzbol eldivenini getirmesini söylemişti, sonra da en iyi savaş şairinin hangisi olduğunu sormuştu, Rupert Brooke mu, Emily Dickinson mı diye. Allie, Emily Dickinson, demişti. Ben bu konuda pek bir şey bilmiyorum, çünkü pek fazla şiir okumam, ama *çok iyi* biliyorum ki, askere gidip de orada Ackley gibi, Stradlater gibi, şu bizim Maurice gibi bir yığın herifle hep bir arada olup, onlarla uygun adım yürümek zorunda filan kalsaydım deli olurdum herhalde. Bir zamanlar izcilik yapmıştım bir hafta kadar, önümdeki herifin ensesine bakmaya bile dayanamamıştım. Yemin ederim ki, bundan sonra yeni bir savaş çıkarsa, beni infaz mangasının karşısına diksinler, daha iyi. Hiç karşı çıkmazdım. D. B.'nin anlayamadığım yanı da bu zaten; savaştan bu kadar nefret ettiği halde, kalktı bana *Silahlara Veda* denen kitabı verdi okumam için. Felaket iyi bir kitapmış. Anlamadığım şey de bu, iyi bir herif sanılan o Yüzbaşı Henry adlı herif var o kitapta. Hiç anlamıyorum, D. B. bu kadar askerlikten nefret edip de, nasıl hâlâ böyle sahtekâr bir kitabı beğenip, nasıl hâlâ Ring Lardner'in kitabını, bir de o çok beğendiği *Muhteşem Gatsby'*yi sevebiliyor. Bunu söylediğim zaman, D. B. fena kızdı bana, daha küçük olduğumu, bunları takdir edebilecek yaşa daha gelmediğimi söyledi, ama ben aynı fikirde değilim. Ring Lardner'ı ve *Muhteşem Gatsby'*yi filan beğendiğimi söyledim ona. Beğenmiştim de zaten. *Muhteşem Gatsby'*yi müthiş beğenmiştim. Bizim Gatsby. Bizim ehlikeyif Gatsby. Bitmiştim o kitaba. Her neyse, atom bombasını keşfettiklerine çok memnunum bir bakıma. Yeni bir savaş olursa, gider bombanın tepesine otururum. Bunun için gönüllü giderim, yemin ediyorum.

Bölüm 19

Belki New York'lu olmayabilirsiniz, söyleyeyim; Wicker Bar, şu şatafatlı Seton Oteli'ndeki bar oluyor. Eskiden epey sık giderdim, şimdi pek gitmiyorum. Zamanla ayağımı kestim oradan. Çok sofistike insanların gittiği bir yer sayılıyor, sahtekârların hepsi orda boy gösteriyor. Tina ve Janine, şu iki Fransız yavru, her gece yaklaşık üç kez çıkıp piyano eşliğinde şarkı söylüyorlar. Biri piyano çalıyor –kesinlikle berbat–, öbürü de şarkı söylüyor, şarkıların çoğu ya açık saçık, ya da Fransızca. Şarkı söyleyen yavru, bizim Janine, şarkıya başlamadan önce mutlaka mikrofonda fısıltıyla bir şeyler söyler. "Ve, şimdi de, sizlere Vule Vu Fransey havası sunuyoruz. Şarkımız New York gibi büyük bir kente gelen, küçücük bir Fransız kızı anlatıyor. Brooklyn'li küçücük bir delikanlıya âşık oluyor. Umarız, seversiniz." Bizim Janine, bu fısıldama ve acayip şirinlik havaları basması bittikten sonra, yarı İngilizce, yarı Fransızca salak bir şarkıya başlar ve salondaki bütün sahtekârlar sevinçten çılgına dönerler. Orada yeterli bir süre kalıp da bütün o sahtekârların nasıl alkış tuttuğunu bir duysanız, bu dünyada yaşayan herkesten nefret edersiniz, yemin ederim. Barmen de rezil herifin tekiydi. Acayip kasıntıydı. Önemli biri ya da ünlü filan değilseniz, konuşmazdı bile sizinle. Ama *bir de* önemli biri veya ünlü filansanız, herif daha da iğrenç olurdu. Suratında o kıyak gülümsemesiyle, sanki onu yakından tanıdığınızda ne müthiş bir herif olduğunu anlayacakmışınız havalarında, kalkar size, "Evveet! Connecticut nasıl?" veya "Florida nasıl?" derdi. Fela-

135

ket bir yerdi, şaka demiyorum. Zamanla oradan bütünüyle kesmiştim ayağımı.

İçeri girdiğimde vakit daha erkendi. Gittim bara oturdum –epey kalabalıktı– ve bizim Luce gelmeden bir iki viski soda ısmarladım. İçki ısmarlarken ayakta durdum ki, boyumun ne kadar uzun olduğunu görsünler ve beni lanet bir küçük sanmasınlar. Sonra ortalıktaki sahtekârlara bir göz gezdirdim. Yan tarafımdaki bir herif getirdiği yavruyu acayip tavlıyordu. Kıza, ellerinin çok aristokrat olduğunu söylüyordu. Bittim buna. Barın öbür ucu homolarla doluydu. Pek homo görünüşlü değillerdi –yani, saçları pek öyle uzun filan değildi– ama homo olduklarını anlıyordunuz. Sonunda bizim Luce geldi.

Bizim Luce. Ne heriftir ama. Whooton'dayken benim öğrenci rehberimdi. Ama, tek yaptığı şey, geceleri odasında bir sürü herife geç saatlere kadar seks üzerine söylev çekmekti. Seks üzerine epey bilgisi vardı, özellikle sapıklar hakkında filan. Bize hep, koyunlarla iş çeviren herifleri, şapkalarının içine kadın donu dikip başlarında o şapkalarla ortalıkta dolaşan herifleri anlatırdı. Homoları. Sevicileri. Bizim Luce, Amerika'da yaşayan her homoyu, her seviciyi bilirdi. Birinin –herhangi birinin– adını söylemeniz yeterdi, bizim Luce size hemen onun homo olup olmadığını söylerdi. Bazen, homo veya sevici olduğunu söylediği kişilerin, film yıldızlarının filan, öyle olduklarına inanamazdınız. Bazıları evli bile olurdu, Tanrı aşkına. Durmadan ona, "Yani şimdi, Joe Blow da mı homo? Joe *Blow*? Hep gangster ve kovboy rollerine çıkan o iriyarı, sert herif yani?" derdiniz. Bizim Luce da size, "Kesinlikle," derdi. Hep, "Kesinlikle," derdi zaten. Herifin evli olup olmaması fark etmezmiş. Derdi ki, dünyadaki evli erkeklerinin yarısı homoymuş, ama kendileri bile öyle olduklarını bilmezlermiş. Eğer eğiliminiz filan varsa, bir gece içinde homo olabilirmişsiniz. Felaket korkuturdu bizi. Homo olacak mıyım acaba diye dertlenir dururdum. Bizim Luce'un tuhaf bir yanı vardı; ben asıl onun homo olduğunu düşünürdüm. Koridorda giderken, "Şunun ölçüsüne bir bak," der, arkanıza parmak atardı. Kenefteyken de, o lanet kenefin kapısını açık tutar, siz dişinizi fırçalarken filan da, sizinle *konuşurdu*. Bütün bunlar biraz homo işleri gibi geliyor bana. Gerçekten. Epeyce gerçek homo gördüm, okulda filan, onlar da hep böyle şeyler yaparlardı, Luce'tan hep böyle kuşkulanmamın nedeni de bu zaten. Ama çok zeki bir heriftir. Gerçekten çok zekidir.

Sizi görünce merhaba filan demezdi. Barda yanıma gelip oturur oturmaz, ilk sözü ancak birkaç dakika kalabileceğini söylemek oldu. Bir kızla buluşacakmış. Kendisi için sek bir martini söyledi. Barmene iyice sek yapmasını söyledi, zeytinsiz olacakmış.

"Bana bak, sana bir homo buldum," dedim ona. "Barın öbür ucunda. Dur, hemen bakma. Onu sana ayırdım."

"Çok komiksin," dedi. "Hep aynı Caulfield. Sen ne zaman büyüyeceksin?"

Canını fena sıkmıştım. Gerçekten kızdırmıştım herifi. Ama, hoşuma da gitti kızması. Bu Luce, beni bayağı eğlendirirdi yani.

"Seks hayatın nasıl?" diye sordum ona. Kendisine böyle şeyler sormanızdan nefret ederdi.

"Rahatlasana," dedi. "Yaslan arkana, rahatla, Tanrı aşkına."

"Ben rahatım," dedim. "Columbia Üniversitesi nasıl? Seviyor musun?"

"Kesinlikle seviyorum. Sevmeseydim gitmezdim, değil mi?" dedi. Bazen pek sıkıcı olurdu.

"Ne üzerine yapıyorsun tezini?" diye sordum ona. "Sapıklar üzerine mi?" Şaka yapıyordum ona yalnızca.

"Sen ne yapmaya çalışıyorsun – komiklik mi?"

"Hayır, yalnızca şaka yapıyorum," dedim. "Bak, dinle Luce. Sen entelektüel bir herifsin. Önerilerine ihtiyacım var. Çok felaket bir durum..."

Homurdanarak bana, *"Dinle beni*, Caulfield. Burada oturup, şöyle sakin sakin, huzur içinde bir içki alıp, sakin sakin, huzur içinde bir şeyler konuş..."

"Tamam, tamam," dedim. "Rahatla." Benimle ciddi olarak hiçbir şey tartışmak istemediğini anlıyordunuz. Bu entelektüel heriflerin derdi de bu zaten. *Eğer canları istemiyorsa*, ciddi olarak hiçbir şey tartışmak istemez bunlar. Ben de ne yaptım, onunla genel konularda konuştum. Sonra, "Gırgır geçmiyorum, seks

137

hayatın nasıl?" diye sordum ona. "Whooton'dayken çıktığın aynı yavruyla mısın hâlâ? Hani şu felaket..."

"Aman, aman. Onunla değilim," dedi.

"Nasıl olur? Ne oldu ki?"

"*En küçük* bir fikrim yok. Bildiğim tek şey, sen sordun diye söylüyorum, herhalde şu sıralar New Hampshire Orospusu olarak takılıyor."

"Ne ayıp. Kız seni koynuna alacak kadar cömert davrandıysa, ondan böyle söz etmemen gerekir, en azından."

"Of Tanrım!" dedi bizim Luce. "Bu, tipik bir Caulfield konuşmasına dönüşecek herhalde. Öyle mi? Hemen bilmek istiyorum."

"Hayır," dedim, "ama yine de ayıp bu yaptığın. Kız sana bu kadar yakın, bu kadar cömert..."

"*Mecbur muyuz* yani, bu korkunç fikri kabullenmeye şimdi, ha?"

Bir şey demedim. Susmazsam, kalkıp gider, diye korkuyordum biraz. Ben de ne yaptım, bir içki daha ısmarladım. Kendimi kokmuş bir sarhoş gibi hissetmeye başlamıştım.

"Şimdi kiminle çıkıyorsun?" diye sordum ona. "Anlatmak ister misin?"

"Sen tanımazsın."

"İyi de, kim? Belki tanıyorumdur?"

"Kız köyde yaşıyor. Heykeltıraş. Bilmek istiyorsan eğer."

"Öyle mi? Gırgır geçmiyorsun ya? Kaç yaşında?"

"Ona hiç *sormadım ki*, Tanrı aşkına."

"Tamam da, kaç yaşında?"

"Kırka yakın, diyebiliriz," dedi bizim Luce.

"*Kırka mı yakın*? Öyle mi? Öylesinden mi hoşlanıyorsun?" diye sordum ona. "O yaştakilerden mi hoşlanıyorsun?" Sormanın nedeni; seks hakkında filan bir şeyler biliyordu. Tanıdıklarım arasında bu işleri bilen birkaç heriften biriydi. Daha on dört yaşındayken, Nantucket'te bakirlikten kurtulmuştu. Gerçekten.

"Olgun insanlardan hoşlanıyorum, sormak istediğin buysa eğer. Kesinlikle."

"Öyle mi? Neden ama? Şaka etmiyorum. Daha iyi mi seks filan yapıyorlar?"

138

"Dinle beni. Şunu iyice açıklığa kavuşturalım. Bu gece o tipik Caulfield sorularını yanıtlamayı reddediyorum. Sen ne zaman büyüyüp adam olacaksın, ha?"

Bir süre hiç konuşmadım. Bir süre kestim konuşmayı. Sonra, bizim Luce bir martini daha ısmarladı ve barmene daha da sek yapmasını söyledi.

"Baksana. Ne zamandır çıkıyorsun onunla, yani şu heykeltıraş yavruyla?" diye sordum ona. Çok merak ediyordum. "Onunla Whooton'dayken de mi takılıyordun?"

"*Pek değil*. Bu ülkeye daha birkaç ay önce geldi."

"Öyle mi? Nereli?"

"Şanghay'lı."

"Gırgır geçme! Kız Çinli, öyle mi?"

"E tabii, yani."

"Neden ki? Çok merak ettim; gerçekten."

"Ben Doğu felsefesini, Batı'nınkinden daha doyurucu buluyorum. Sordun diye söylüyorum."

"Öyle mi? 'Felsefe' diye ne demek istiyorsun? Seks filan mı yani? Bu işler Çin'de daha mı iyi? Ne demek istiyorsun?"

"İlle de *Çin* mi dedik sana, Tanrı aşkına. *Doğu* dedim, Doğu. Bu anlamsız konuşmayı sürdürecek miyiz?"

"Bak, dinle, ben ciddiyim," dedim. "Gırgır geçmiyorum. Doğu'da bu işler neden daha iyi?"

"Bu çok uzun bir konu, Tanrı aşkına," dedi bizim Luce. "Onlar seksi hem maddi hem de manevi bir yaşantı olarak görüyorlar. Eğer benim..."

"Bak, ben de öyle görüyorum. Ben de bu işi, nasıl diyorsun, 'maddi ve manevi bir yaşantı' olarak görüyorum. Gerçekten. Ama, bu işi kiminle yaptığıma bağlı tabii. Eğer hiç tanımadığım biri ile yapıyor..."

"*Bağırma*, Tanrı aşkına, Caulfield. Bağırmadan duramıyorsan, keselim bitsin bu..."

"Tamam, ama bir dinle beni," dedim. Heyecanlanıyor ve biraz da bağırarak konuşuyordum. Heyecanlandığım zamanlar böyle biraz yüksek sesle konuşurum. "Ben de bunu diyorum," dedim. "Biliyorum, bu işin maddi ve manevi, hatta sanatsal filan yanları var. Ama benim demek istediğim, öylesini *herkesle* yapamazsın; oynaştığın bir kızla bile. Yapabilir misin?"

"Keselim artık," dedi bizim Luce. "Sakıncası yoksa, ha?"

"Tamam, ama dinle beni. Bu Çinli yavruyla seni ele alalım. Sizin bu birlikteliğinizin iyi bir yanı var mı?"

"*Kes* artık, dedim sana."

Biraz fazla burnumu sokmuştum herifin özel işlerine. Bunun farkındaydım. Ama bu konu, Luce'u rahatsız eden şeylerden biriydi. Whooton'dayken, *sizin* başınıza gelen en kişisel şeyleri bile anlattırırdı size, ama siz *ona* kendisi hakkında soru sormaya başlarsanız, buna çok kızardı. Bu entelektüel dedikleri herifler, her şey denetimleri altında değilse, entelektüel bir konuşmadan hiç hoşlanmıyorlar. *Onlar* sustular mı, sizin de susmanızı istiyorlar, *onlar* odalarına gitmek istediler mi, siz de kalkıp odanıza gitmelisiniz. Whooton'dayken, bizim bu Luce, millete seks üzerine söylev çekip gittikten sonra, ardından bir süre daha oturup çocuklarla gevezelik etmemize bozulurdu; bozulduğunu anlardınız. Birinin odasında çocuklarla oturduğumuz zaman, herkesin birlikte kalkıp odalarına dağılmalarını, o en büyük olmayı sona erdirdikten sonra, sizin de çenenizi kapamanızı isterdi. En korktuğu şey, birinin *ondan* daha akıllıca bir şey söyleyecek olmasıydı. Buna çok gülerdim, çok.

"Belki de Çin'e giderim," dedim. "Seks hayatım berbat benim."

"Tabii. Kafan olgunlaşmamış ki senin."

"Gerçekten de öyle. Biliyorum," dedim. "Benim derdim ne, biliyor musun? Ben fazla hoşlanmadığım bir kıza gerçekten heyecan duyamıyorum; yani, gerçek bir heyecan. Yani, ondan çok hoşlanmam gerek. Hoşlanmıyorsam, ona karşı isteğimi filan yitiriyorum. Vay canına, bu, benim seks hayatımı dayanılmaz hale getiriyor! Benim seks hayatım kokuşmuş."

"Tabii öyle olur, Tanrı aşkına. Seni en son gördüğümde neye ihtiyacın olduğunu söylemiştim."

"Yani, psikanaliste filan gitmemi mi diyorsun?" dedim. Bana o zaman böyle söylemişti. Babası psikanalistlik filan yapıyordu.

"Sen bilirsin, Tanrı aşkına. Ne yapıp ne edeceğin, senin bileceğin bir iş."

Bir süre hiçbir şey söylemedim. Düşünüyordum.

"Diyelim ki, babana gittim, kendimi ona analiz ettirdim," dedim. "Bana ne yapacak ki? Yani, ne yapacak?"

"Sana hiçbir lanetlik yapacağı yok. Yalnızca konuşacak seninle, sen de onunla konuşacaksın, Tanrı aşkına. Yalnızca, zihinsel yapının farkına varmana yardımcı olacak."

"Neyin farkına varmama?"

"Zihinsel yapının. Zihnin belirli bir düzende... Dinle beni. Burada psikanalize giriş kursu açmadık yani. Çok merak ettiysen, açarsın telefonu, bir randevu alırsın. Etmediysen, boş ver. Başka bir şey diyemem, açıkçası."

Elimi omzuna koydum. Vay canına, çok eğlendirmişti beni! "Sen gerçek bir dost canlısı piçsin," dedim ona. "Bunu biliyor musun?"

Kolundaki saate bakıyordu. "Ben tüyeyim," dedi ve kalktı. "Seni gördüğüme sevindim." Barmeni çağırdı ve hesabını istedi.

"Hey," dedim, bizim Luce sıvışmadan. "Baban seni hiç analiz etti mi?"

"Beni mi? Niçin soruyorsun?"

"Yok bir nedeni. Etti mi yani? Etti mi?"

"Tam olarak değil. Bir noktaya kadar, kendimi *ayarlamam* için bana yardımcı oldu, ama daha ötede bir analiz gerekmedi. Niçin soruyorsun?"

"Yok bir nedeni. Yalnızca merak ettim."

"Peki. Kendine iyi bak," dedi. Bahşiş bırakıyor ve gitmeye hazırlanıyordu.

"Bir içki daha al," dedim ona. "Lütfen. Felaket yalnızım. Gırgır geçmiyorum."

Kalamayacağını söyledi. Artık çok geçmiş. Çıktı gitti.

Bizim Luce adamı hasta ederdi, ama kesinlikle iyi bir sözcük dağarcığına sahipti. Whooton'dayken, sözcük dağarcığı en geniş öğrenci oydu. Bizi test etmişlerdi.

Bölüm 20

Orada oturmuş, kafayı buluyor ve Tina ve Janine'i bekliyordum, ne zırvalık yapacaklarsa, çıkıp yapsınlar diye, ama çıkmıyorlardı. Saçları dalgalı, homo görünüşlü bir herif çıktı, piyano çalmaya başladı. Sonra, şu yeni yavru, Valencia çıktı ve şarkı söyledi. Pek iyi değildi, ama bizim Tina ve Janine'den daha iyiydi. Piyano, barda oturduğum yerin dibindeydi, yani bizim Valencia resmen yanı başımda duruyordu. Ona hafiften kesik attım, ama beni görmezden geldi. Herhalde böyle şeyler yapmamam gerekirdi, ama iyiden iyiye kafayı buluyordum. Programı bitince, daha onu bir içki içmek için yanıma davet etme fırsatı bile bulamadan, kız salondan hemen sıvıştı, ben de şef garsonu çağırdım. Ondan, bizim Valencia benimle bir içki almak ister mi diye sormasını istedim. Soracağını söyledi, ama herhalde mesajımı kıza iletmemiştir bile. İnsanlar mesajınızı hiç kimseye iletmiyorlar.

Vay canına, saat biri geçiyordu, o lanet barda ben hâlâ oturuyor ve manyak gibi kafayı buluyordum! Baktığım şeyi bile zor görebiliyordum. Ama elimden geldiği kadar, bir rezalet çıkarmamaya dikkat ediyordum. Göze batmak filan istemiyordum veya yaşımın sorulmasını. Ama, vay canına, baktığım şeyi bile zor görüyordum! *Gerçekten* sarhoş olduğum zaman hep yaptığım gibi, yine başladım kendi kendime, karnımdan vuruldum diye saçmalamaya. Barda karnından vurulmuş olan yegâne herif bendim. Kanım ortalığa akmasın diye, elimi ceketimin altından mideme bastırıyordum. Yaralı olduğumu hiç kimse bilmesin istiyordum. Yaralı bir orospu çocuğu olduğumu hiç belli et-

142

miyordum. Sonunda, canım bizim Jane'e telefon etmek istedi, eve gelmiş mi, öğrenmek istiyordum. Ben de hesabı filan ödedim, bardan çıktım, telefonların bulunduğu yere gittim. Durmadan elimi ceketin altından karnıma bastırıyor, kan akmasını önlemeye çalışıyordum. Vay canına, nasıl da sarhoş olmuştum!

Ama, telefon kulübesine girince, bizim Jane'i aramak için pek havaya giremedim. Sanırım, çok sarhoştum. Ben de ne yaptım, bizim Sally Hayes'in numarasını çevirdim.

Numarayı doğru olarak çevirene kadar, belki yirmi kez denedim. Vay canına, kör gibiydim!

Lanet telefonu biri açınca, "Alo," dedim. Biraz haykırdım herhalde, çok sarhoştum.

"Kimsiniz?" dedi çok soğuk bir kadın sesi.

"Benim. Holden Caulfield. Sally'yle konuşmak istiyorum, lütfen."

"Sally *uyuyor*. Ben Sally'nin büyükannesiyim. Niçin bu saatte arıyorsun, Holden? Saat kaç, biliyor musun?"

"Evet. Sally'yle konuşacağım. Çok önemli. Kaldırın."

"Sally *uyuyor*, delikanlı. Yarın ara. İyi geceler."

"Kaldırın. Hey, onu kaldırın. Hadi!"

Daha sonra, telefondan başka bir ses geldi. "Holden, benim." Bizim Sally'ydi. "Yine ne oldu?"

"Sally? Sen misin?"

"Evet; bağırıp durma. Sarhoş musun?"

"Evet. Dinle. Dinle, hey! Yılbaşında size geleceğim. Tamam mı? Lanet ağacı süsleriz. Tamam mı, hey Sally?"

"Evet. Sen sarhoşsun. Hadi yat artık. Neredesin? Yanında kim var?"

"Sally? Ağacı süsleyeceğiz, tamam mı? Tamam mı, hey?"

"*Evet*. Hadi yat artık. Neredesin? Yanında kim var?"

"Kimse yok. Ben varım, ben, bir de kendim." Vay canına, nasıl da sarhoştum! "Rocky'nin çetesi beni sıkıştırdı. Bunu biliyor musun? Biliyor musun dedim sana, Sally?"

"Seni duyamıyorum. Yat artık hadi. Kapatıyorum. Beni yarın ara."

"Hey Sally! Ağacını süsleyecek miyiz? Geleyim mi? *Ha*?"

"*Evet*. İyi geceler. Evine git, yat artık."

Ve telefonu yüzüme kapadı.

"İyi geceler. İyi geceler, Sally, yavrum. Sally, tatlım, sevgilim," dedim. Ne kadar sarhoş olduğumu siz anlayın artık. Sonra telefonu kapadım. Biriyle gezmeden daha yeni dönmüştür diye düşündüm. Onu, o Andover'lı zıpırla birlikte Lunt'lu filan bir yerlerde takılırken düşledim. Hepsi lanet bir çaydanlığın çevresinde kafa yapıyorlar ve birbirlerine incelikli zırvalıklardan bahsederek çekici ve sahtekâr havalara giriyorlardı. Keşke ona hiç telefon etmeseydim diye geçirdim içimden. Sarhoş olduğum zaman çılgına dönüyorum.

Lanet telefon kulübesinin içinde epeyce uzun bir süre kaldım. Telefona tutunuyordum, böylece sızmayacaktım hesapça. Kendimi şahane hissediyordum, doğrusunu isterseniz. Sonunda, kulübeden çıktım ve erkekler tuvaletine gittim, geri zekâlılar gibi sendeleyerek. Lavabolardan birini soğuk suyla doldurdum. Sonra kafamı suya daldırdım, kulaklarıma kadar. Kurulanmaya filan da boş verdim. Salak kafamdan sular sıza sıza, gittim, pencerenin kenarındaki kaloriferin üstüne oturdum. Kalorifer sıcacıktı. Kendimi çok iyi hissettim, çünkü acayip titriyordum. Tuhaf bir şey, ama sarhoş olunca böyle acayip titriyorum.

Yapacak bir işim yoktu, ben de kaloriferin üstünde oturup, yerdeki küçük beyaz kareleri saymaya başladım. İyi ıslanmıştım ama. Boynumdan seller gibi sular akıyordu, yakam, boyunbağım fışır fışır olmuştu, ama umurumda değildi. Biraz sonra, bizim Valencia şarkı söylerken ona piyano çalan, saçları çok dalgalı olan o homo kılıklı herif geldi, altın sarısı zülüflerini taramaya başladı. Herif taranırken biraz konuştuk, ama pek arkadaş canlısı biri sayılmazdı.

"Hey! Bara dönünce şu Valencia denen yavruyu görecek misin?" diye sordum ona.

"Büyük bir olasılıkla," dedi. Ne de şakacıydı namussuz herif. Hep de karşıma böyle namussuzlar çıkar zaten.

"Baksana. Ona benden selam söyle. O lanet garson ona mesajımı iletmiş mi, bir sorar mısın?"

"Sen niye evine gitmiyorsun, ahbap? Hem, sen kaç yaşındasın?"

"Seksen altı. Dinle. Ona benden selam söyle, tamam mı?"

"Sen niye evine gitmiyorsun, ahbap?"

"Sen beni boş ver. Vay canına! Lanet piyanoyu müthiş çalıyorsun." dedim ona. Yağ çekiyordum herife. Piyano çalarken ortalığı kokutuyordu, doğrusunu isterseniz. "Radyoda çıkmalısın," dedim. "Hele senin gibi yakışıklı bir arkadaş. Şu lanet altın sarısı zülüflerin. Menajerin var mı senin?"

"Evine git, ahbap, adam gibi. Git evine, zıbar yat."

"Evim yok gidecek. Gırgır geçmiyorum; menajer ister misin?"

Bana yanıt vermedi. Dışarı çıktı. Saçını tarayıp ovuşturması bitti ve çekti gitti. Stradlater gibi. Tüm bu yakışıklı herifler hep aynı. Lanet saçlarını taramaları biter bitmez, hemen yanınızdan sıvışıyorlar.

Kaloriferden indim. Vestiyere giderken ağlıyordum. Sanırım, kendimi felaket morali bozuk ve yalnız hissediyordum, o yüzden. Vestiyere gittiğimde lanet fişi bulamadım. Vestiyerde çok iyi bir kız vardı. Yine de verdi paltomu. Ve "Little Shirley Beans" plağımı, onu hâlâ yanımda dolaştırıyordum. Böyle iyi biri olduğu için ona bir dolar bahşiş verdim, ama almadı. Bana eve gidip yatmamı söyleyip duruyordu. İşi bittikten sonra çıkalım diye uğraştım, ama istemedi. Annem yaşındaymış, öyle dedi. Ona kır saçlarımı gösterip yaşımın kırk iki olduğunu söyledim; gırgır geçiyordum yine. Ama kız çok iyiydi. Ona lanet kırmızı avcı şapkamı gösterdim, hoşuna gitti. Dışarı çıkmadan önce giydirdi bana şapkayı, çünkü saçım bayağı ıslaktı. Çok iyi bir kızdı.

Dışarı çıktığımda artık kendimi pek de sarhoş gibi hissetmiyordum, ama hava iyice soğuyordu yine, dişlerim felaket takırdıyordu. Dişlerimin takırdamasını durduramıyordum. Madison Caddesi'ne yürüdüm, orada otobüs beklemeye başladım, artık pek az param kalmıştı ve taksilere binmekten filan kaçınmam gerekiyordu. Ama canım lanet bir otobüse binmek de istemiyordu. Ayrıca, nereye gideceğimi bile bilmiyordum. Ben de ne yaptım, parka doğru yürümeye başladım. O küçük gölün kıyısına gideyim dedim. Ördekler ne halt karıştırıyorlar, oradalar mı, değiller mi diye bir bakacaktım. Park pek uzakta sayılmazdı, gidecek belirli bir yerim de yoktu –gece nerede *kalacağımı* bile bilmiyordum daha–, ben de parka gittim. Uykum filan da yoktu. Felaket hüzünlüydüm.

Daha yeni parka varmıştım ki, korkunç bir şey oldu. Bizim Phoebe'nin plağını düşürdüm. Belki elli parça oldu. Büyük bir zarfın içindeydi, ama yine de kırıldı. Ağlamak üzereydim, kendimi korkunç kötü hissettim, ama ne yaptım, parçaları zarftan çıkardım ve paltomun cebine soktum. Artık bir işe yarayacakları filan yoktu, ama atmak da istemedim. Sonra, parka girdim. Vay canına, park nasıl da karanlıktı!

Ömrüm New York'ta geçti, Central Park'ı avcumun içi gibi bilirim, çünkü küçükken burada tekerlekli patenle kayar, bisiklete binerdim hep, ama o gece şu yapay gölü bulmaya çalışırken korkunç zorlandım. Nerede olduğunu *biliyordum* –Güney Central Park'ın oralarda bir yerlerdeydi– ama yine de bulamıyordum. Sandığımdan daha sarhoştum herhalde. Yürüdüm de yürüdüm, ortalık daha da karanlık oluyor ve ürkünçleşiyor da ürkünçleşiyordu. Parkta bulunduğum sürece tek bir kişiye bile rastlamadım. Buna memnunum. Elimden gelse, bir adımda bir mil atlamak isterdim. En sonunda gölü buldum. Ne olmuştu göle; birazı donmuş, birazı donmamıştı. Ama ortalıkta ördek filan görmedim. Lanet gölün çevresinde yürüdüm –bir yerinde, az kalsın *suya* batıyordum– ama tek bir ördek bile görmedim. Eğer oralardaysalar, suyun kıyısında, çimlerin yakınında filan uyuyorlardır diye düşünmüştüm. Neredeler bunlar, bir bakayım derken az kalsın göle düşüyordum. Ama ördek filan bulamadım.

Sonunda, gidip o kanepeye oturdum, kanepenin bulunduğu yer pek öyle felaket karanlık değildi. Vay canına, acayip titriyordum, ensemdeki saçların arasında, başımda avcı şapkam olduğu halde, küçük buz parçaları vardı! Buna çok üzüldüm. Herhalde zatürreeye tutulur, ölürüm diye düşündüm. Cenaze törenime filan gelen milyonlarca zıpırı düşledim. Detroit'ten büyükbabam gelirdi, onunla lanet bir otobüse binip gittiğinizde sokakları sayardı, sonra teyzelerim, halalarım –onlardan yaklaşık elli tane var– ve bütün o rezil kuzenlerim. Nasıl da rezil bir çete toplanırdı. Allie öldüğünde hepsi lanet bir budala sürüsü halinde cenazeye gelmişlerdi. Teyzelerimden ağzı leş gibi kokan salak bir tanesinin durmadan, Allie'nin nasıl da *hu-*

zur içinde yattığını söyleyip durduğunu, D.B. anlatmıştı bana. Ben yanında değildim. O sırada hâlâ hastanedeydim. Elimi sakatlayınca filan o hastaneye yatmak zorunda kalmıştım. Her neyse işte, saçlarımda tıkır tıkır buzlarla, zatürreeye yakalanıp öleceğim diye üzülüp duruyordum. Anneme babama felaket acıdım. Özellikle anneme, çünkü kardeşim Allie'nin üzüntüsünden hâlâ kurtulamamıştı. Onu gözümün önüne getirip durdum; elbiselerimi, spor malzemelerimi ne yapacağını bilemeyecekti. İşin tek iyi yanı, annem bizim Phoebe'yi lanet cenaze törenine getirmezdi, daha küçük olduğu için. İşin tek iyi yanı buydu. Sonra milletin beni bir mezara tıktıklarını filan düşündüm, mezar taşında adım filan yazılıydı. Çepeçevre ölmüş heriflerle sarılmış bir durumda. Vay canına, öldüğünüzde işiniz gerçekten bitik yani! Ah nerede o günler, *gerçekten* öldüğüm zaman, şöyle aklı başında biri çıkıp beni denize filan atıverse, ne iyi olurdu. Ne yaparlarsa yapsınlar da, beni lanet bir mezara tıkmasınlar. Pazar günleri millet gelip karnınızın üstüne bir sürü çiçek filan koyacak, daha bir sürü zırvalık. Öldükten sonra çiçeği kim ne yapsın? Yani...

Havanın güzel olduğu zamanlar annem babam Allie'nin mezarını ziyaret edip bir sürü çiçek filan bırakırlar. Bir iki kez ben de gittim onlarla, ama kestim sonra gitmeyi. Her şeyden önce, onu o çılgın mezarlıkta görmekten hiç hoşlanmıyorum. Ölmüş heriflerle, mezar taşlarıyla filan çevrili bir halde. Hava güneşliyse durum pek de kötü sayılmazdı, ama iki kez –tam iki kez– biz mezarlıktayken yağmur başladı. Korkunçtu. Yağmur yağıyordu çocuğun başındaki mezar taşına, karnının üstündeki çimlere. Her yer sırılsıklam olmuştu. Mezarlığı ziyarete gelen herkes deli gibi arabalarına koşmaya başladı. İşte bunu görünce deliriyordum neredeyse. Bütün ziyaretçiler arabalarına atlayıp, radyolarını açabilirler, yemeğe bir yerlere gidebilirlerdi; Allie dışındaki herkes. Buna dayanamamıştım. Yalnızca bedeni filan mezarlıktaydı, ruhu cennete gitmişti, biliyordum bütün bu zırvaları, ama yine de dayanamıyordum. Keşke orada olmasaydı diyordum. Onu hiç tanımadınız. Onu tanısaydınız, ne demek istediğimi anlardınız. Hava güneşliyse durum pek o kadar kötü sayılmaz, ama güneş de yalnızca canı istediği zaman çıkıyor ortaya.

147

Bir süre sonra, aklımdan zatürreeye yakalanmayı filan atmak için, cebimden paramı çıkarıp, bir sokak lambasının berbat ışığında saymaya çalıştım. Yalnızca üç madeni dolar, beş çeyrek ve bir de on sentim kalmıştı geriye; vay canına, Pencey'den ayrıldıktan sonra bir servet harcamıştım! Sonra, ne yaptım, gittim gölün kıyısına, donmamış yanına doğru çeyreklerle on senti kaydırır gibi fırlattım. Bunu neden yaptığımı bilmiyorum, ama yaptım işte. Sanırım, böylece zatürree olup ölmeyi filan aklımdan atacağımı düşünmüş olmalıyım. Ama, yine de aklımdan atamadım bunları.

Başladım, ben zatürreeye yakalanıp ölünce bizim Phoebe neler hisseder diye düşünmeye. Bunları düşünmek çocukça bir şeydi, ama düşünmekten kendimi alamıyordum. Böyle bir şey olursa eğer, kendisini çok kötü hissedecekti. Beni çok sever. Yani, bana epey düşkündür. Her neyse, bunu aklımdan atamıyordum, sonunda düşündüm, eve gizlice girip onu görmem iyi olacaktı, ölürsem filan yani. Yanımda anahtarım filan vardı, sessizce eve girer ve Phoebe'yle biraz çene çalardım. Beni tek düşündüren şey, dairenin giriş kapısıydı. Acayip gıcırdardı. Apartman epey eskiydi, kapıcımız da tembel herifin tekiydi, her şey garç gurç öterdi. Eve girerken annem babam beni duyarlarsa diye korkuyordum. Ama ne olursa olsun, bir denemeye karar verdim.

Böylece, parktan defolup çıktım, eve gittim. Tüm yolu yürüdüm. Pek uzak değildi zaten, yorgun da değildim, hem artık kendimi sarhoş bile hissetmiyordum. Yalnızca, hava çok soğuktu ve ortalıkta kimseler yoktu.

Bölüm 21

Yıllardır işim hiç bu kadar rast gitmemişti; eve vardığımda, her zamanki asansörcü Pete yoktu ortalıkta. Asansörcü, daha önce hiç görmediğim yeni bir herifti. Anneme babama yakalanmazsam, girer, Phoebe'ye bir merhaba der, buradan sıvışırdım, kimsenin de geldiğimden, gittiğimden haberi olmazdı. Talihim yaver gidiyordu. İşin daha da iyi yanı; bu yeni asansörcü biraz safça birine benziyordu. Çok rahat bir ses tonuyla ona beni Dickstein'lere çıkarmasını söyledim. Dickstein'ler bizim katta, karşı dairede oturuyorlardı. Sonra başımdan avcı şapkamı çıkardım, kuşku verici filan görünmeyeyim diye ve sanki felaket acelem varmış havalarında asansöre girdim.

Asansörün kapılarını filan kapadı, tam beni yukarı çıkarmaya hazırlanıyordu ki, birden döndü ve, "Evde yoklar. On dördüncü kattaki partiye çıktılar," dedi.

"Olsun," dedim. "Onları beklemem gerek. Kuzenleri oluyorum."

Bana salakça, kuşkuyla baktı. "Girişte beklesen iyi olur, ahbap," dedi.

"Çok isterdim; gerçekten isterdim" dedim. "Ama bacağımı belirli bir biçimde uzatmam gerekiyor. Sanırım, kapılarının önündeki sandalyede otursam çok iyi olacak."

Ne cehennemden söz ettiğimi anlamamıştı, yalnızca bir "Aa!" dedi ve beni yukarı çıkardı. İşler hiç de fena gitmiyordu, vay canına! Ne gülünç şeydi. Anlamadıkları bir şeyler söylediniz mi, millet ne isterseniz yapıyor böyle.

149

Bizim katta indim asansörden, başladım Dickstein'lerin tarafına doğru –sahtekârlar gibi topallayarak– yürümeye. Sonra, asansör kapılarının kapandığını duyar duymaz dönüp bizim kapıya yöneldim. Bayağı iyiydim. Artık sarhoşluk filan bile hissetmiyordum. Sonra, anahtarımı çıkardım ve felaket sessiz bir biçimde kapıyı açtım. Sonra, çok çok dikkatli, içeri girip kapıyı kapattım. Aslında hırsız filan olmalıymışım ben.

Giriş felaket karanlıktı ve tabii ışığı da yakmadım. Bir şeye çarpıp patırtı çıkarmamak için çok dikkatli olmalıydım. Ama artık evde olduğumu kesinlikle biliyordum. Bizim evin girişindeki o tuhaf koku, başka hiçbir yerinkine benzemez. Ne cehennem olduğunu ben de bilmiyorum. Karnabahar kokusu da değil, parfüm kokusu da –ne cehennem olduğunu ben de bilmiyorum– ama o kokuyu alınca evde olduğunuzu anlıyorsunuz. Paltomu çıkarmaya giriştim, ama girişteki o dolapta yığınla askı vardı ve kapısını açtığınız anda çılgınlar gibi takırdamaya başlarlardı, ben de paltomu çıkarmadım. Sonra, bizim Phoebe'nin odasına doğru, çok çok yavaş yürüdüm. Biliyordum, hizmetçi beni duymazdı, yalnızca bir kulağı sağlamdı. Bir zamanlar anlatmıştı bana, oğlan kardeşi kulağına bir saman çöpü sokup kulak zarını delmişti. Bayağı sağırdı yani. Ama annemle babam, özellikle de annemin kulakları lanet tazılar gibidir. Ben de, onların kapısının önünden çok çok yumuşak adımlarla geçtim. Soluk bile almadım, Tanrı aşkına. Babamın kafasına sandalyeyle bile vursanız uyanmaz, ama annem, Sibirya'da öksürseniz, sizi duyar. Felaket sinirlidir. Geceleri vaktin yarısını kalkıp sigara içmekle geçirir.

Ancak bir saat sonra filan bizim Phoebe'nin odasına varabildim. Ama odasında yoktu. Bunu unutmuştum. D. B. Hollywood'dayken filan, Phoebe onun odasında uyur hep. Evdeki en büyük oda olduğu için seviyormuş orayı. Ayrıca, odada D. B.'nin Philadelphia'da alkolik bir kadından satın aldığı koskocaman çılgın bir yazı masasıyla, on mil genişliğinde ve on mil uzunluğunda dev bir yatak vardı. Yatağı nereden aldığını bilmiyorum. Her neyse, D. B. evde yokken Phoebe o odada yatmaktan çok hoşlanıyor, ağabeyim de kalmasına izin veriyordu. Phoebe'yi o çılgın yazı masasında ödev filan yaparken görmelisiniz. Masa da, neredeyse yatak kadar büyük. Masaya bakınca, Phoebe oturmuş ödev filan yapıyorsa, onu zor fark ediyorsunuz. Kendi odasını çok küçük bulduğu için hiç sevmiyormuş, öyle diyor. Yayılmayı seviyormuş. Bitiyorum buna. Bizim Phoebe'nin yayılacak nesi var ki? Yani...

Neyse, D. B.'nin odasına felaket sessizce girdim ve masa lambasını yaktım. Bizim Phoebe uyanmadı bile. Işıkta onu seyrettim bir süre. Orada yatmış, uyuyordu, yanağı yastığın kenarında. Ağzı iyice açıktı. Tuhaf bir durumdu bu. Yetişkinler, böyle açık ağızla uyurken berbat görünürler, ama çocuklar öyle görünmüyor. Yastığın üstü olduğu gibi tükürük olsa da, güzel görünüyorlar çocuklar.

Çevreye bakınarak, sessizce dolandım odada. Artık zatürree olacağım filan diye de üzülmüyordum. Hatta, çok iyi hissediyordum kendimi. Bizim Phoebe'nin elbiseleri yatağın kenarındaki sandalyenin üstündeydi. Bir çocuk için fazla düzenli bizimki. Yani, bazı çocuklar gibi öteberisini ortalığa atmaz. Hödük değildir. Sandalyenin arkasına annemin ona Kanada'dan getirdiği ten rengi ceketi asmıştı. Bluzuyla öteberisi de oturma yerine konmuştu. Ayakkabıları ve çorapları, hemen sandalyenin altında, yerde yan yana duruyorlardı. Bu ayakkabıları daha önce hiç görmemiştim. Yeni alınmışlardı. Şu koyu kahverengi *loafer* türü şeylerdendi, ayağımda olanlar gibi, ve annemin ona Kanada'dan getirdiği takıma da çok uymuştu. Annem Phoebe'yi çok güzel giydirir. Gerçekten. Annem bazı konularda felaket zevk sahibidir. Buz pateni filan gibi şeyleri satın almada pek iyi sayılmaz ya, elbise konusunda mükemmeldir. Diyeceğim, Phoebe ne giyse, bitersiniz. Çoğu çocuklara bir bakın, aileleri varlıklı filan olsa bile, üstleri başları dökülür. Annemin Kanada'dan getirdiği o takımı Phoebe'nin üstünde bir görmenizi isterdim. Dalga geçmiyorum.

Bizim D. B.'nin yazı masasına oturdum ve üstündeki ıvır zıvıra baktım. Çoğu Phoebe'ye aitti, okul zımbırtıları filan. Çoğu da kitaptı. En üstte duranın kapağında *Aritmetik Eğlencedir!* yazılıydı. İlk sayfasını açıp şöyle bir baktım. Bizim Phoebe şöyle yazmıştı:

Phoebe Weatherfield Caulfield
4 B–1

Bittim buna. Phoebe'nin ikinci adı Josephine'dir, Weatherfield filan değil, Tanrı aşkına. Onu her gördüğümde kendisine yeni bir ikinci ad bulmuş oluyor.

Aritmetik kitabının altında Coğrafya vardı, Coğrafya'nın altında da bir Yazım Bilgisi kitabı. Dersleri çok iyiydi, ama en iyi dersi Yazım Bilgisi'ydi. Yazım Bilgisi kitabının altında da bir sürü defter vardı. Bu kadar çok defteri olan bir başka çocuk daha göremezsiniz. En üstteki defteri açtım ve ilk sayfasına baktım. Şunlar yazılmıştı:

Bernice teneffüste beni gör sana
çok önemli bir şey söyleyeceğim.

Bu sayfada yalnızca bunlar yazılıydı. Bir sonraki sayfada ise:

Güneydoğu Alaska'da niçin çok
sayıda konserve fabrikası vardır?
Çünkü çok fazla sombalığı tutulur.
Niçin değerli ormanlar vardır?
Çünkü iklimi uygundur.
Devletimiz Alaska Eskimolarının
rahat yaşamaları için ne yapmalıdır?
yanıtını yarın ara!!!
Phoebe Weatherfield Caulfield
Phoebe Weatherfield Caulfield
Phoebe Weatherfield Caulfield
Phoebe W. Caulfield
Phoebe Weatherfield Caulfield Esq.
Lütfen Shirley'ye uzat!!!
Shirley bana yayım
dedin ama sen boğasın bizim eve
gelirken patenlerini de getir.

Orada, D. B.'nin yazı masasında oturdum ve bütün defterleri okudum. Çok fazla bir zamanımı almadı. Böyle şeyleri, bazı çocukların defterlerini, Phoebe'nin olsun, başka çocukların olsun, günlerce, gecelerce okuyabilirim. Çocukların defterlerine biterim. Sonra bir sigara daha yaktım; son sigaramdı. Bir günde üç karton sigara içmiş olmalıyım. Sonunda onu uyandırdım. Yani, orada, o yazı masasının başında sonsuza kadar oturamazdım. Ayrıca, annem babam ansızın bastırıp odaya dalabilirlerdi. Böyle bir şey olmadan ona bir merhaba demek istedim. Ben de onu kaldırdım.

Çok kolay uyanır Phoebe. Yani, pek öyle bağırmanız filan gerekmez. Tek yapacağınız şey, yatağın kenarına oturup, "Uyan, Phoeb," demektir, sonra da, tombala, uyanmıştır.

"*Holden!*" deyiverdi hemen. Bana sarıldı. Çok sevecendir. Yani bir çocuk için biraz fazla sevecendir. Bazen de, *çok fazla* sevecen oluverir. Onu öptüm. Bana, "*Eve* ne zaman geldin?" dedi. Beni gördüğüne felaket sevinmişti. Anlıyordunuz.

"Bağırma öyle. Daha şimdi geldim. Nasılsın bakalım?"

"İyiyim. Mektubumu aldın mı? Sana beş sayfalık bir..."

"Evet; bağırma öyle. Aldım, sağ ol."

Bana bir mektup yazmıştı. Ama ona yanıt verecek zaman bulamamıştım. Okulda oynayacakları oyun hakkında şeyler yazmıştı. Cuma günü kimseye söz vermememi, onu görmeye gelmemi istiyordu.

"Oyun nasıl gidiyor?" diye sordum ona. "Adı ne demiştin?"

"Adı, 'Amerikalılar İçin Bir Noel Gösterisi'. Kokmuş bir şey, ama ben Benedict Arnold'ım." Vay canına, iyice uyanmıştı! Böyle zırvalıkları anlatırken çok heyecanlanır. "Oyun, ben ölürken başlıyor. Yılbaşı gecesi o ruh geliyor ve bana utanç duyup duymadığımı filan soruyor. Biliyorsun işte. Ülkeme ihanet ettiğim için filan. Sen de geliyor musun?"

"Tabii geliyorum. Kesinlikle geliyorum."

"Babam gelemiyor. Uçakla California'ya gitmesi gerekiyormuş." Vay canına, iyice uyanmıştı! Yatakta oturuyor –bağdaş kurar gibi– ve lanet elimi tutuyordu. "Baksana. Annem *Çarşamba günü* gelecek demişti," dedi. "*Çarşamba* demişti."

"Erken ayrıldım; bağırma öyle. Herkesi uyandıracaksın."

"Saat kaç? Çok geç geleceklermiş, annem dedi. Norwalk, Connecticut'a bir partiye gittiler," dedi bizim Phoebe. "Bil bakalım, öğleden sonra ne yaptım! Hangi filme gittim. Bil bakalım."

"Ne bileyim; baksana. Ne zaman geleceklerini..."

"*Doktor*," dedi bizim Phoebe. "Lister Vakfı'nda özel olarak gösterildi. Yalnızca bugün için; yalnız bugün gösterildi. Kentucky'de bir doktor, sakat ve yürüyemeyen küçük bir kızı battaniyeyle boğmaya kalkıyor. Onu hapse atıyorlar. Mükemmel bir filmdi."

"Dinle bir saniye. Ne zaman geleceklerini..."

"Kızın durumuna çok üzülüyor doktor. Onu battaniyeyle boğmaya kalkıyor. Bu yüzden onu hapse atıyorlar, ama boğmak istediği kız onu sürekli ziyarete geliyor ve yaptığı şey için ona teşekkür diyor. Doktor onu, acı çekmesin diye öldürmek istemiş. Yalnız, biliyor hapse atılmayı hak ettiğini, çünkü doktorlar Tanrı'nın işine karışamazlar. Bizim sınıftaki bir kızın annesi götürdü. Alice Holmborg. Benim en yakın arkadaşım. Bütün sınıftaki tek..."

"Dur bir saniye, *olmaz mı*?" dedim. "Sana bir soru sordum. Ne zaman geleceklerini söylediler mi, söylemediler mi?"

"Söylemediler, ama çok da geç kalmayacaklarmış. Babam arabayı çıkardı, trenlerle uğraşmak zorunda kalmayacaklarmış. Bir de radyo aldık arabaya! Ama annem, araba yolda giderken kimse açamaz diyor."

Biraz rahatlamaya başlamıştım. Yani, artık beni evde yakalayacaklar mı diye üzülmekten kurtulmuştum. Boş ver, dedim kendi kendime. Yakalanırsam, yakalanırdım.

Phoebe'yi görmeliydiniz. Mavi pijamalarını giymişti, yakasında kırmızı filler vardı. Fillere biter bizimki.

"İyi bir filmdi, ha?"

"Şahaneydi, ama Alice üşütmüş, annesi de Alice'e durmadan kendisini kötü hissediyor mu diye sordu. Tam, filmde çok önemli bir şey olduğunda, annesi eğilip Alice'e uzanıyor ve kendini kötü hissediyor mu diye sorup duruyordu. Nasıl sinirime dokundu."

Sonra ona plağı anlattım. "Baksana, sana bir plak getirdim," dedim ona. "Yalnız, eve gelirken yolda kırıldı." Parçaları cebimden çıkardım ve ona gösterdim. "Çok üzgünüm," dedim ona.

"Ver onları bana," dedi. "Saklayacağım." Elimden aldı ve başucu dolabının çekmecesine koydu. Biterim bu kıza.

"D. B. Noel'de eve geliyor mu?" diye sordum ona.

"Gelebilirmiş de, gelmeyebilirmiş de, annem öyle dedi. Duruma göre hareket edecekmiş. Annapolis hakkında bir film yazmak için Hollywood'dan ayrılmamak zorunda kalabilirmiş."

"Annapolis mi, Tanrı aşkına?"

"Bir aşk öyküsü filan olacakmış. Bil bakalım, kim oynayacakmış! Hangi film yıldızı? Bil bakalım!"

"Bana ne bundan şimdi. Annapolis ha, Tanrı aşkına. Annapolis hakkında D. B. ne bilirmiş ki, Tanrı aşkına? O yazdığı öykülerle bunun ne ilgisi var şimdi?" dedim. Vay canına, bu saçmalıklar beni çılgına çeviriyor! Lanet Hollywood. "Koluna ne oldu?" diye sordum ona. Dirseğinde kocaman bir yapışkan band tomarı görmüştüm. Kolsuz pijama giyer bizimki.

"Şu Curtis Weintraub denen çocuk, bizim sınıfta, parkta merdivenden inerken itti beni," dedi. "Görmek ister misin? Başladı kolundan o çılgın yapışkan bandı sıyırmaya.

"Bırak dursun. Seni neden itti ki?"

"Ne bileyim? Sanırım benden nefret ediyor. Selma Atterbury'yle ben montuna mürekkep filan attık."

"Hiç güzel bir şey değil. Sen nesin; çocuk musun, Tanrı aşkına?"

"Hayır, ama ben ne zaman parka gitsem, her yerde beni *izliyor.* Hep beni izliyor. Sinirime dokunuyor."

"Herhalde seni *beğeniyor.* Mürekkep atmak için başka bir neden..."

"Beni beğenmesini istemiyorum," dedi. Sonra, bana tuhaf tuhaf bakmaya başladı. "Holden," dedi, "sen eve niye *Çarşamba gününden* önce geldin?"

"Ne?"

Vay canına, bu kıza her dakika dikkat etmeniz gerekiyordu! Akıllı olmadığını sanıyorsanız, deli olmalısınız.

"Sen eve niye Çarşamba gününden önce geldin?" diye sordu bana. "Kovulmadın yani, değil mi?"

"Sana dedim ya. Bizi erken bıraktılar. Tüm okul..."

"Sen *kovuldun. Kovuldun!*" dedi bizim Phoebe. Sonra bacağıma yumrukla vurdu. Kafası kızdı mı, iyi yumruk atar. *"Kovuldun!* Ah *Holden!*" Elini ağzına götürdü. Bu kız böyle çok duygusallaşıyor, yemin ederim.

"Kovulduğumu da nereden çıkardın? Yok öyle bir..."

"Kovuldun. Kovuldun," dedi. Sonra, yine yumruk attı bana. Acımadığını düşünüyorsanız, deli olmalısınız. "Babam seni *öldürecek!*" dedi. Sonra kendisini yüzükoyun yatağa attı ve lanet yastığı yüzüne bastırdı. Bunu sık sık yapar. Bazen iyice delirir böyle.

"Kes artık şunu," dedim. "Kimse beni öldürmez. Kimse bana bir şey... Hadi, Phoeb, çek o lanet şeyi suratından. Kimse beni öldürmez."

Yastığı yüzünden çekmiyordu. Canı istemedi mi, ona hiçbir şey yaptıramazsınız. Bana, "Babam seni *öldürecek,*" deyip duruyordu. O lanet yastık yüzündeyken ne dediğini zor anlıyordunuz.

"Kimse beni öldürmez. Kafanı bir kullansana. Her şeyden önce, zaten ben gidiyorum. Ne yapabilirim, gider bir çiftlikte iş bulur, bir süre çalışırım. Bir herif tanıyorum, büyükbabasının Colorado'da bir çiftliği var. Orda iş bulabilirim," dedim. "Seninle sürekli haberleşiriz ben gittikten sonra, yani gidersem. Hadi. Çek şunu suratından. Hadi, hey, Phoeb! Lütfen! Lütfen, tamam mı?"

Yastığı yüzünden çekmiyordu. Çekmeyi denedim, ama bizimki acayip kuvvetliydi. Onunla çekişmekten bıktım. *Vay canına,* yastığı yüzünde tutmak istiyorsa, *tutuyordu* yani! "Phoebe, *lütfen.* Çek şunu yüzünden," dedim durdum. "Hadi, hey... Hey, Weatherfield. Hadi çek şunu."

Çekmiyordu. Bazen ona söz dinletemezdiniz. Sonunda kalktım, oturma odasına gittim ve sehpadaki kutudan birkaç sigara alıp cebime attım. Hiç sigaram kalmamıştı.

Bölüm 22

Geri döndüğümde, neyse, yastığı yüzünden çekmişti –çekeceğini biliyordum– ama bana hâlâ bakmıyordu, sırtüstü yattığı halde. Dolanıp yine yatağın kenarına oturduğumda, çılgın yüzünü öbür yana çevirdi. Beni acayip aforoz ediyordu. Aynen, o lanet kılıçları metroda unuttuğum zaman, eskrim takımındakilerin yaptığı gibi.

"Bizim Hazel Weatherfield nasıl?" dedim. "Yeni öykü yazdın mı onun hakkında? Bana gönderdiğin öykü bavulumda duruyor. Bavulları istasyona bıraktım. Öykün çok iyiydi."

"Babam seni *öldürecek*."

Vay canına, kafaya bir şey taktı mı, gerçekten takmıştır!

"Hayır, bir şey yapmaz. En kötüsü, yine bozuk atar ve beni o lanet askeri okula gönderir. Bana tek yapacağı şey bu. Ve her şeyden önce, zaten ben ortalıkta olmayacağım. Herhalde – herhalde, şu Colorado'daki çiftliğe gitmiş olurum."

"Güldürme beni. Sen ata bile binemezsin."

"Kim binemezmiş? Tabii ki binerim. Kesinlikle binerim. Sana iki dakikada öğretiyorlar," dedim "Şunu yolmayı bırak." Kolundaki yapışkan bandı yoluyordu. "Saçını kim kesti?" diye sordum ona. Baktım da, birileri kızın saçını salak gibi kesmişti. Çok çok kısa olmuştu.

"Seni ilgilendirmez," dedi. Bazen çok gıcık olur böyle. Çok gıcık olur, çok. "Herhalde yine bütün derslerden kaldın," dedi; gıcık gıcık. Bir bakıma da, pek gülünçtü. Bazen, lanet bir öğretmen gibi oluverir, daha bu yaşında.

157

"Hayır hepsinden kalmadım," dedim. "İngilizce'den geçtim." Sonra sırf gırgır olsun diye, poposuna bir çimdik attım. Ama, yan yattığından tutturamadım. Popo da yoktu ki kızda. Pek sıkmadım zaten, yine de elime vurmaya çalıştı, ama kaçırdı.

Sonra birdenbire, "Bunu niye yaptın?" dedi. Okuldan sepetlenmemden söz ediyordu. Böyle konuşmasına bayağı üzüldüm.

"Ah Tanrım, Phoebe, sorup durma artık. Bıktım herkesin bunu sormasından," dedim. "Milyonlarca nedeni var. Gittiğim en kötü okullardan biriydi. Sahtekârlarla doluydu. Ve ters heriflerle. Bu kadar çok ters herifi bir başka yerde hayatta bir arada göremezsin. Sözgelimi, birinin odasında toplanmış, geyik muhabbeti ederken, dışardan bir kimse içeriye girmek isterse onu odaya almazlar. Biri odaya girmek istediğinde herkes kapısını kilitler. Sonra bir de, o gizli kardeşlik derneği vardı, ödlekliğimden giremedim. O sivilceli, sıkıcı herif, Robert Ackley girmek istedi. Katılmak için uğraştı durdu, ama kabul etmediler. Çünkü, sıkıcı ve sivilceliydi. Canım bunları konuşmak bile istemiyor. Kokuşmuş bir okuldu. İnan bana."

Bizim Phoebe bir şey demedi, ama beni dinliyordu. Ensesine bakarak bile anlıyordum beni dinlediğini. Ona bir şey anlatıyorsanız sizi mutlaka dinler. İşin gülünç bir yanı da; çoğu zaman neden söz ettiğinizi anlıyordur. Gerçekten anlıyordur.

Bizim Pencey'yi anlattım durdum. Canım anlatmak istiyordu.

"Öğretmenlerin içinde bir iki tane *iyi* insan vardı, ama onlar bile sahtekârdı," dedim. "İhtiyar bir herif vardı, Bay Spencer, karısı hep kakao filan ikram ederdi, iyi insanlardı. Ama sınıfa bizim müdür Thurmer girip de arka sıraya oturunca bir görmeliydin. Müdür böyle gelip sınıfın arka sıralarında yarım saat kadar otururdu hep. O yokmuş gibi davranılacaktı hesapta. Orada bir süre oturduktan sonra, başlardı bir sürü hödükçe şakalar yaparak bizim Spencer'ın sözünü kesmeye. Bizim Spencer da, gülümseyeceğim, kıkırdayacağım diye resmen öldürürdü kendisini; Thurmer'a karşı, herif sanki lanet *bir kralmış gibi* alttan alırdı."

"Ağzını bozma."

"Bunları görsen, kusardın, yemin ederim, kusardın," dedim. "Sonra, bir de o Mezunlar Günü var. Bir de bunu kutluyorlar; Mezunlar Günü'nü. Pencey'den, herhalde 1776'da filan mezun olmuş bir sürü zıpır gelip ortalıkta dolaşıyor, yanlarında karılarıyla, çocuklarıyla. Elli yaşlarında bir herif vardı, onu bir görmeliydin. Ne yaptı, biliyor musun? Bizim odaya geldi ve banyoyu kullanmak için bizden izin istedi. Banyo koridorun sonundaydı; bunu *bize* ne demeye sordu, bilmiyorum. Ne dedi, biliyor musun? Adının baş harfleri kenef kapılarından birinde duruyor muymuş hâlâ? Doksan yıl önce kapıya adının baş harflerini kazımış, hâlâ duruyor muymuş, ona bakacakmış. Ne yapalım, oda arkadaşımla ben kalktık, banyoya gittik onunla, kenef kapılarında adının baş harflerini bulsun diye onu bekledik. Durmadan konuştu, bize Pencey'deyken ömrünün en mutlu günlerini nasıl geçirdiğini anlattı, gelecek için bir sürü öğüt verdi. Vay canına, herif nasıl da moralimi bozdu! Kötü bir herif olduğunu söylemek istemiyorum; değildi. Ama, birinin moralini bozmak için ille de kötü bir herif olmak gerekmez ki; *iyi* bir herif olup, yine de moral bozucu olabilirsin. Tek yapacağın şey, kenefte adının baş harflerini ararken birilerine bir sürü sahtekârca öğüt vermek; bunu yap, yeter. Ne bileyim? Belki, öyle soluksuz kalmasaydı, o kadar bozulmazdı moralim. Merdivenleri çıkarken soluk alamaz olmuştu, sonra, o baş harfleri ararken zorlukla soluk alıyordu, burun delikleri tuhaf ve üzüntü verici biçimde açıla açıla, Stradlater'la bana Pencey'den sonuna kadar yararlanmamızı söyleyip duruyordu. Of Tanrım, Phoebe! Anlatamam sana. Pencey'de olan hiçbir şeyi sevmedim. Anlatamam sana."

Bizim Phoebe bir şey söylemişti, ama onu duyamamıştım. Ağzının kenarını yastığa dayamıştı, sesi duyulmuyordu.

"Ne?" dedim. "Ağzını yastıktan çeksene, seni duyamıyorum."

"Sen, *olan* hiçbir şeyi sevmiyorsun zaten." Bana bunu söyleyince, moralim daha da bozuldu.

"Evet, seviyorum. Evet, seviyorum. Tabii, seviyorum. Böyle konuşma. Neden böyle lanet lanet konuşuyorsun?"

"Çünkü sevmiyorsun. Milyonlarca şeyi sevmiyorsun. *Sevmiyorsun.*"

"Seviyorum. İşte burada yanılıyorsun; işte tam burada yanılıyorsun. Neden böyle lanet lanet konuşuyorsun?" dedim. Vay canına, nasıl da bozmuştu moralimi!

"Çünkü sevmiyorsun," dedi. "Sevdiğin bir şey söyle."

"Bir şey mi? Sevdiğim bir şey?" dedim. "Peki."

Ama, kafamı pek toparlayamıyordum. Bazen kafamı toparlayamıyorum böyle.

"Çok sevdiğim bir şey, öyle mi?" diye sordum ona.

Bana yanıt vermedi. Kıvrılmış, yatağın ta öbür ucunda yatıyordu. Benden bin mil uzaktaydı. "Hadi, yanıt ver bana," dedim. "Çok sevdiğim bir şey mi, yoksa öylesine sevdiğim bir şey mi?"

"Çok sevdiğin."

"Peki," dedim. Ama, kafamı toparlayamıyordum. Tek aklıma gelen, ellerinde o yıpranmış sepetle para toplayan iki rahibe oldu. Özellikle de, o demir çerçeveli gözlüğü olan. Bir de, Elkton Hills'teyken tanıdığım o çocuk, James Castle. O kendini çok beğenmiş Phil Stabile hakkında söylediği sözü geri almamıştı. James Castle, onun hakkında, kendini çok beğenmiş bir herif demişti, Stabile'in rezil arkadaşlarından biri de gidip onu fıştıklamıştı. Stabile de, yanında altı kadar pis herifle James Castle'ın odasına gitmiş, kapıyı kilitleyip sözünü geri aldırmaya çalışmış, ama aldıramamış. Başlamışlar çocuğu sıkıştırmaya. Ona ne yaptıklarını anlatmayacağım size –çok rezil bir şey– ama *yine de* sözünü geri almamış bizim James Castle. Onu bir görmeliydiniz. Ufak tefek, çelimsiz bir herifti, bilekleri çöp gibiydi. Sonunda, sözünü geri almamak için pencereden atmış kendini. O sırada banyodaydım, çocuğun aşağıya düştüğünü ben bile duydum. Pencereden bir şey düşürdüler sanmıştım, radyo veya masa gibi bir şey, ama insan olabileceği hiç aklıma gelmedi. Sonra, herkesin koridorda koşup, merdivenden indiğini duydum, ben de bornozumu giyinip aşağıya koştum. Bizim James Castle orada, taş basamaklarda yatıyordu. Ölmüştü, dişleri, kanları ortalığa saçılmıştı, kimse yanına yaklaşamıyordu. Üstünde ona ödünç verdiğim balıkçı yaka kazak vardı. Onu odada sıkıştıran herifleri yalnızca okuldan attılar. Kodese bile tıkmadılar.

Aklıma yalnızca bunlar gelmişti. Kahvaltı yaparken gördüğüm o iki rahibeyle, Elkton Hills'teyken tanıdığım James Castle. İşin tuhaf yanı, bu James Castle'ı pek tanımıyordum bile, doğrusunu isterseniz. O çok sakin heriflerden biriydi. Matematik dersinde aynı sınıftaydık, ama o, sınıfta öbür uçta otururdu,

160

sözlü için pek tahtaya filan da kalkmazdı. Okulda bazı herifler, tahtaya hemen hiç kalkmazlar. Sanırım onunla yalnızca, benden balıkçı yaka kazağımı ödünç vermemi istediğinde konuşmuştuk. Benimle konuştuğunda az kalsın düşüp ölecektim, çok şaşırmıştım. Hatırlıyorum, bana sorduğunda, kenefte dişimi fırçalıyordum. Kuzeni gelip onu arabayla gezdirecekmiş. Benim bir balıkçı yaka kazağım *olduğunu* bildiğinden bile haberim yoktu. Tek bildiğim, yoklama listesinde adının hemen benim adımdan önce olmasıydı. Cabel R., Cabel W., Castle, Caulfield; hâlâ hatırımda. Doğrusunu isterseniz, kazağı ona neredeyse vermeyecektim. Yani, onu pek iyi tanımadığım için.

"Ne?" dedim bizim Phoebe'ye. Bana bir şey demişti, ama duyamadım.

"Sevdiğin tek bir şey bile yok."

"Evet, var. Evet, var."

"Peki, söyle o zaman."

"Allie'yi seviyorum," dedim. "Ve şu an ne yapıyorsam, onu seviyorum. Seninle oturmayı, konuşmayı, bu zımbırtıları düşünmeyi, ve..."

"Allie *öldü*. Bunu hep söylüyorsun! Birisi ölmüşse filan, cennete gitmişse, artık..."

"Öldü, biliyorum! Bilmediğimi mi sanıyorsun? Ama, onu yine de sevebilirim, değil mi? Bir insan öldü diye onu sevmekten vazgeçmek zorunda mısın, Tanrı aşkına; özellikle de, *hayatta olanlardan* bin kez daha iyi kalpli bir insansa?"

Bizim Phoebe bir şey demedi. Söyleyecek bir şey bulamazsa, tek bir lanet söz etmez zaten.

"Neyse işte, şu anı seviyorum," dedim. "Şu anı, seninle oturup çene çalmayı, gırgır..."

"Ama bu *gerçek* bir şey değil!"

"Bu çok çok *gerçek* bir şey! Kesinlikle öyle. Neden olmasın ki? İnsanlar hiçbir zaman bir şeyin gerçek bir şey olduğunu anlayamıyorlar. Bu lanetlikten bıktım artık."

"Ağzını bozma. Peki, başka bir şey söyle bakalım. Ne *olmak* istersin? Bilim adamı gibi, yani. Veya avukat filan gibi."

"Ben bilim adamı olamam. Fen konularında zayıfım."

"Peki, avukat olmak; babam gibi filan?"

161

"Avukatlık olabilir, sanırım; ama o da beni pek çekmiyor," dedim. "Yani, gidip masum herifleri kurtardıklarında iyi hoş, çok seviyorum da, ama avukat olduğunda böyle şeyler yapmıyorsun. Tek yaptığın, bir sürü para kazanmak, golf oynamak, briç oynamak, araba satın almak, martini içmek ve kasılmak. Dahası var. Gidip heriflerin hayatını kurtarsan bile, bunu, onların hayatını gerçekten kurtarmak için mi, yoksa o iğrenç filmlerdeki gibi, felaket iyi bir avukat olduğun için herkesin sırtını sıvazlayıp seni tebrik etmesi için mi yaptığını nereden bileceksin? Sorun da bu işte; asla *bilemeyeceksin*."

Phoebe'nin neden söz ettiğimi anlayıp anlamadığından pek emin değilim. Daha küçük bir çocuk yani. Ama en azından, beni dinliyordu. Biri sizi en azından dinliyorsa, durum o kadar da kötü sayılmaz.

"Babam seni öldürecek. Seni *öldürecek*," dedi.

Onu dinlemiyordum. Başka bir şey düşünüyordum; çılgın bir şey. Ne olmak isterdim, biliyor musun? Yani o lanet seçimi yapmak elimde olsaydı?"

"Ne? Ağzını bozma."

"O şarkıyı biliyor musun, hani, "Yakalarsa birini biri, çavdarlar arasında," diye? Ben işte..."

"O öyle değil, "*Rastlarsa* birine biri, çavdarlar arasında," olacak! Şiir bu, Robert *Burns*'ün."

"Robert Burns'ün şiiri olduğunu ben de biliyorum."

Doğru söylüyordu. Doğrusu, "Rastlarsa birine biri, çavdarlar arasında," olacaktı. Demek ki, bilmiyormuşum.

"Ben, 'Yakalarsa birini biri,' sanıyordum," dedim. "Her neyse, hep, büyük bir çavdar tarlasında oyun oynayan çocuklar getiriyorum gözümün önüne. Binlerce çocuk, başka kimse yok ortalıkta –yetişkin hiç kimse, yani– benden başka. Ve çılgın bir uçurumun kenarında durmuşum. Ne yapıyorum, uçuruma yaklaşan herkesi yakalıyorum; nereye gittiklerine hiç bakmadan koşarlarken, ben bir yerlerden çıkıyor, onları *yakalıyorum*. Bütün gün yalnızca bu işi yapıyorum. Ben, çavdar tarlasında çocukları yakalayan biri olmak isterdim. Çılgın bir şey bu, biliyorum, ama ben yalnızca böyle biri olmak isterdim. Biliyorum, bu çılgın bir şey."

162

Bizim Phoebe uzun bir süre hiçbir şey söylemedi. Sonra, ağzını açar açmaz yine, "Babam seni öldürecek," dedi.

"Öldürürse, umurumda sanki," dedim. Sonra yataktan kalktım. Elkton Hills'te İngilizce öğretmenim olan Bay Antolini denen herife telefon etmek istemiştim. Artık New York'ta oturuyordu. Elkton Hills'ten ayrılmıştı. New York Üniversitesi'nde okutmanlık yapmaya başlamıştı. "Bir telefon etmem gerek," dedim Phoebe'ye. "Şimdi dönüyorum. Hemen uyuma sakın." Oturma odasına geçtiğimde uykuya dalmasını istemiyordum. Biliyordum, uyumazdı, ama emin olmak için söylemiştim yine de.

Kapıya doğru giderken, bizim Phoebe, "Holden!" dedi, ben de ona döndüm.

Kalkmış, yatakta oturmuştu. Çok tatlıydı. "Phyllis Margulies denen kızdan geğirme dersleri alıyorum," dedi. "Dinle, bak."

Kulak verdim, bir şey duydum, ama pek hafifti. "Güzel," dedim. Sonra çıkıp oturma odasına geçtim ve öğretmenim Bay Antolini'ye telefon ettim.

Bölüm 23

Telefonda sözü fazla uzatmadım, çünkü annem babam konuşmanın tam ortasında gelip beni basabilirlerdi. Gelmediler ama. Bay Antolini çok iyi karşıladı. İstersem hemen gelebileceğimi söyledi. Sanırım onu ve karısını uyandırmıştım, çünkü telefona yanıt vermeleri epeyce bir zaman aldı. Bana kötü bir durum var mı diye sordu, yok dedim. Pencey'den atıldım ama, dedim. Ona bunu söyleyebileceğimi düşünmüştüm. Ben ona bunu söyleyince, "Aman Tanrım," dedi. Mizah duygusu bayağı iyidir bizim Bay Antolini'nin. Canım istiyorsa hemen gelebileceğimi söyledi.

Tanıdığım en iyi öğretmendi Bay Antolini. Epeyce genç bir herifti, yaşı ağabeyim D. B.'den fazla büyük değildi. Onunla saygınızı yitirmeden filan şakalaşabilirdiniz. Size anlattığım o kendini pencereden atan çocuğu, James Castle'ı, sonunda yerden kaldıran Bay Antolini olmuştu. Bizim Bay Antolini çocuğun nabzına bakmış, paltosunu çıkarmış, James Castle'ın üstüne örtmüş ve kaldırıp kucağında ta revire kadar götürmüştü. Duraksamamıştı bile, paltosu kanlanacakmış filan diye.

D. B.'nin odasına döndüğümde, bizim Phoebe radyoyu açmıştı. Dans müziği çalıyordu. Ama çok hafif açmıştı, hizmetçi duyamazdı. Onu görmeliydiniz. Yatağın tam ortasında, örtülerin üstüne, şu yoga yapan herifler gibi bağdaş kurmuş, oturuyordu. Müzik dinliyordu. Bitiyorum bu kıza.

"Hadi," dedim. "Dans edelim mi?" Ona dans etmeyi daha minicikken öğretmiştim. Çok iyi dans eder. Yani, ben ona birkaç

164

şey öğrettim. Çoğu şeyleri kendi kendine öğrendi. Bir insana *gerçekten* nasıl iyi dans edeceğini öğretemezsiniz.

"Ayakkabıların," dedi.

"Çıkarıyorum. Hadi."

Yataktan resmen hoplayıp indi, benim ayakkabılarımı çıkarmamı bekledi, ardından bir süre dans ettik onunla. Felaket iyiydi. Çocuklarla dans eden insanlardan pek hoşlanmam, çünkü çoğu zaman felaket bir manzara çıkar ortaya. Yani, bir restoranda yemeğe filan çıkmışsanız, bir bakıyorsunuz, yaşlı bir herif bir çocuğu dans pistine götürüyor. Çoğu zaman da, yanlışlıkla çocuğun elbisesinin arkasını havalara kaldırıyorlar, korkunç bir manzara çıkıyor karşınıza. Ben Phoebe'yle böyle yerlerde dans etmem. Biz yalnızca evde dalgamıza bakarız. Onunla dans etmek gerçekten başka, kız gerçekten *dans ediyor* yani. Yaptığınız her figüre uyar. Yani, isterseniz onu felaket yakın tutun kendinize, bacaklarınız ondan çok çok uzunmuş, hiç fark etmez. Hiç zorlanmadan uyar size. Onunla çapraz figürler, o hödük dalış figürlerinden çekebilirsiniz, hatta *tango* bile yapabilirsiniz, Tanrı aşkına.

Onunla dört kez filan dans ettik. Parça aralarında acayip gülünçtür bizim kız. Hiç kımıldamadan durur yerinde. Konuşmak filan yok. İkiniz de yerinizde durup orkestranın yine başlamasını bekleyeceksiniz. Buna biterim. Gülmek filan da yok yani.

Her neyse, onunla dört kez filan dans ettik, sonra radyoyu kapattım. Bizim Phoebe hoplayıp yatağa girdi. "Dansı ilerletiyorum, değil mi?" diye sordu bana.

"Hem de nasıl," dedim. Gittim yine yatakta yanına oturdum. Soluğum kesilmişti. Felaket çok sigara içiyordum, soluk alamaz olmuştum. Phoebe'nin solukları ise sıklaşmamıştı bile.

"Alnımı bir tutsana," dedi birdenbire.

"Ne var?"

"Sen *tut*. Bir tutuver."

Tuttum. Bir şey hissetmedim ama.

"Ateşim çıkmış mı?" dedi.

"Hayır. Çıkması mı gerekiyor?"

"Evet; ben çıkarıyorum. Yine tut."

165

Yine tuttum, ama yine bir şey hissetmedim. Ona, "Sanırım, şimdi çıkmaya başlıyor," dedim. Lanet bir aşağılık duygusuna kapılmasını istemiyordum.

Başını salladı. "Çıktığını termonetrede gösterebilirim."

"Termo*met*re denir ona. Kimden duydun bunu?"

"Alice Homberg bana nasıl olduğunu gösterdi. Bacak bacak üstüne atıyorsun, soluğunu tutuyorsun ve çok çok sıcak bir şey düşünüyorsun. Kalorifer filan gibi bir şey. Sonra alnın öyle bir ısınıyor ki, dokunanın eli yanıyor."

Buna bitmiştim. Sanki korkunç bir tehlike içindeymişim gibi, elimi hızla alnından çektim. "Aman, iyi ki söyledin, sağ ol," dedim.

"Elini yakmayacaktım zaten. Duracaktım çok sıcak ol... Şşş!" dedi. Sonra acayip bir hızla kalktı yatakta oturdu.

O böyle yapınca felaket ürktüm. "Ne oldu?" dedim.

"Ön kapı!" dedi güçlü bir fısıltıyla. "Geldiler!"

Hemen fırlayıp masa lambasını söndürdüm. Sonra, ayakkabımın üstünde sigaramı söndürdüm ve cebime attım. Ardından, elimle dumanı dağıtmaya çalıştım; sigara içmenin zamanı mıydı şimdi, Tanrı aşkına? Daha sonra da, ayakkabılarımı kaptım, dolaba girdim ve kapağı kapadım. Vay canına, kalbim çılgınlar gibi atıyordu!

Annemin odaya girdiğini duydum.

"Phoebe?" dedi. "Kes şunu, bakayım. Işığı gördüm, küçük hanım."

Bizim Phoebe'nin, "Merhaba!" dediğini duydum. "Uyuyamadım. İyi vakit geçirdiniz mi?"

"Şahaneydi," dedi annem, ama sesinden öyle olmadığını anlıyordunuz. Gezmeye gitmekten filan pek hoşlanmazdı. "Niye uyuyamadın, sorabilir miyim? Üşümedin ya?"

"Hayır, üşümedim. Ama uyuyamadım."

"Phoebe, sen sigara mı içtin yoksa burada? Doğru söyle bana, lütfen, küçük hanım."

"Ne?" dedi bizim Phoebe.

"Ne dediğimi duydun."

"Bir saniyecik yaktım bir tane. Yalnızca *bir nefes* çektim. Sonra pencereden dışarı fırlattım."

"Niçin, sorabilir miyim?"

"Uyuyamadım."

"Bundan hoşlanmadım, Phoebe. Bundan hiç hoşlanmadım," dedi annem. "Bir battaniye daha ister misin?"

"Hayır, teşekkür ederim. İyi geceler!" dedi bizim Phoebe. Annemi başından savmaya çalışıyordu, anlıyordunuz.

"Film nasıldı?" dedi annem.

"Mükemmeldi. Yalnızca, Alice'in annesi işte. Filmin başından sonuna kadar, eğilip eğilip Alice'e kendisini kötü hissediyor mu diye sordu hep. Eve taksi ile geldik."

"Alnına bir bakayım."

"Bir şeyim yok. Alice'in de yoktu. Annesi öyle sandı."

"Peki. Hadi uyu artık. Yemek nasıldı?"

"Rezildi," dedi Phoebe.

"O sözcüğü kullanman hakkında babanın ne dediğini duydun. Nesi rezilmiş yemeğin? Ne güzel kuzu pirzolası işte. Onu almak için ta Lexington Caddesi'ne kadar..."

"Pirzola güzeldi, ama Charlene hep üstüme *soluyor*. Bütün yemeklerin üstüne soluyor. Her şeyin üstüne *soluyor*."

"Peki. Hadi uyu. Anneye bir öpücük ver bakayım. Dua ettin mi?"

"Banyoda etmiştim. İyi geceler."

"İyi geceler. Hadi hemen uyu. Başım ağrıdan çatlıyor," dedi annem. Sık sık başı ağrır böyle. Gerçekten çok ağrır.

"Bir iki aspirin al," dedi bizim Phoebe. "Holden Çarşamba günü geliyor, değil mi?"

"Bildiğim kadarıyla öyle. Ört üstünü bakalım. İyice."

Annemin odadan çıkıp kapıyı kapadığını duydum. Birkaç dakika bekledim. Sonra dolaptan çıktım. Çıktığım anda da, Phoebe'yle çarpıştık. Oda çok karanlıktı, yataktan fırlayıp bana haber vermeye davranmış. "Canın yanmadı ya?" dedim. Fısıltıyla konuşmalıydınız, çünkü ikisi de evdeydi. "Çabuk çıkmalıyım," dedim. Karanlıkta yatağın kenarını buldum, oturup ayakkabılarımı giymeye başladım. Çok asabiydim. Kabul etmek gerek.

"*Hemen* çıkma," diye fısıldadı Phoebe. "Uyumalarını bekle!"

167

"Hayır. Hemen çıkmalıyım. Şimdi tam zamanı," dedim. "Annem banyodadır, babam da radyoyu açmış, haberleri filan dinliyordur. Şimdi tam zamanı." Ayakkabılarımın bağlarını zar zor bağladım, felaket asabiydim. Yakalanırsam beni *öldürecekle-rinden* filan değildi sinirli oluşum, ama karşılaşırsak hiç de hoş bir şey olmayacaktı. "Neredesin?" dedim bizim Phoebe'ye. Çok karanlıktı, onu göremiyordum.

"Buradayım." Hemen yanımda duruyormuş. Onu görmemiştim bile.

"Lanet bavullar istasyonda," dedim. "Baksana. Paran var mı, Phoebe? Resmen beş parasızım."

"Yılbaşı harçlığım var yalnızca. Armağanlar için filan. Daha *hiç* alışveriş yapamadım."

"A..." dedim. Yılbaşı harçlığını almak istemiyordum.

"Biraz ister misin?" dedi.

"Yılbaşı harçlığını istemiyorum."

"*Biraz* ödünç verebilirim," dedi. Sonra, D. B.'nin masasında, milyonlarca çekmeceyi açıp kapadığını, içlerini eliyle yokladığını duydum. Oda zifiri karanlıktı. "Eğer gidiyorsan, oyunda beni görmeye gelmeyeceksin öyleyse," dedi. Bunu söylerken sesi bir tuhaf çıkmıştı.

"Evet, geleceğim. Oyunda seni görmeden hiçbir yere gitmem. Oyunu kaçırır mıyım sanıyorsun?" dedim. "Ne yaparım, herhalde Bay Antolini'lerde kalırım, Salı gecesine kadar. Sonra eve gelirim. Fırsat bulursam, sana telefon ederim."

"Burada," dedi bizim Phoebe. Bana para vermeye çalışıyordu, ama elimi bulamıyordu.

"Nerede?"

Parayı avcuma bıraktı.

"Hey bak, hepsine ihtiyacım yok," dedim. "İki dolar versen yeter. Şaka etmiyorum; burada." Ona geri vermeye çalıştım, ama almadı.

"Al hepsini. Sonra geri verirsin. Oyuna geldiğinde getirirsin."

"Kaç para bu, Tanrı aşkına?"

"Sekiz dolar, seksen beş sent. Yok, *altmış* beş sent. Biraz harcadım."

Sonra birdenbire ağlamaya başladım. Elimde değildi. İçin için, duyurmadan ağlıyordum, ama ağlıyordum. Ben ağlamaya başlayınca Phoebe felaket korktu, yanıma gelip beni susturmaya çalıştı, ama bir başladı mı kesilmiyor işte. Ağladığım sırada hâlâ yatağın kenarında oturuyordum, Phoebe kollarını boynuma dolayıp bana sarıldı, ben de ona sarıldım, ama uzun bir zaman ağlamayı kesemedim. Boğuluyorum filan sandım. Lanet şey. Vay canına, bizim Phoebe'yi felaket korkutmuştum! Lanet pencere filan açıktı, Phoebe'nin titrediğini filan hissediyordum, kızın üstünde bir tek pijaması vardı. Onu yatağa sokmaya çalıştım, ama girmedi. Sonunda sustum, ama bu çok çok uzun bir zaman aldı. Sonra, paltomu filan düğmeledim. Ona haberleşeceğimizi söyledim. İstersem onunla uyuyabileceğimi söyledi bana, ama hayır, sıvışsam daha iyi olacak, Bay Antolini beni bekler şimdi dedim. Paltomun cebinden avcı şapkamı çıkardım ve ona verdim. Bu çılgın şapkalara bayılır. Almak istemedi, ama üsteledim. Bahse girerim, başında o şapkayla uyumuştur. Böyle şapkaları gerçekten çok sever. Sonra ona fırsat bulursam telefon edeceğimi söyledim yine, daha sonra odadan çıktım.

Evden çıkmam, girmemden çok daha kolay oldu. Nedeni de; yakalanır mıyım filan diye hiç telaşlanmamamdı. Gerçekten boş verdim. Yakalanırsam, yakalanırdım yani. Bir yandan da, yakalanmayı istiyor gibiydim.

Asansöre binmedim, aşağı yürüyerek indim. Arka merdivenlerden. Az kalsın, milyonlarca çöp bidonuna takılıp bir yerimi kırıyordum, ama bir şey olmadı. Asansörcü beni görmedi bile. Herhalde, benim *hâlâ* Dickstein'lerde olduğumu sanıyordur.

Bölüm 24

Bay ve Bayan Antolini'ler, Sutton Meydanı üzerindeki çok şatafatlı bir apartman dairesinde oturuyorlardı. Kapıdan girdiniz mi, hemen iki adımda, barı filan olan oturma odasına geçiyordunuz. Onlara epey gidip geldim, çünkü ben Elkton Hills'ten ayrıldıktan sonra, Bay Antolini, okul durumlarım nasıl diye öğrenmek için sık sık bize yemeğe gelirdi. O sıralar evli değildi. Evlendikten sonra, onunla ve Bayan Antolini'yle sık sık tenis oynadık Forest Hills, Long Island'daki West Side Tenis Kulübü'nde. Kulübe Bayan Antolini üyeydi. Kadının acayip parası vardı. Bay Antolini'den altmış yaş filan büyüktü, ama iyi uyuşuyor gibiydiler. Her şeyden önce, ikisi de entelektüeldi, özellikle de Bay Antolini. Ama Bay Antolini sizinle birlikteyken, entelektüel değil de, şakacı biri oluverirdi; D. B. de öyledir. Bayan Antolini ise ciddi biriydi. Ağır bir astımı vardı. İkisi de D. B.'nin bütün öykülerini okumuşlardı; Bayan Antolini de okumuştu yani. D. B. Hollywood'a giderken, Bay Antolini ona telefon açıp gitmemesini söylemişti. Bay Antolini ona, senin gibi yazabilen birinin Hollywood'da ne işi var dedi, ama o yine de gitti. Zaten ben de D. B.'ye aynen bunu söylemiştim o zaman.

Oraya yürüyerek gidebilirdim, Phoebe'nin Noel harçlığını harcamak istemiyordum çünkü, ama dışarı çıkar çıkmaz kendimi bir tuhaf hissettim. Biraz başım dönüyordu. Ben de bir taksiye bindim. İstememiştim, ama yine de bindim. Taksi *bulana kadar da* canım çıktı.

Kapıyı bizim Bay Antolini açtı; namussuz asansörcü sonunda yukarı çıkmama izin verdikten sonra tabii. Sırtında sabahlık, ayaklarında terlikler vardı, bir elinde de büyük bir içki kadehi. Epey sofistike filan bir herifti, epey de içerdi. "Holden, aslanım!" dedi. "Tanrım, elli santim daha boy atmış. Seni gördüğüme sevindim."

"Nasılsınız Bay Antolini? Bayan Antolini nasıl?"

"İkimiz de çok iyiyiz. Paltonu alalım." Paltomu alıp astı. "Artık, kucağında yeni doğmuş bir bebekle gelir diyordum. Evsiz barksız. Kirpiklerinde kar taneleri." Bazen çok şakacı bir herif olur böyle. Dönüp mutfağa doğru bağırdı. "Lillian. Kahve oldu mu?" Lillian, Bayan Antolini'nin ilk adıydı.

"Hazır, şimdi getiriyorum," diye o da bağırdı. "Holden mı geldi? Merhaba Holden!"

Bu evde böyle bağırıp dururdunuz. Çünkü ikisi birden asla aynı odada bulunmazlardı. Tuhaftılar.

"Holden, otursana," dedi Bay Antolini. Biraz kafayı bulmuştu, anlıyordunuz. Oda, az önce bir parti verilmiş gibiydi. Ortalık bardaklar ve fıstık tabaklarıyla doluydu. "Kusura bakma, her yer dağınık," dedi. "Bayan Antolini'nin Buffalo'dan gelen ahbaplarını eğlendirdik... Aslına bakarsan, kendileri de buffaloydu."

Güldüm. Bayan Antolini mutfaktan bağırarak bana bir şey söyledi, ama duyamadım.

"Ne dedi?" diye Bay Antolini'ye sordum.

"Yanınıza gelince Holden bana bakmasın diyor. Yataktan yeni kalktı. Sigara alsana. İçiyor musun?"

"Sağ olun," dedim. Bana tuttuğu kutudan bir sigara aldım. "Arada bir. Fazla içmiyorum."

"Umarım öyledir," dedi. Sehpadan aldığı kocaman çakmakla sigaramı yaktı. "Demek, Pencey'yle yollarınız ayrılıyor artık," dedi. Hep de böyle konuşurdu bu adam. Bazen hoşuma gider gülerdim, ama bazen de hiç hoşlanmazdım. Tadını kaçırırdı biraz. Söyledikleri gülünç değil, demek istemiyorum –şakacı bir heriftir– ama, bazen biri kalkıp size, "Demek, Pencey'yle yollarınız ayrılıyor artık," gibi şeyler söyleyince sinirinize dokunuyor. D. B. de bazen bunu çok yapar.

"Sorun ne?" diye sordu Bay Antolini. "İngilizce dersin nasıldı? Eğer İngilizce'den kaldıysan, kapının yolunu gösteririm sana. Hele o şahane kompozisyonları yazdıktan sonra."

"Yok, İngilizce'den geçtim. Çoğunlukla edebiyat okuduk. Bütün dönem boyunca yalnızca iki kompozisyon yazdık," dedim. "Sözel İfade'den kaldım ama. Sözel İfade diye bir ders vardı, almak zorundaydınız. *O dersten* kaldım."

"Neden?"

"Ne bileyim?" Canım pek anlatmak istemiyordu. Başım hâlâ dönüyordu, üstelik birdenbire başım ağrımaya da başladı. Gerçekten ağrıyordu. Ama, Bay Antolini'nin anlatmanızı beklediğini anlıyordunuz, ben de biraz anlattım. "O derste her çocuk kalkıp bir konuşma yapmak zorundaydı. Bilirsiniz. Hazırlanmadan filan. Çocuk konuşurken, konuyu dağıtırsa, elinizden geldiği kadar çabuk, "Dağıttı!" diyorsunuz. Neredeyse deli oluyordum. "F" aldım bu dersten."

"Neden?"

"Ne bileyim? Bu konuyu dağıtma işi sinirime dokunuyordu. Bilmiyorum. Benim sorunum da bu işte; biri konuşurken konuyu dağıtırsa, bu çok *hoşuma gidiyor.* Bana daha ilginç geliyor."

"Sana bir şey anlatan birinin konuya bağlı kalması önemli değil mi sence?"

"Önemli tabii! Konuya bağlı kalarak filan konuşanları da seviyorum. Ama konuya *çok da* bağlı kalmalarından hoşlanmıyorum. Sanırım, konudan *hiç* ayrılmadan konuşanlardan hoşlanmıyorum. Sözel İfade dersinden en iyi not alan çocuklar, konudan hiç ayrılmayanlardı; bunu kabul etmek gerek. Ama bir çocuk vardı, Richard Kinsella. Konuya pek fazla bağlı kalmıyordu, o konuşurken çocuklar da durmadan, 'Dağıttı! Dağıttı!' diye bağırıyorlardı. Felaket bir durumdu, çünkü her şey bir yana, bu Kinsella çok sinirli bir herifti –gerçekten sinirli bir herifti, yani –, konuşmak için ayağa kalktığı zaman, dudakları titrerdi. Sınıfın en arkasında filan da oturuyorsanız, ne dediğini bile duyamazdınız. Dudaklarının titremesi biraz geçince, onun yaptığı konuşmayı herkesinkinden daha çok beğendim. O da kaldı bu dersten zaten. Ona hep, 'Dağıttı!' diye bağırdıklarından 'D-artı' aldı. Sözgelimi, babasının satın aldığı Vermont'taki o çiftliği an-

172

latmıştı. Çocuğa durmadan, 'Dağıttı!' diye bağırdılar, öğretmen Bay Vinson da ona 'F' verdi o gün, çünkü çiftliği anlatırken çiftlikte ne çeşit hayvan ve sebzeler yetiştiğini filan söylememiş. Richard Kinsella ne yaptı, başladı çiftliği anlatmaya; sonra birdenbire, dayısının annesine yazdığı mektuba geçti. Dayısı kırk iki yaşında çocuk felcine yakalanmış, hiç kimsenin kendisini hastanede ziyarete gelmesini istememiş, çünkü bacaklarındaki o ortopedik demirlerle onu görmelerini istemiyormuş. Konuşmanın çiftlikle pek ilgisi kalmamıştı –kabul etmek gerek– ama *çok güzel* anlatıyordu. Birilerinin size dayılarını anlatması güzel bir şey. Özellikle de, konuşmaya babalarının çiftliğinden başlayıp, sonra birdenbire ilgileri dayılarına kayarsa. Yani, çocuk güzel güzel, heyecanla anlatırken, böyle, 'Dağıttı!' diye bağırıp durmak ne kadar ayıp bir şey... Ne bileyim? Açıklaması çok güç." Daha fazla açıklamaya da çalışmadım zaten. Her şeyden önce, yine o felaket baş ağrısı başladı birdenbire. Bayan Antolini'nin şu kahveyi getirmesi için Tanrı'ya dua ettim. Beni felaket rahatsız eden bir şeydir bu; kalkar, size kahve hazır *derler*, ama hazır değildir.

"Sana küçük bir soru soracağım, neşesiz, donuk bir eğitimbilim sorusu. Her şeyin bir yeri ve zamanı olduğunu düşünmüyor musun? Sence biri, önce babasının çiftliğini anlatmaya başlayıp, ardından babasının tüfeklerine geçse, *belki ondan sonra* dayısının bacaklarındaki ortopedik demirlere geçse, daha iyi olmaz mı? *Ya da*, dayısının ortopedik demirlerini bu kadar tahrik edici bulduysa, daha konuşmanın en başında bu konuyu seçmesi gerekmez miydi; çiftliğin *yerine*?"

Canım düşünmek ve yanıt vermek filan istemiyordu. Başım ağrıyordu ve kendimi berbat hissediyordum. Midem de ağrıyordu biraz, doğrusunu isterseniz.

"Evet. Ne bileyim? Sanırım gerekirdi. Yani, sanırım, onu en çok dayısı ilgilendirdiyse, konu olarak çiftliği değil, dayısını seçmesi gerekirdi. Ama, sizi pek fazla *ilgilendirmeyen* bir şeyi anlatmaya girişmeden önce, en çok neyin ilginizi çektiğini *bilemiyorsunuz* çoğu zaman. Bence, birisi bir şey hakkında en azından ilginç bir şey söylüyor ve bunu heyecanla yapıyorsa, bırakacaksınız, anlatsın. Bu güzel bir şey. Bay Vinson denen o öğretmeni

173

bilmiyorsunuz. Sizi deli ediyordu, o ve lanet sınıf. Yani, size durmadan toparla, kısa kes der dururdu. Bazı şeyleri kısa kesip toparlayamazsınız ki. Yani, biri size öyle dedi diye, anlatacağınız şeyi nasıl kısa kesip toparlarsınız? Bu Bay Vinson denen herifi bilmiyorsunuz. Çok zeki filan biriydi, ama anlıyordunuz, adamda beyin yoktu."

"Kahveleriniz geldi beyler, sonunda," dedi Bayan Antolini. Bir tepside, kahve, kek ve ıvır zıvır getirmişti. "Holden, bana gözünün ucuyla bile bakma. Felaket bir durumdayım."

"Merhaba, Bayan Antolini," dedim. Ayağa kalkmaya filan davrandım, ama Bay Antolini ceketimden tutup çekti ve oturttu. Bizim Bayan Antolini'nin saçları, o demir kıvırma zımbırtılarıyla sarılıydı, dudak boyası filan da yoktu. Pek çekici değildi yani. Bayağı yaşlı görünüyordu.

"Buraya bırakıyorum. İkiniz de alın bakalım," dedi Bayan Antolini. Sehpanın üstündeki bütün o bardakları filan itip, tepsiyi boşalan yere koydu. "Annen nasıl, Holden?"

"Annem iyi, sağ olun. Görmeyeli epey oldu, ama en son onu..."

"Sevgilim, Holden'ın bir şeye ihtiyacı olursa, her şey çarşaf dolabında. Üst rafta. Ben yatıyorum. Çok yorgunum," dedi Bayan Antolini. Yorgun görünüyordu zaten. "Siz iki delikanlı kanepeyi hazırlarsınız artık, değil mi?"

"Biz her şeyi hallederiz. Sen hemen koş yatağa," dedi Bay Antolini ve onu öptü. Bayan Antolini bana iyi geceler dedi ve yatak odasına gitti. Herkesin içinde böyle öpüşüp dururlardı.

Biraz kahve içtim, biraz da o taş gibi kekten aldım. Ama Bay Antolini kendisine yeni bir içki daha doldurdu yalnızca. İçkilerini de bayağı sert yapar, görürsünüz yani. Kendisine dikkat etmezse, sonunda alkolik olabilir bu adam.

"Birkaç hafta önce babanla bir öğle yemeğinde buluştuk," dedi birdenbire. "Biliyor muydun?"

"Hayır, bilmiyordum."

"Haberin yok tabii, seninle nasıl ilgilendiğinden."

"Biliyorum. İlgilendiğini biliyorum."

"Anladığıma göre, bana telefon etmeden hemen önce, en son müdüründen, senin kesinlikle hiç çaba göstermediğini bildiren, uzun ve ıstırap verici bir mektup almış. Derse girmiyormuşsun. Derslere hazırlanmadan giriyormuşsun. Genelde dört dörtlük bir..."

"Bütün derslere girdim. Derse girmemenize izin vermiyorlar ki zaten. Bazı derslere katılmadım birkaç kez, size anlattığım o Sözlü İfade dersi gibi derslere. Ama derslere sürekli girmemezlik etmedim."

Ama bunları tartışmayı hiç istemiyordu canım. Kahve midemi biraz düzeltmişti, ama başımda hâlâ korkunç bir ağrı vardı.

Bay Antolini bir sigara daha yaktı. Tiryakiler gibi içiyordu. Sonra bana, "Açık söyleyeyim, Holden, sana ne söyleyeceğimi bilemiyorum."

"Biliyorum. Konuşmak zor benimle. Farkındayım."

"İçimde öyle bir duygu var ki, sanki sen, başına korkunç, korkunç bir bela sarıyorsun. Ama, doğrusu, bunun ne çeşit bir bela olduğunu hiç... Beni dinliyor musun?"

"Evet."

Anlıyordunuz, kafasını toparlamaya çalışıyordu.

"Bu öyle bir bela olabilir ki, otuz yaşına gelince, bir barda oturur, içeri girenlere bakar ve üniversite takımında futbol oynamış gibi görünen herkesten nefret edersin. Ama belki de, 'Bu, *onunla* aramızda bir sırdır,' diye konuşan insanlardan nefret etmeye yetecek kadar eğitim de almış olabilirsin. Ya da, sonunda bir şirket bürosunda, en yakınındaki sekreter kıza zarf açacağı fırlatabilirsin. Bilmiyorum. Sözü nereye getirmeye çalıştığımı anlıyor musun, acaba?"

"Evet, tabii." Anlamıştım ne demek istediğini. "Ama bu nefret etme konusunda yanlış düşünüyorsunuz. Yani, üniversitede okuyanlar konusunda. Gerçekten nefret ettiğim herifler de pek fazla değil yani. Ben aslında, onlardan arada sırada *biraz* nefret ediyorum. Pencey'de tanıdığım o Stradlater gibi örneğin, ve öbür çocuk, Ackley gibi. *Onlardan* ara sıra nefret ettim –kabul ediyorum– ama bu çok uzun sürmedi yani. Onları bir süre görmeyince, odaya gelmedilerse veya yemekhanede birkaç kez onları göremediysem, onları özledim. Onları gerçekten özledim."

Bay Antolini bir süre hiçbir şey söylemedi. Ayağa kalktı ve içkisine bir buz parçası daha attı, sonra yerine oturdu. Düşünüyordu, anlıyordunuz. İçimden, ne var, şu konuşmayı kesse de, yarın devam etsek diye geçiriyordum, ama bırakacağa hiç benzemiyordu. Siz tartışmak istemiyorsunuz, o zaman da insanlar yakanızı bırakmıyor böyle.

"Peki, beni bir dakika dinle... Aklında kalacak bir biçimde söyleyemem bunu şimdi belki, ama bir iki gün içinde bu konuda sana bir mektup yazacağım. O zaman tam olarak anlarsın. Ama şimdi yine de dinle beni." Yeniden düşünmeye başladı. Sonra, "Bu başına sardığını düşündüğüm bela; özel bir çeşit, dehşet verici bir bela bu. Başına bela sarıp düşmeye başlayan birine dibe vardığını anlama şansı verilmez. Düşer, düşer, düşer, ama düştüğünü anlayamaz. Tüm düzen, hayatlarının şu ya da bu döneminde çevrelerinin onlara veremediği şeyleri arayan insanlar için kurulmuştur. Veya çevrelerinin onlara sağlayamadığını sandıkları şeyleri arayan insanlar için. Onlar da, aramaktan vazgeçerler. Beni dinliyor musun?"

"Evet, efendim."

"Emin misin?"

"Evet."

Ayağa kalktı ve kadehine biraz daha içki koydu. Sonra yerine oturdu. Epeyce bir süre hiçbir şey söylemedi.

"Seni korkutmak istemiyorum," dedi. "Ama seni soylu bir biçimde ölürken görebiliyorum, şöyle ya da böyle, değersiz bir dava uğrunda." Bana tuhaf tuhaf baktı. "Senin için bir şeyler yazsam, bunu dikkatle okur musun? Ve saklar mısın?"

"Evet, tabii," dedim. Daha sonra, gerçekten de sakladım. Bana verdiği o kâğıt hâlâ duruyor.

Odanın öbür ucundaki yazı masasına gitti ve sandalyeye oturmadan, orada bir kâğıda bir şeyler yazdı. Sonra elinde o kâğıtla gelip yerine oturdu. "Tuhaf ama, bunları yazan kişi yaşayan bir şair değil. Wilhelm Stekel adlı bir psikanalist yazmış. Dinle bak ne di... Sen beni dinliyor musun?"

"Evet. Tabii. Dinliyorum."

"Bak, ne diyor: 'Olgunlaşmamış insanın özelliği, bir dava uğruna soylu bir biçimde ölmek istemesidir, olgun insanın özelliği ise bir dava uğruna gösterişsiz bir biçimde yaşamak istemesidir.'"

176

Uzandı ve kâğıdı bana verdi. Alıp hemen okudum, ona teşekkür filan ettim ve kâğıdı cebime koydum. Böyle zahmetlere girecek kadar iyi bir insandı. Gerçekten iyiydi. Ama ne var ki, canım bu konulara dalmak istemiyordu artık. Vay canına, birden kendimi acayip *yorgun* hissettim!

Ama Bay Antolini'nin hiç yatmaya niyeti olmadığını anlıyordunuz. İyice kafayı bulmuştu. "Sanırım, bugünlerde," dedi, "ne olacağına karar vermek zorunda kalacaksın. Sonra, ne olacaksan ona göre hareket etmeye. Ama hemen. Bir dakika bile kaybedecek zamanın yok. Yok senin zamanın."

Başımı salladım, çünkü bana bakarak konuşuyordu, ama neden söz ettiğinden pek emin değildim. Neden söz ettiğini *epey* anladığımı sanıyordum, ama o an pek emin değildim. Felaket yorgundum.

"Bunu sana söylemekten nefret ediyorum," dedi, "ama, ne olacağına karar verdikten sonra, iyi bir düşün; ilk işin kendini derslerine vermek olacaktır yine de. Sen bir öğrencisin; hoşuna gitse de, gitmese de öğrencisin. Sen, bilgiyle yatıp bilgiyle kalkmak zorundasın. Ve, bir düşünürsen anlayacaksın ki, tüm bu Bay Vinese'leri ve onların Sözel İfade'lerini bir atlat..."

"Bay Vinson'ları," dedim. O da, tüm Bay Vinson'ları demek istemişti, Bay Vinese'leri değil. Ama yine de sözünü kesmemem gerekirdi.

"Peki; Bay Vinson'ları. Bir kez, tüm bu Bay Vinson'ları atlattıktan sonra, gönlünde yatan türden bilgiye adım adım yaklaşmaya başlayacaksın; yani, *istiyorsan*, arıyorsan ve bekliyorsan onu. Diğer pek çok şeyin yanında, insanların davranışları karşısında aklı karışan, korkuya kapılan, hatta hasta olan ilk kişinin sen olmadığını anlayacaksın o zaman. Bu konuda hiç de yalnız değilsin. Heyecan ve *dürtüyle* öğrenmek isteyeceksin. Aynı senin şimdiki durumunda, pek çok, pek çok insan ahlaksal ve ruhsal sorunlarla karşılaşmış. Ne mutlu ki, bazıları bu sorunları yazmışlar. Onlardan öğreneceksin bunları; eğer istersen. Aynı biçimde, bir gün senin önereceğin bazı şeyleri başka birinin gelip senden öğrenmesi gibi. Ne güzel bir düzen bu, sırayla, karşılıklı. Ve, eğitim de değil bu. Tarih bu. Şiir bu." Durdu ve kadehinden iri bir yudum aldı. Sonra yine başladı. Vay canına, coşmuştu adam! İyi ki onu durdurmaya filan kalkmamışım. "Bu dünyaya," dedi, "yalnızca iyi eğitilmiş insanların ve bilim adamlarının değerli katkıları olabilir demeye çalışmıyorum. Ama diyorum ki, iyi eğitim görmüş insanlar ve bilim adamları, başlangıçta zeki ve yaratıcı iseler –ne yazık ki, bu ender bir durumdur–, *yalnızca* zeki ve yaratıcı olan insanlara kıyasla, arkalarında sonsuza kadar kalabilecek çok daha değerli şeyler bırakıyor gibiler. Kendilerini daha açık seçik ifade edebiliyor gibiler ve genellikle, düşüncelerini sonuca ulaştırmak gibi bir tutkuları var. Ve –en önemlisi– yüzde doksan olasılıkla bilim adamı olmayan düşünürlerden daha alçakgönüllü oluyorlar. Beni izliyor musun?"

"Evet efendim."

Epeyce bir süre bir şey söylemedi. Hiç başınıza geldi mi bilmiyorum, ama böyle oturup, karşınızdakinin düşüne düşüne konuşmasını beklemek biraz zor. Gerçekten zor yani. Esnememeye çalışıyordum. Sıkıldığım için filan değil –sıkılmış filan değildim– ama birdenbire acayip uykum gelmişti.

"Akademik eğitim sana bir şeyler kazandırıyor. Biraz yol alırsan, zihninin boyutları hakkında bir fikir veriyor sana bu eğitim. Zihninin neye uyup neye uymadığı hakkında. Bir süre sonra da, zihninin yapısına hangi düşüncelerin uygun olduğu hakkında bir fikrin oluyor. Her şeyden önce, sana uymayan, sana yakışmayan düşüncelerle uğraşmaman için olağanüstü bir zaman kazandırıyor bu. Gerçek boyutlarını, gerçek ölçülerini alıp, zihnini ona göre giydirip kuşandırıyorsun."

Sonra, birdenbire, esneyiverdim. Namussuz esnemeye engel olamamıştım!

Bay Antolini yalnızca güldü ama. "Haydi," dedi, "kanepeyi hazırlayalım yatman için."

Arkasından yürüdüm. Bay Antolini bir dolaptan çarşaf ve battaniyeleri çıkarmaya çalıştı, ama elinde kadeh olduğundan çıkaramadı. Kadehi içip bitirdi ve yere bıraktı. Sonra dolaptan o zımbırtıları indirdi. Onları kanepeye taşımasına yardım ettim. Yatağı birlikte hazırladık. Ama pek dikkatli değildi, çarşafları pek germeden filan sokuşturuyordu. Ben de umursamadım zaten. Öyle çok uykum vardı ki, ayakta bile uyuyabilirdim.

"Senin hatunlardan ne haber?"

"İyiler." Zoraki konuşmaya başlamıştım, öyle yapmak istemediğim halde.

"Sally nasıl?" Bizim Sally Hayes'i tanıyordu. Bir kez onları tanıştırmıştım.

"İyidir. Bugün öğleden sonra onunlaydım." Vay canına, sanki aradan yirmi yıl geçmişti! "Artık onunla ortak bir yanımız kalmadı."

"Acayip güzel kız ama. Öbür kızdan ne haber? O bana anlattığın, Maine'deki hani."

"Ha; Jane Gallagher. İyidir. Yarın ona bir telefon edeceğim."

Kanepeyi hazırlaması bitmişti. "Al bakalım, yatağın hazır," dedi Bay Antolini. "Bu bacaklarla nasıl sığacaksın buraya, bilmiyorum."

"Olsun, böyle yerlerde yatmaya alışığım," dedim. "Çok sağ olun, efendim. Siz ve Bayan Antolini, bu gece hayatımı kurtardınız."

"Banyo nerede, biliyorsun. Bir şey gerekirse sesleniver. Ben bir süre daha mutfakta kalacağım; ışıktan rahatsız olur musun?"

"Hayır; kesinlikle hayır. Sağ olun."

"Peki. İyi geceler, yakışıklı."

Bay Antolini mutfağa gitti, ben de banyoya geçtim ve soyundum. Dişlerimi fırçalayamadım, çünkü yanımda diş fırçası yoktu. Pijamam da yoktu, Bay Antolini de bana ödünç bir pijama vermeyi unutmuştu. Ben de, öylece, oturma odasına döndüm ve kanepenin yanındaki o küçük lambayı söndürdüm. Üstümde bir tek donla yatağa girdim. Kanepenin boyu bana kısa geliyordu, ama öyle uykum gelmişti ki, gözümü kırpmadan ayakta bile uyuyabilirdim. Bir iki saniye uyanık yatarak, Bay Antolini'nin bana anlattığı şeyleri düşündüm. Zihninizin boyutlarını keşfetmeyi filan. Gerçekten de epey akıllı bir herifti bu adam. Ama, lanet gözlerim felaket ağırlaşmıştı, uyumuşum.

Sonra bir şey oldu. Bu konuda konuşmak bile istemiyorum aslında.

Birdenbire uyandım. Saatin kaç olduğunu filan hiç bilmiyorum, ama uyandım. Başımda bir şey geziniyordu, bir herifin eli.

179

Vay canına, felaket korktum! Bay Antolini'ydi, kanepenin kıyısında yere oturmuş, karanlıkta filan, lanet yüzümü veya saçlarımı okşuyordu. Vay canına, bin metre havaya sıçramışımdır herhalde!

"Ne oluyor ya?" dedim.

"Yok bir şey, yalnızca oturmuş, hayranlıkla..."

"Ne oluyor, yani?" dedim. Ne diyeceğimi bilemiyordum; felaket utanmıştım.

"Biraz yavaş konuşsana. Burada yalnızca oturmuş..."

"Benim gitmem gerek zaten," dedim; vay canına, nasıl da sinirlenmiştim! Karanlıkta lanet pantolonumu giymeye başladım. Öyle sinirliydim ki, paçalarını zor buldum. Okulda filan, bir sürü sapık görmüştüm böyle. Hiç kimse benim kadar çok görmemiştir herhalde, nedense hep *ben* ortalıktayken başlarlar sapıklaşmaya.

"Nereye gitmen gerek?" dedi Bay Antolini. Çok rahat ve sakin davranmaya çalışıyordu, ama pek de sakin filan değildi. İnanın bana.

"Bavullarımı istasyonda bıraktım. Sanırım, gidip getirsem iyi olacak. Her şeyim bavullarda kaldı."

"Sabahleyin gider alırsın. Yat artık. Ben de yatıyorum. Neyin var senin?"

"Bir şeyim yok, bütün param, öteberim bavullarda kaldı. Hemen dönerim. Bir taksiye atlar, hemen dönerim," dedim. Vay canına, karanlıkta az kalsın tepeüstü çakılıyordum yere! "Para benim değil. Annemin ve..."

"Saçmalama, Holden. Yat yatağına. Ben de yatıyorum. Parana bir şey ol..."

"Hayır. Ciddiyim. Gitmem gerek. Gerçekten." Lanet üstümü giyinmiştim artık, yalnız boyunbağımı bulamıyordum. Boyunbağımı nereye koyduğumu hatırlamıyordum. Boyunbağsız filan, ceketimi giydim. Bizim Bay Antolini benden epeyce ötede, büyük bir koltuğa oturmuş, beni seyrediyordu. Karanlıktı, onu pek göremiyordum, ama beni izlediğinin farkındaydım. Hâlâ kafayı çekmekle meşguldü. Elinde o namussuz kadehi tuttuğunu filan görebiliyordum.

"Sen çok, çok tuhaf bir çocuksun."

"Biliyorum," dedim. Boyunbağımı bulacağım diye çevreme

fazlaca bakmadım bile. Boyunbağsız filan, çıkmaya davrandım. "Hoşça kalın, efendim," dedim. "Çok teşekkürler. Gerçekten."

Ben kapıya doğru giderken, arkamdan yürüdü durdu. Asansör düğmesine bastığımda, o da kapı ağzında bekledi. Yalnızca benim, "Çok, çok tuhaf bir çocuk olduğumu" söyledi yine. Tuhafmış, kıçımın kenarı. Lanet asansör gelene kadar kapı ağzında bekledi. Hayatımda hiçbir asansörün kata çıkışı bana bu kadar uzun gelmemiştir. Yemin ederim.

Asansörü beklerken ne lanet söz edeceğimi bilemedim, o da orada bekleyip duruyordu. Ben de ne yapayım, "Bazı kitapları okumaya başlayacağım. Gerçekten okuyacağım," dedim. Yani *bir şeyler* söylemek zorundaydınız. Çok utanıyordum.

"Bavullarını kap, hemmen atla, buraya gel. Kapıyı kilitlemeden bırakacağım."

"Çok sağ olun," dedim. "Hoşça kalın!" Asansör gelmişti sonunda. Vay canına, çılgınlar gibi titriyordum! Terliyordum da. Ne zaman böyle sapıkça bir şeyler olsa, deliler gibi ter döküyorum. Çocukluğumdan beri, belki yirmi kez başıma geldi, hep böyle oluyorum. Dayanamıyorum.

Bölüm 25

Dışarı çıktığımda gün ağarıyordu. Epey soğuktu hava, ama bana iyi geldi, çünkü çok terliyordum.

Ne cehenneme gittiğimi bilmiyordum. Bir otele daha gidip, Phoebe'nin parasını bitirmek istemiyordum. En sonunda, ben de Lexington'a kadar yürüdüm ve oradan metroya binip Merkez Garı'na gittim. Bavullarım filan oradaydı; düşündüm, bekleme odasına gider, kanepelerde uyuyabilirdim. Ben de öyle yaptım. Bir süre için durum kötü sayılmazdı, çünkü ortalıkta kimse yoktu ve ayaklarımı kanepeye uzatabiliyordum. Bu konuyu pek tartışmak istemiyorum. Güzel bir şey değil. Sakın denemeye kalkmayın. Doğru söylüyorum. Moraliniz çok bozulur.

Saat dokuza kadar ancak uyuyabildim, çünkü bekleme odasına bir milyon insan doldu ve ayaklarımı indirmek zorunda kaldım. Ben de kalkıp oturdum. Başım hâlâ ağrıyordu. Üstelik daha da artmıştı ağrı. Ve sanırım, ömrüm boyunca moralim hiç bu kadar bozuk olmamıştı.

Hiç istemiyordum, ama yine Bay Antolini'yi düşünmeye başladım. Benim kalkıp gittiğimi gören Bayan Antolini'ye ne diyeceğini merak ediyordum. İşin bu yanı beni fazla üzmüyordu, çünkü Bay Antolini çok akıllı biriydi ve ona söyleyebileceği bir şey uydurabilirdi. İşin bu yanı beni pek üzmüyordu. Beni asıl üzen şey, birden uyanıp onu başımı okşarken filan görmekti. Yani, acaba o bunu sapık bir ilişkiye çağrı olarak yapmadı da, ben mi yanlış anladım diyordum. Acaba, yalnızca, uyuyan heriflerin başlarını okşamaktan hoşlanan biri miydi? Yani, böyle saçmalıklardan nasıl emin olabilirsiniz ki? Olamazsınız. Acaba, gerçekten bavullarımı alıp, ona söylediğim gibi oraya geri dönsem mi diye düşünmeye bile başladım. Yani, homo bile olsa, bana karşı ne kadar iyi davranmıştı. Düşündüm de, onu bu kadar geç bir saatte aradığım halde, hiç bozulmayıp, canım istiyorsa hemen evine gelebileceğimi söylemişti. Sonra, bana öğüt vermek için bir sürü zahmete sokmuştu kendisini, ve size anlattığım gibi, James Castle öldüğünde *onun yanına* giden yegâne insandı. Bütün bu zımbırtıları düşündüm. Düşündükçe moralim daha da bozuldu. Herhalde oraya dönsem *iyi olacak* diye düşünmeye başladım. Belki de, başımı gırgır olsun diye okşuyordu. Düşündükçe moralim daha da bozuldu ve bir acayip oldum. Doğru dürüst uyuyamadığımdan gözlerim batıyor ve yanıyordu. Üstelik üşütmüştüm galiba, yanımda burnumu silecek bir mendilim bile yoktu. Bavullarımda birkaç tane mendil vardı, ama o çelik dolapların başına çöküp, herkesin önünde bavulları açmak istemiyordum.

Yanımda, birinin kanepenin üstüne bıraktığı bir dergi duruyordu, ben de alıp okumaya başladım, en azından bir süre Bay Antolini'yi ve milyonlarca şeyi kafamdan atarım bari dedim. Ama, okumaya başladığım o lanet makale yüzünden daha kötü oldum. Yazı hormonlar hakkındaydı. Eğer hormonlarınız normalse yüzünüzün gözünüzün ne biçimde olacağı anlatılıyordu, ama benim yüzüm gözüm anlatılanlara hiç uymuyordu. Üstelik, aynen, makalede hormonları bozuk diye anlatılan o herife benziyordum. Ben de başladım hormonlarımın durumuna üzülmeye. Sonra, bir başka makaleye geçip okumaya başladım, bu yazıda da kanser olup olmadığınızı nasıl anlayacağınız anlatılıyordu. Eğer ağzınızda çıkan yaralar çabuk iyileşmiyorsa, bu belki de kanser olduğunuzun bir belirtisiydi. Dudağımın iç tarafında bir yara vardı, *tam iki haftadır* geçmiyordu. Ben de herhalde kanser oluyorum dedim. Sonunda okumayı kestim ve dışarıda yürümeye başladım. Bir iki ay içinde kanserden giderim artık diyordum. Gerçekten öyle düşündüm, hatta öleceğime kesin gözle bakmaya başladım. Kendimi hiç mi hiç iyi hissetmiyordum.

Yağmur yağacak gibiydi, ama yine de yürümeye devam ettim. Her şeyden önce, gidip bir kahvaltı edeyim dedim. Karnım pek aç değildi, ama en azından bir şeyler yemem gerektiğini düşündüm. Yani, en azından içinde vitaminler olan bir şeyler yemem gerek diyordum. Ben de ucuz lokantaların bulunduğu doğu yönüne doğru yürümeye başladım, fazla para harcamak istemiyordum.

Yürürken, bir kamyona büyük bir Noel ağacı yükleyen iki herifin yanından geçtim. Heriflerden biri, öbürüne durmadan, "Kaldır şu orospu çocuğunu. Kaldır şunu, Tanrı aşkına," diyordu. Yani, bir Noel ağacı hakkında ne güzel bir konuşma, değil mi? Gülünçtü de bir bakıma, başladım ben de gülmeye. Gülmez olaydım keşke, gülmeye başladığım an, az kalsın kusuyordum. Gerçekten kusuyordum. Sağlıksız bir şey filan da yememiştim, üstelik midem hayli kuvvetlidir. Her neyse, bulantım geçti, ama artık bir şeyler yesem iyi olacak diye düşündüm. O çok ucuz görünüşlü lokantaya girip kahveyle çörek ısmarladım. Ama pek yiyemedim. Eğer bir şeye moraliniz çok bozulmuşsa, yemek filan geçmiyor boğazınızdan. Garson çok iyi biriydi ama. Çörekleri para filan almadan geri götürdü. Yalnızca kahve içtim. Sonra lokantadan çıktım ve Beşinci Cadde'ye doğru yürümeye başladım.

Günlerden Pazartesiydi, Noel'e az zaman kalmıştı, tüm dükkânlar açıktı. Beşinci Cadde'de yürümek pek de fena sayılmazdı. Ortalık iyice Noel havasına bürünmüştü. Bütün köşelerde, o uzun boylu Noel Baba'lar, ellerindeki çanları çalıyorlardı. Salvation Army'den kızlar da, dudak boyasız filan, ortalıkta dolaşıyor, çanlarını çalıyorlardı. Bir gün önce kahvaltı yaparken tanıştığım o iki rahibeyi aradım durdum, ama onları göremedim. Göremeyeceğimi biliyordum, çünkü bana New York'a öğretmenlik yapmaya geldiklerini söylemişlerdi, ama yine de gözlerim onları aradı. Milyonlarca çocuk anneleriyle çarşıya inmişler, otobüslere binip iniyor, mağazalara girip çıkıyorlardı. Keşke şimdi Phoebe de burada olsaydı dedim. Artık deli gibi oyuncak bölümüne dalacak kadar küçük değil, ama dolaşmayı ve insanlara bakmayı çok seviyor. Daha önceki Noel'de onunla birlikte çarşıya inmiştik. Acayip eğlenmiştik. Sanırım Bloomingdale'e girmiştik ve şu bir milyon deliği olan, çok yüksek botlardan –bizim Phoebe için– almak istiyormuşuz gibi numara yapmıştık.

Zavallı tezgâhtarı neredeyse deli ediyorduk. Bizim Phoebe elli çift filan denedi, her defasında da, zavallı herif ayakkabıyı en tepesine kadar bağlamak zorunda kaldı. Pis bir numaraydı, ama bizim Phoebe bitmişti. Sonunda bir çift mokasen aldık ve parasını ödedik. Tezgâhtar çok iyi bir adamdı. Gırgır geçtiğimizin farkındaydı, çünkü bizim Phoebe her defasında kikirdemişti.

Her neyse, öyle, boyunbağsız filan, Beşinci Cadde'de yürüdüm de yürüdüm. Sonra birdenbire çok korkunç bir şey olmaya başladı. Her sokağın sonuna gelişimde, lanet adımımı kaldırımdan aşağıya attığım an, karşıya varamayacağım diye bir duyguya kapılıyordum. Sokağın dibine batacak, batacak, batacaktım ve hiç kimse görmeyecekti beni bir daha. Vay canına, nasıl korktum, bilemezsiniz! Rezalet terlemeye başladım; gömleğim ve iç çamaşırlarım filan terden sırılsıklam oldu. Sonra bir şey yapmaya başladım. Her yeni sokağın sonunda, sanki kardeşim Allie yanımdaymış gibi onunla konuşmaya başladım. Ona, "Allie, bırakma beni, yok olmayayım. Allie, bırakma beni, yok olmayayım. Allie, bırakma beni, yok olmayayım. N'olur, Allie," diyordum. Sonra, yok olmadan sokağın karşı yakasına ulaşınca ona teşekkür ediyordum. Bir sonraki köşeye gelince yeniden başlıyordum. Ama yürümeye devam ediyordum. Durmaktan korkuyordum sanki, sanırım; ne sandığımı da hatırlamıyorum, doğrusunu isterseniz. Altmışlı sokakların oraya kadar, hayvanat bahçesinin önünden geçip hiç durmadan yürüdüğümü biliyorum. Sonra bir kanepeye oturdum. Zor soluk alıyordum ve hâlâ reziller gibi terliyordum. Orada, sanırım bir saat kadar oturdum. Sonunda artık buralardan çekip gitmeye karar verdim. Karar verdim, eve artık hiç gitmeyecektim, yeni bir okula daha gitmeyecektim. Karar verdim, yalnızca Phoebe'yi bir görüp ona hoşça kal filan diyecek ve ona Noel harçlığını geri verecektim, sonra da otostop yaparak batıya gidecektim. Ne yaparım dedim, Holland Tüneli'nin oradan otostopla bir yere kadar gider orada inerdim, sonra bir daha, sonra bir daha derken, birkaç gün içinde batıda güneşli bir yerde, beni tanımayan insanların arasında bir iş bulurdum. Bir yerlerde, bir benzin istasyonunda bir iş bulurum diyordum, arabalara benzin, yağ filan doldururdum. Nasıl bir iş olursa olsun, fark etmezdi zaten.

Kimse beni tanımasın, ben kimseyi tanımayayım, bu yeterdi. Düşündüm, sağır-dilsizmişim gibi numara yapardım. Böylece, hiç kimseyle o salak konuşmaları yapmak zorunda kalmazdım. Biri bana bir şey demek istediğinde bir kâğıda yazar, bana uzatırdı. Bundan bir süre sonra sıkılınca da, ömrümün sonuna kadar insanlarla konuşmaktan kurtulurdum. Herkes beni sağırdilsiz herifin teki sanır, beni rahat bırakırdı. Salak arabalarına benzin, yağ filan doldururdum, onlar da bana bir maaş verirlerdi. Kazandığım parayla bir yerlerde kendime küçük bir kulübe yapar, ömrümün sonuna kadar orada yaşardım. Ormanın hemen yakınında yapardım kulübeyi, fazla *içerlere* yapmazdım, çünkü daima güneşli bir yerde olmak istiyordum. Kendi yemeğimi kendim pişirirdim, eğer evlenmek filan istersem de, gider kendim gibi sağır-dilsiz bir kız bulur, onunla evlenirdim. Kulübede benimle yaşardı, bana bir şey demek istediği zaman, herkes gibi o da lanet bir kâğıda yazardı. Eğer çocuklarımız olursa, onları bir yerlere saklardık. Onlara bir sürü kitap alırdık, okuma-yazmayı biz öğretirdik.

Bunları düşünürken felaket heyecanlandım. Gerçekten çok heyecanlandım. Bu, sağır-dilsiz numarası çekme işi çılgıncaydı, biliyordum, ama bunları düşünmek yine de hoşuma gitmişti. Ama batıya gitme konusunda gerçekten kararlıydım. Phoebe'ye bir hoşça kal diyecektim yalnızca. Ben de birdenbire çılgınlar gibi karşı kaldırıma fırladım –bu arada, az kalsın geberiyordum, doğrusunu isterseniz– ve o kırtasiyeciye girip bir kurşunkalemle bir de bloknot aldım. Vedalaşmak ve Noel harçlığını geri vermek üzere onunla buluşmak için bir not yazar, okuluna gider, müdürün bürosunda birini bulur, notu ona yollardım. Ama kalemle bloknotu hemen cebime koyup, Phoebe'nin okuluna doğru felaket bir hızla yürümeye başladım; notu kırtasiyecide yazamayacak kadar çok heyecanlanmıştım. Hızlı hızlı yürüyordum, çünkü Phoebe öğle yemeği için eve gitmeden önce notu ona ulaştırmak istiyordum ve bunun için de pek fazla zaman kalmamıştı.

Okul nerede biliyordum tabii, küçükken ben de aynı okula gitmiştim. Okula vardığımda kendimi bir tuhaf hissettim. Okulun içinin nasıl olduğunu hatırlayabileceğimden pek emin değildim, ama hatırladım. Her şey aynı, benim zamanımdaki gibiydi. İç tarafta o hep öyle karanlık olan avlu vardı, top atıp kırmasınlar diye lambaların üstünde bulunan kafesler yine aynıydı. Avluda oyun için filan yere tebeşirle çizilmiş daireler de aynıydı. Ve o hep filesiz basket potaları; yalnızca panyalar ve potalar.

Kimse yoktu ortalıkta, herhalde daha teneffüs zili çalmamıştı, öğle tatili de olmamıştı henüz. Ortalıkta yalnızca küçük bir oğlan gördüm, zenci bir çocuk, helaya gidiyordu. Aynı bizim zamanımızdaki gibi, öğretmenin helaya gitmesine izin verdiğini gösteren tahta bir çubuk sokuluydu arka cebine.

Hâlâ terliyordum, ama eskisi kadar çok değildi. Merdivenlere gittim, ilk basamağa oturup, satın aldığım kurşunkalemle bloknotu çıkardım. Bizim zamanımızdaki o koku vardı merdivenlerde. Sanki birileri küçük su dökmüş gibi. Okul merdivenleri hep böyle kokar. Her neyse, orada oturup şunları yazdım:

Sevgili Phoebe,

Çarşamba gününe kadar bekleyemeyeceğim, herhalde bugün akşamüstü otostopla batıya doğru yola çıkacağım. Gelebilirsen, saat on ikiyi çeyrek geçe Sanat Müzesi'nin kapısında buluşalım, Noel harçlığını sana geri vereceğim. Fazla harcamadım.

Sevgiler,
Holden

Okul, müzenin yanı başında sayılırdı, zaten eve yemeğe giderken müzenin önünden geçmek zorundaydı, yani beni bulacağından emindim.

Sonra, müdürün odasına doğru çıkmaya başladım merdivenlerden, notu birine verip Phoebe'ye ulaştıracaktım. Kimse açmasın diye belki on kez katladım. Lanet bir okulda hiç kimseye güvenemezsiniz. Ama, ağabeyi filan olduğum için notu ona vereceklerini biliyordum.

Merdivenlerden çıkarken, yine kusacak gibi oldum birdenbire. Ancak kusmadım. Bir saniye yere oturunca biraz düzeldim. Yerde otururken, beni delirten bir şey ilişti gözüme. Biri duvara, "Seni ..." diye yazmıştı. Az kalsın kafayı üşütüyordum. Phoebe'nin ve bütün öbür çocukların bunu görünce ne demek diye merak edeceklerini düşündüm, sonra pis bir çocuk –rezil herifin teki– onlara bunun anlamını söyleyecek, onlar da bunu birkaç gün *kafaya takacaklar*, belki de *üzülüp duracaklardı*. Bunu yazanı bulup öldürmek geçti içimden. Herhalde gece geç vakitte sapık serserinin teki içeri süzülüp, küçük su filan dökerken bunu da duvara yazmıştır diye düşündüm. Onu yakalarken düşledim kendimi, kafasını nasıl taş basamaklara çarpa çarpa, kan içinde geberttiğimi. Ama, biliyordum tabii, bende bunu yapacak yürek olmazdı. Biliyordum bunu. Bu yüzden moralim daha da bozuldu. Doğrusunu isterseniz, yazıyı duvardan *elimle* silmeye bile cesaret edemedim. Yazıyı silerken öğretmenlerden biri onu *benim* yazdığımı filan sanabilirdi. Ama sonunda sildim yine de. Sonra müdürün odasına çıktım.

Müdür yoktu ortalıkta, ama bir daktilonun başında oturan yüz yaşında filan bir kadın vardı. Ona, 4 B-1'den Phoebe Caulfield'in ağabeyi olduğumu söyleyip, notu lütfen ona vermesini rica ettim. Çok önemli dedim, annemiz hastalanmıştı, evde yemek yoktu, Phoebe'yle buluşup bir büfede yemek yiyecektik. Yaşlı kadın beni çok iyi karşıladı. Notu benden aldı, yan odadan başka bir kadını çağırdı ve bu kadın notu alıp, Phoebe'ye vermeye gitti. Sonra bu yüz yaşındaki kadınla bir sürü ıvır zıvır konuştuk. Oldukça iyi bir kadındı, ona benim, erkek kardeşimin ve ağabeyimin de hep bu okula gittiğimizi anlattım. Bana şimdi hangi okula gittiğimi sordu. Pencey dedim. Pencey'nin çok iyi bir okul olduğunu söyledi. Canım çok istediği halde, ona tersini iddia edecek gücüm olmadığından, sesimi çıkarmadım. Ayrıca, kadıncağız Pencey'yi çok iyi sanıyorsa, bırakın öyle sansın. Yüz yaşındaki birine *yeni* bir şey söylemekten nefret ediyor insan. Böyle şeyleri duymak istemiyorlar. Bir süre sonra, oradan ayrıldım. Ne tuhaftı. Kadın arkamdan, "İyi şanslar!" diye bağırdı, ben Pencey'den ayrılırken aynen bizim Spencer'ın dediği gibi. Tanrım, birisi arkamdan, "iyi şanslar!" diye bağırdığında çok kızıyorum. Çok moral bozucu bir şey bu.

188

Aşağıya bu kez başka bir merdivenden indim. İnerken duvarda bir başka "Seni ..." yazısı daha gördüm. Onu elimle silmeye çalıştım, ama bıçakla veya benzeri bir şeyle duvara kazınmıştı. Çıkmıyordu. Durum umutsuzdu. Sileceğim diye bir milyon yıl uğraşsanız, bu dünyadaki tüm "Seni ..." yazılarının *yarısıyla bile* başa çıkamazsınız. Olanak yok buna.

Avludaki duvar saatine baktım, daha on ikiye yirmi var; bizim Phoebe'yle buluşana kadar epey zaman vardı. Ama ben yine de müzeye doğru yürüdüm. Gidecek bir yer yoktu. Kendimi batı yollarına vurmadan önce, bizim Jane Gallagher'ı aramak üzere bir telefon kulübesine gideyim mi diye düşündüm, ama havamda değildim. Her şeyden önce, tatil için eve gelip gelmediğinden emin değildim. Ben de doğru müzeye gidip orada oyalandım.

Müzede Phoebe'yi beklerken, hemen giriş kapısının iç tarafında iki küçük çocuk yanıma gelip bana mumyaların nerede olduğunu sordular. Bana bunu soran çocuğun pantolonunun önü açıktı. Bunu ona söyledim. Çocuk da, hemen benimle konuştuğu yerde –bir köşeye çekilmeden filan– düğmeledi önünü. Bittim buna. Gülecektim, ama kusarım filan diye korktum, gülmedim. "Mumyalar nerede, arkadaş?" dedi çocuk yine. "Biliyor musun?"

Şunlarla biraz dalga geçeyim dedim. "Mumyalar mı? O da ne?" dedim çocuğa.

"Biliyorsun. Mumyalar; şu ölü herifler. Öylece nezarda yatıyorlar hani."

Nezarmış. Bittim. Mezar demek istiyordu.

"Siz ikiniz neden okulda değilsiniz?" dedim.

"Okul yok bugün," dedi benim konuşan çocuk. Kerata palavra atıyordu, adım gibi biliyordum. Bizim Phoebe gelene kadar yapacak bir şey de yoktu zaten, mumyaların olduğu yere gitmelerine yardım ettim. Vay canına, nerede olduklarını iyi bilirdim, ama müzeye yıllardır gelmemiştim!

"Siz ikiniz mumyaları mı merak ettiniz?" dedim.

"Evet."

"Arkadaşın konuşamıyor mu?"

"Arkadaşım değil. Kardeşim."

"Konuşamıyor mu?" Konuşmayan çocuğa baktım. "Sen konuşamıyor musun?" diye ona sordum.

"Konuşuyorum," dedi. "Canım istemiyor."

Sonunda mumyaların olduğu yeri bulduk ve içeri girdik.

"Mısırlılar ölülerini nasıl gömerlermiş biliyor musun?" diye sordum konuşan çocuğa.

"Yoo."

"Aa, bilsen iyi olur. Çok ilginç. Ölülerin yüzlerini gizli bir kimyasal maddeye batırılmış bezlerle sararlarmış. Bu yolla ölüler mezarlarda yüzleri çürümeden binlerce yıl kalabiliyorlarmış. Bu gizli maddeyi Mısırlılardan başka hiç kimse bilmiyor. Çağdaş bilim adamları bile."

Mumyaların bulunduğu odaya girebilmek için, duvarları firavun mezarlarından getirilmiş taşlarla döşeli çok dar bir geçitten geçmek zorundaydınız. Oldukça ürkütücü bir yerdi, bu iki uyanığın da bu işten pek hoşlanmadıklarını anlıyordunuz. Felaket sokulmuşlardı bana, hiç konuşmayan çocuk resmen koluma yapışmıştı. "Hadi, gidelim," dedi ağabeyine. "Ben zaten görmüştüm. Hadi, hey!" Döndü ve sıvıştı.

"Ödü koptu valla," dedi ağabeyi. "Hoşça kal!" O da sıvıştı.

Mezar odasında yalnız kaldım. Hoşuma gitti bu, bir bakıma. Güzel ve huzurlu bir yerdi. Sonra birdenbire, duvarda ne gördüm, bilemezsiniz. Bir tane daha "Seni ...". Kırmızı pastel, boya kalemi gibi bir şeyle yazılmıştı, vitrinin altında kalan duvar parçasına, taşların altında.

Sorun da buydu işte. Asla güzel ve huzurlu bir yer bulamıyordunuz, çünkü böyle bir yer yoktu. Var *sanıyordunuz*, ama siz oraya varır varmaz, sizin bakmadığınız bir sırada biri gizlice gelip, burnunuzun dibinde, "Seni ..." diye yazıveriyordu. Sanırım, öldüğüm zaman bile, beni bir mezara tıktıklarında başıma diktikleri taşın üstündeki "Holden Caulfield" ile doğduğum ve öldüğüm tarihlerin hemen altında, "Seni ..." yazılmış olacaktır. Biliyorum bunu, gerçekten.

Mumyaların olduğu odadan çıktıktan sonra, helaya gitmem gerekti. İshal olmuştum, doğrusunu isterseniz. İshali pek önemsemedim, ama kenefte bir şey geldi başıma. Dışarı çıkarken, tam kapının önünde baygınlık geçirdim. Ama şansım varmış. Yere düştüğümde az kalsın geberiyordum, neyse ki yan tarafıma düştüm. Gülünçtü ama, baygınlığım geçince kendimi daha iyi hissettim. Kolum acıdı biraz, üstüne düştüğüm yer, ama artık lanet başım dönmüyordu.

Saat on ikiyi on filan geçiyordu, dönüp kapıya gittim, orada bizim Phoebe'yi bekledim. Onu bu son görüşüm nasıl olacak diye düşünmeye başladım. Bizimkileri düşündüm. Onları belki yine görürüm diyordum, ama ancak yıllar sonra. Otuz yaşındayken filan eve giderim diye düşündüm, biri hastalanıp, ölmeden önce beni görmek isterse filan, ama yalnızca böyle bir şey olursa kulübemden ayrılıp giderdim eve. Eve döndüğüm zaman ne olacağını bile getirdim gözümün önüne. Biliyordum, annem felaket sinirlenip ağlamaya başlayacaktı, bana evde kalmam, kulübeye dönmemem için yalvaracaktı, ama ben yine de gidecektim. Acayip rahat havalarda olacaktım. Onu sakinleştirecektim, sonra oturma odasının öbür yanına giderek sigaralıktan bir sigara alıp yakacaktım, felaket soğukkanlı bir havada. Ne zaman isterlerse, beni ziyaret etmelerini söyleyecektim onlara, ama ısrar etmeyecektim. Ne yapacaktım, bizim Phoebe'nin gelip beni ziyaret etmesine izin verecektim yaz tatillerinde, Noel ve Paskalya yortularında. D. B.'nin de beni ziyaret etmesine izin verecektim, yazmak için güzel ve sakin bir yerde kalmak istediğinde, ama film senaryosu yazamazdı benim kulübemde, yalnızca öyküler ve kitaplar yazabilirdi. Kural koyacaktım, beni ziyarete gelenlerin sahtekârca şeyler yapması yasak olacaktı. Sahtekârlık yaparlarsa, yanımda kalamazlardı.

Danışma odasının duvarındaki saate baktım, saat bire yirmi beş vardı. Okuldaki yaşlı kadın öbür kadına, mesajımı Phoebe'ye vermemesini mi söylemiştir acaba diye üzülmeye başladım. Acaba kâğıdı yakmasını filan mı söyledi diye üzülüyordum. Felaket üzüldüm ama. Yola çıkmadan önce bizim Phoebe'yi gerçekten görmek istiyordum. Yani, Noel harçlığı filan üstümdeydi hâlâ.

Sonunda onu gördüm. Kapının cam kısmından gördüm onu. Başında benim çılgın avcı şapkam vardı; on mil öteden görebilirdiniz o şapkayı.

Kapıdan çıktım, onu karşılamak için taş basamaklardan inmeye başladım. Anlamadığım şey; elinde bir de bavul vardı. Beşinci Cadde'yi geçmiş, geliyordu, elinde de koskoca lanet bir bavul sürüklüyordu. Zor kaldırıyordu bavulu. İyice yaklaşınca, benim eski bavulum olduğunu anladım, Whooton'dayken kullanmıştım onu. Bu bavulu ne halt etmeye getirdiğini çıkaramamıştım. Yanıma gelince, "Merhaba," dedi. O çılgın bavulu taşıyacağım diye soluksuz kalmıştı.

"Gelmeyeceksin sandım," dedim. "Ne var o lanet bavulda öyle? Benim bir şeye ihtiyacım yok ki. Olduğum gibi gidiyorum. İstasyona bıraktığım bavulları bile almayacağım. Ne halt *doldurdun* bunun içine?"

Bavulu yere bıraktı. "Elbiselerim var içinde. Seninle geliyorum. Gelebilir miyim? Tamam mı?"

"Ne?" dedim. Bunu duyduğumda neredeyse düşüyordum yere. Yemin ediyorum size, bayılıyordum. Başım döndü ve düşüp bayılıyorum sandım.

"Arka asansörden indim, Charlene beni görmedi. Pek ağır değil. Yalnızca iki elbisemi, çamaşır, çorap ve birkaç şeyimi aldım. Sen de bak. Ağır değil. Bir baksana... Seninle gelebilir miyim, Holden? Gelemez miyim? *Lütfen.*"

"Hayır. Kapa çeneni."

Küt diye yere düşeceğim sandım. Ona öyle kaba konuşmak istememiştim, ama yine de bayılacağım sandım.

"Niçin istemiyorsun? *Lütfen*, Holden! Bir şey yapmam; yalnızca yanında gelirim, o kadar! İstemezsen, elbiselerimi de götürmem; yalnızca bir iki..."

"Hiçbir şeyini götüremezsin. Çünkü gelmiyorsun. Ben yalnız gidiyorum. Çeneni kapat bakalım."

"*Lütfen*, Holden. N'olur, ben de geleyim. Yanında çok, çok, çok – geldiğimin farkında bile..."

"*Gitmiyorsun*. Kes artık! Ver şu çantayı," dedim. Çantayı ondan aldım. Az kalsın ona vuruyordum. Neredeyse ona bir tokat patlatacaktım. Ona gerçekten vurmak üzereydim.

Phoebe ağlamaya başladı.

"Okulda bir oyunda rol aldığını filan sanıyordum. Oyunda, Benedict Arnold rolü filan oynayacağını sanıyordum," dedim. Bunları çok kaba bir biçimde söyledim. "Sen ne yapmak istiyorsun şimdi? Oyunda çıkmayacak mısın yani, Tanrı aşkına?" Bu sözlerim onu daha da ağlattı. Memnun olmuştum. Birdenbire, onun, gözlerini patlatacak kadar ağlamasını istedim. Ondan nefret bile ettim. Sanırım, eğer benimle gelirse oyunda çıkamayacağı için ondan nefret etmiştim.

"Hadi, gel," dedim. Müzenin merdivenlerinden çıkmaya başladım. Benimle yürümüyordu. Ben yine de çıktım, çantayı danışmaya götürüp bıraktım, sonra yine çıkıp aşağıya indim. Hâlâ orada, kaldırımda duruyordu, ama ben yanına gidince bana sırtını döndü. Dönerse dönsün dedim. Canı istiyorsa eğer, size sırtını dönebilirdi yani.

"Ben hiçbir yere gitmiyorum. Fikrimi değiştirdim. Sen de ağlamayı kes artık," dedim. İşin gülünç yanı, ben bunu söylediğim sırada, kız ağlamıyordu. Ben yine de söyledim. "Hadi artık. Okula dönüyoruz seninle. Hadi artık, geç kalacaksın."

Bana yanıt filan vermiyordu. Elini tutmaya yeltendim, ama elini kaçırdı benden. Bana sırtını dönmeye devam ediyordu.

"Yemek yedin mi? Öğle yemeği yedin mi?" diye sordum ona.

Bana yanıt vermedi. Ne yapsa beğenirsiniz, benim kırmızı avcı şapkamı –ona verdiğim– çıkardı ve resmen yüzüme fırlattı. Sonra yine sırtını döndü bana. Kahrımdan ölecektim o an, ama bir şey demedim. Şapkayı yerden aldım ve cebime soktum.

"Gel hadi, hey! Birlikte okula dönüyoruz," dedim.

"Ben okula *gitmiyorum*," dedi.

Bunu bana söyleyince, ona ne diyeceğimi bilemedim. Orada, öyle, birkaç dakika durdum.

"Okula gitmek *zorundasın*. O rolü oynamak istiyorsun, değil mi? Benedict Arnold olmak istiyorsun, değil mi?"

"Hayır."

"Tabii ki istiyorsun. Kesinlikle istiyorsun. Hadi artık, gidelim," dedim. "Her şeyden önce, ben hiçbir yere filan gitmiyorum, söyledim ya sana. Eve gidiyorum. Sen okula gidersen, ben de eve gideceğim. Önce istasyona gidip bavullarımı alacağım, sonra da dosdoğru..."

"Sana, okula gitmeyeceğim dedim. Canın ne istiyorsa yap, ama ben okula gitmiyorum," dedi. "Kapa çeneni, tamam mı?"

Ömründe ilk kez bana, kapa çeneni diyordu. Korkunçtu, korkunç. Tanrım, ne kadar korkunç bir şeydi. Küfürden de beter geldi bana. Hâlâ bana bakmıyordu ve elimi her omzuna uzatışımda filan, benden kaçıyordu.

"Baksana, gezmeye ne dersin?" diye sordum ona. "Hayvanat bahçesine gitmek ister misin? Bugün öğleden sonra seni okula değil de, gezmeye götürürsem, keser misin bu saçmalığı?"

Bana yanıt vermedi, ben de ona bir kez daha söyledim. "Bugün öğleden sonra okulu asmana izin verirsem, gezmeye gidersek, bu saçmalığı keser misin? Yarın uslu bir kız gibi okula gider misin?"

"Gidebilirim de, gitmeyebilirim de," dedi. Sonra, gelen arabalara filan hiç bakmadan, hızla lanet sokağın ortasına fırlayıp karşıya geçti. Bazen böyle delirir bu kız.

Peşinden gitmedim ama. *Peşimden* geleceğini biliyordum, ben de sokağın park yakası boyunca hayvanat bahçesine doğru yürümeye başladım. O da aynı yönde, sokağın öbür yakasında yürümeye başladı. Benden yana bakmıyordu hiç, ama göz ucuyla deliler gibi benim nereye gittiğimi izlediğini anlıyordunuz. Her neyse, öylece, ta hayvanat bahçesine kadar yürüdük durduk. Yalnız, iki katlı bir otobüs gelip aramıza girince onu göremedim ve canım sıkıldı. Ama, hayvanat bahçesine vardığımızda ona, "Phoebe! Ben hayvanat bahçesine giriyorum! Hadi gel artık!" diye bağırdım. Bana bakmıyordu, ama beni duyduğunu anlıyordunuz. Hayvanat bahçesinin merdivenlerinden inerken arkama dönüp baktım. Sokağı geçmiş, peşimden geliyordu.

Hayvanat bahçesinde pek fazla insan yoktu, çünkü oldukça berbat bir gündü, ama deniz aslanlarının yüzme havuzunun çevresinde filan birkaç kişi vardı. Ben pek bakmadan geçmeye başlamıştım, ama bizim Phoebe durdu ve sanki deniz aslanlarının beslenmesini seyrediyormuş gibi numara yapmaya başladı –herifin biri onlara balık atıyordu–, ben de geri döndüm. Onunla arayı düzeltmek için bir şans bu, diye düşündüm. Gidip arkasında durdum ve ellerimi omuzlarına koydum, ama dizlerini kırıp elimden sıyrıldı; istediği zaman çok gıcık olabileceğini söylemiştim size. Phoebe deniz aslanları beslenirken orada bekledi ve ben de hemen arkasında durdum. Ellerimi

194

omuzlarına filan koymadım ama, çünkü koysaydım belki de *gerçekten* yanımdan sıvışabilirdi. Çocuklar bir tuhaf yani. Onlara karşı nasıl davranacağınıza dikkat etmek zorundasınız.

Deniz aslanlarının oradan ayrıldıktan sonra yanımdan yürümedi, ama pek de uzak durmuyordu artık. Kaldırımın bir yanında o yürüyordu, öbür yanında ben. Durum pek de şahane sayılmazdı, ama daha önce olduğu gibi bir mil uzaktan yürümekten daha iyiydi. O küçük tepeye çıkıp ayılara baktık bir süre, ama bakılacak pek bir şey yoktu, ayılardan yalnızca bir tanesi, kutup ayısı dışardaydı. Öbürü, boz ayı, lanet inine girmiş, çıkmıyordu. Yalnızca kıçını görebiliyordunuz. Başında, kulaklarına kadar inmiş bir kovboy şapkası olan küçük bir çocuk vardı yanımda; babasına durmadan, "Onu dışarı çıkar, baba. Onu *dışarı* çıkar," diyordu. Bizim Phoebe'ye baktım, gülmüyordu. Çocuklar size kızdıklarında neler yaparlar, siz de bilirsiniz. Hiç gülmez bunlar.

Ayıların oradan ayrıldıktan sonra, hayvanat bahçesinden çıktık ve parkın içindeki o küçük yolun karşı tarafına yürüdük. Sonra, o hep birileri küçük su dökmüş gibi kokan o ufak tünellerin birinden geçtik. Atlıkarıncaya giden yolun üstündeydi tünel. Bizim Phoebe benimle hâlâ konuşmuyordu, ama artık biraz yanımdan yürümeye başlamıştı. Mantosunun kuşağını arkadan tuttum gırgır olsun diye, ama sıyrıldı elimden. "Bir zahmet, çek ellerini üstümden," dedi. Bana hâlâ kızgındı. Ama önceki kadar kızgın değildi. Her neyse, atlıkarıncaya iyice yaklaştık. Yaklaştıkça da o her zamanki fıttırık müziği de duymaya başlıyordunuz. "Oh, Marie!" adlı şarkıyı çalıyordu. Elli yıl önce, *ben* çocukken de aynı şarkıyı çalarlardı. Atlıkarıncaların iyi yanlarından biri de bu zaten, hep aynı şarkıları çalıyorlar.

"Kışın atlıkarıncayı *kapatıyorlar* sanıyordum," dedi bizim Phoebe. Daha ağzını yeni açıyordu ne zamandan beri. Benimle küs olduğunu unutmuştu herhalde.

"Belki Noel diye açılmıştır," dedim.

Ben ona bunu söyleyince, bir şey demedi. Herhalde benimle küs olduğunu hatırlamıştı.

"Binmek ister misin?" dedim. İstediğini biliyordum. Phoebe çok küçükken, Allie, D. B. ve ben onu parka götürürdük, atlıkarıncaya binmeye bayılırdı. Lanet şeyin üstünden indiremezdiniz onu.

"Ama çok büyüğüm," dedi. Bana yanıt vermeyecek sanıyordum, ama vermişti.

"Hayır, değilsin. Hadi, bin. Seni beklerim. Hadi, bin," dedim. Sonra hemen atlıkarıncanın önüne gittik. Atlara binmiş birkaç çocuk vardı, çoğu küçük çocuklardı, birkaç büyük de atlıkarıncanın çevresindeki kanepelere oturmuşlar, onları bekliyorlardı. Gişeye gittim, bir bilet aldım ve ona verdim. Yanımda duruyordu hâlâ. "Al," dedim. "Ha, bir saniye. Bu da Noel harçlığından kalanlar." Bana ödünç verdiği parayı uzattım ona.

"Sende kalsın. Parayı benim için sakla," dedi. Ardından da hemen, "Lütfen," dedi.

Moral bozucu bir şey, böyle birinin size, "lütfen," demesi. Yani Phoebe'nin filan. Felaket moralim bozuldu. Ama parayı cebime koydum.

"Sen binmeyecek misin?" diye sordu bana. Bana biraz tuhaf bakıyordu. Anlıyordunuz, artık bana *fazla* kızgın değildi.

"Bir başka zaman. Ben sana bakacağım," dedim. "Bilet sende, değil mi?"

"Evet."

"Hadi, bin öyleyse; ben şurdaki kanepedeyim. Seni seyredeceğim." Gidip kanepeye oturdum. Phoebe atlıkarıncaya çıktı. Çepeçevre dolaştı. Atlı karıncayı bir kez turladı. Sonra, iri, kahverengi, yıpranmış görünüşlü bir ata bindi. Atlıkarınca dönmeye başlayınca onu izledim. Atların üstünde yalnızca beş altı tane çocuk vardı. "Smoke Gets in Your Eyes" şarkısı çalmaya başladı. Canlı ve neşeli çalıyordu. Çocukların hepsi altın yüzüğü yakalamaya çalışıyorlardı, tabii bizim Phoebe de. Lanet atın üstünden düşecek diye ödüm kopuyordu, ama bir şey söylemedim, bir şey yapmadım. Çocuklar altın yüzüğü yakalamak istiyorlarsa, bırakın yakalasınlar, bir şey söylemeyeceksiniz. Düşerlerse düşsünler. Onlara bir şey demeniz bundan daha kötüdür.

Atlıkarınca durunca, Phoebe attan indi ve yanıma geldi. "Sen de bin ama, şimdi," dedi.

"Hayır. Ben seni seyredeceğim yalnızca. Sanırım, yalnızca

seni seyredeceğim," dedim. Ona harçlığından biraz para verdim. "Al şunu. Hadi, git bilet al."

Parayı aldı. "Artık sana kızgın değilim," dedi.

"Biliyorum. Acele et; başlamadan yetiş bari."

Sonra birdenbire beni öptü. Sonra elini havaya kaldırdı, "Yağmur yağıyor. Yağmur başladı."

"Biliyorum."

Sonra, ne yaptı dersiniz –bittim buna–, uzanıp cebimden kırmızı avcı şapkamı çıkardı ve başıma koydu.

"Şapkayı istiyor musun?"

"Biraz giyebilirsin."

"Peki, acele et ama, hadi. Kaçıracaksın. Atın filan kaçacak."

Ama yine de oyalanıyordu.

"Doğru söylüyorsun, değil mi? Gerçekten bir yere gitmiyorsun, değil mi?" diye sordu bana.

"Tabii," dedim. Doğru söylüyordum ona. Yalan değildi. Buradan eve gidecektim artık. "Acele *etsene*, hadi," dedim. "Başlıyor."

Koştu, bilet aldı ve lanet atlıkarıncaya tam zamanında yetişti. Sonra, kendi atını buluncaya kadar bakındı. Sonra ata bindi. Bana el salladı, ben de ona el salladım.

Vay canına, namussuz bir yağmur başladı! *Gök delinmişti* sanki, yemin ederim. Bütün anne babalar, herkes sırılsıklam olmamak için kalkıp atlıkarıncanın sundurmasının altına girdiler, ama ben epey bir süre daha kanepede oyalandım. İyice ıslandım, ama özellikle boynum ve pantolonum sırılsıklam oldu. Avcı şapkam epey işe yaramıştı, ama iyi ıslandım yine de. Hiç umursamadım. Birdenbire kendimi acayip mutlu hissettim, Phoebe'yi böyle durmadan dönerken görünce. Az kalsın haykıracaktım, kendimi felaket mutlu hissediyordum, doğrusunu isterseniz. Neden, bilmiyorum. Felaket *güzel* görünüyordu yalnızca, üstünde mavi mantosuyla filan dönüp duruyordu. Tanrım, keşke siz de orada olsaydınız.

Bölüm 26

Size anlatacaklarım bu kadar. Eve gidince ne yaptığımı, nasıl hastalandığımı, buradan çıktıktan sonra önümüzdeki sonbaharda hangi okula gideceğimi filan anlatabilirim herhalde size, ama canım istemiyor. Gerçekten istemiyorum. Bu zırvalıklar şu an beni hiç ilgilendirmiyor.

Pek çok kişi, özellikle de buradaki şu psikiyatrist herif, önümüzdeki Eylül ayında okula başladığımda kendimi derslere verecek miyim diye sorup duruyor. Bu çok salakça bir soru bence. Yani, bir şeyi *yapmadan* önce, ne olacağını nereden bilebilirsiniz ki? Yanıtı belli bunun; bilemezsiniz. Yemin ediyorum, çok salakça bir soru bu.

D. B. ötekiler kadar kötü değil, ama o da bana bir sürü soru sorup duruyor. Geçen Cumartesi, yanında şu İngiliz yavruyla geldi buraya, senaryosunu yeni yazdığı bir filmde oynayacakmış. Pek yapmacıklı, ama çok güzel bir kız. Her neyse işte, kız tuvalet için ta öbür kanatta bir yerlere gittiği bir sırada, D. B. bana, size anlattığım bu şeyler hakkında ne düşündüğümü sordu. Ne diyeceğimi bilemedim. Doğrusunu isterseniz, ne düşündüğümü ben de bilmiyorum. Pek çok insanın hakkında konuştuğum için üzgünüm. Bildiğim tek şey, size anlattığım herkesi biraz *özlüyorum*. Bizim Stradlater'ı ve Ackley'yi bile, sözgelimi. Sanırım, o lanet Maurice'i bile özlüyorum. Sakın kimseye bir şey anlatmayın. Herkesi özlemeye başlıyorsunuz sonra.